KB062841

염치와 수치

일러두기

- 잡지나 책으로 묶인 것은 『 』, 시, 산문, 단편소설 등 작품은 「 」, 신문은 〈 〉
  로 표시했다.
- 각 글의 장면과 이야기를 구성하기 위해 기댄 작품 및 기록은 들어가기 전
  에 밝혔다.
- 인용문은 되도록 원문에 충실하고자 했으나, 오늘의 독자를 고려하여 필요
  한 경우 현행 맞춤법에 따라 일부 수정했다.
- 보조용언은 띄는 것을 원칙으로 삼았으며, 인용문의 띄어쓰기에도 같은 원
  칙을 적용했다.
- 당시 사용하던 말과 글의 맛을 살리기 위해 되도록 방언이나 의성어 따위
  를 표준어로 바꾸지 않고 그대로 두었다.

한국
근대 문학의

/

풍경

염치와 수치

김남일

낮은산

망한 나라,
우리 문학은 어디 있었던가

　책머리를 쓰려 하니 새삼 목덜미가 선득거린다. 소설을 써야 할 시간에 딴청을 부린 것 같아 스스로 난감하다. 어쨌든 무슨 만용으로 이런 책을 쓰게 되었는지, 미리 변명을 보태지 않을 수 없겠다.

　동료 작가들과 함께 〈베트남을 이해하려는 젊은 작가들의 모임〉을 만든 것이 1996년이었다. 그때부터 시작하여 아시아에 특별한 관심을 기울인 지 벌써 사반세기의 시간이 흘렀다. 덕분에 우리말로 번역된 아시아의 소설들을 꽤 읽을 수 있었다. 그러다가 우연한 기회에 한 선배 평론가의 권유로 일본의 다니자키 준이치로를 접하게 되었다. 장편소설 『세설』. 오사카 상인 집안의 네 자매를 둘러싸고 전개되는 혼담이 담담하면서도 섬세한 문체에 실려 잔잔한 감동으로 다가왔다. 작품도 작품이려니와 내게 그 작품을 알려 준 선배 평론가가 너무 고마웠다. 사실 이름만 대면 대개 알 만한 그분은 당신 입으로 문학을 떠난 지(혹은 문학을 버린 지) 벌써 오래라고 누누이 말한 바 있었고, 그 오랜 세월 동안 당신의 실제 활약도 문학보다는 훨씬 넓은 실천운동의 범주에서 이루어져 왔다. 그런데 그분이 실은 문학을 아주 떠나지 못하고 몰래 숨어서(?) 소설을 읽고 있었던 것이다! 대체 어떤 소설이기에! 자연 흥미가 끌렸다. 소설 속 네 자매가 교토로 벚꽃 구경을 간 장면은 특히 압권이었다. 아주 잠깐, 그 소설 어느 구석에 혹시 선배 평론가의 '실천적 전향'을 이끌어 낸 그 무엇 대단한 사상의 꼬투리라도 있을까 짐작도 해 보았지만, 두 권이나 되는 두툼한 번역본을 다 읽고 나서는 오히려 내가 참 삿된 생각을 다 하는구나, 헛웃음을 켜야 했다. 그저 소설이었고, 그저 문학이었다. 나는 모처럼 읽은 일본 문학의 수준과 매력에 빠져들지 않을 수 없었다. 그 후로 부지런히 소설을 찾아 읽었다.

나쓰메 소세키는 단연 우뚝했다. 도서관에서 빌려 읽다가 나중에는 아예 비싼 돈 들여 예쁘게 나온 소장판 전집을 돈 되는 대로 구해 거듭 읽었다. 메이지 시대를 산 그를 통해 새삼 일본 근대 문학의 깊이(물론 한계도!)를 느낄 수 있었다. 내친김에 중세 문학의 걸작 『겐지 이야기』(전10권)와

『헤이케 이야기』(전2권)까지 완독하고서는, 이러다가 행여 '친일파'가 되는 건 아닌지 슬쩍 걱정이 되기도 했다. 마침 아들이 도쿄에서 공부를 하고 있어서 핑계 삼아 문학 기행도 다녀왔다. 그렇게 찾아간 도쿄에서 산시로가 처음 미네코를 본 도쿄대의 그 유명한 연못('산시로의 연못')만 보고 온 것은 아니었다. 나는 루쉰이 중국 유학생들과 함께 묵었던 셋집 '오사伍舍'가 나쓰메 소세키가 바로 직전까지 살던 집이었다는 사실에 눈이 번쩍 뜨였다. 이럴 수가! 내게 그 사실은 어떤 운명처럼 다가왔다. 동아시아의 근대 역시 메이지 유신과 함께, 러일전쟁과 함께, 5. 4운동과 함께 쓰나미처럼 몰려왔다.

그때 우리 작가는 어디 있었던가. 아니, 누가 있어 그 파란과 곡절의 근대사를 문학적으로 감당해 내려 했던가.

읽은 기억이 참으로 아득했지만, 그 먼 기억의 저편에서 한 사람의 얼굴을 건져 올릴 수는 있었다. 그리고 그 순간, 마치 기다렸다는 듯 내 얼굴 전면에 어떤 부끄러움이 확 끼쳐 오는 것을 느꼈다. 그게 이광수였고, 그게 한국 문학이었다. 이듬해 다시 한 차례 도쿄에 갈 수 있었지만, 나는 이광수가 살던 흔적을 찾아 나서지는 않았다. 부끄러움 따위를 굳이 찾아 나서고 싶지도 않았겠지만, 실은 내가 이광수에 대해서 아는 게 너무 없었다.

나쓰메 소세키와 루쉰이 그들 나름의 방식으로 동아시아의 근대를 헤쳐 나가고 있을 때, 그럼 우리의 이광수는 어디서 무엇을 하고 있었을까.

나는 집 안 가득한 책꽂이들을 새삼 훑어보았다. 놀랍게도 이광수는 「나」와 「나의 고백」이 한데 실린 작은 문고판 한 권밖에 없었다. 알고 보니 나는 그의 장편소설을 『무정』과 『흙』 정도만 읽은 거였다. 『사랑』도 읽었으려니 했는데, 천만에, 뒤늦게 확인하게 되지만 난생처음이었다. 춘원이 그 작품을 쓸 무렵에는 거의 한국의 톨스토이를 자임하고 있었다는 사실 같은 건 알지도 못했고 관심도 없었다. (『사랑』의 주인공 안빈은 성자였다!) 그가 세검정 근처 홍지동에 산장을 짓고 또 그것을 판 일이 그의 생애나 문학, 나아가 우리 문학사에서 어떤 의미를 지니는지도 까마득히 몰랐으며 까마득히 관심도 없었다. 나는 그렇게 모르는 것투성이였다.

비단 이광수만일까!

나는 서울 토박이 염상섭이 왜 서울을 그토록 싫어해서 '구더기가 들끓는 무덤'으로 불렀는지 몰랐고, 이효석이 수재였다는 건 알았지만 그가 그 좋은 머리로 조선총독부에, 그것도 검열부에 취직했다는 사실은 배운 적도 들은 적도 없었다. 나는 내가 성북동의 멋진 기와집 주인으로 더 쉽게 기억하는 『문장강화』의 이태준이 일찍이 노령露領 부근, 조선의 거의 끝자락에 아비 어미를 묻은 고아였다는 사실을 들은 둥 못 들은 둥 했으며, 마찬가지로 김기림이 왜 그토록 하염없는 눈을 그리워하고 주을온천의 '백계 러시아제' 풍경을 동경했는지 그 배경을 알려고 하지 않았다. 나는 그밖에도 아주 많은 것을 몰랐다. 김유정의 지독한 폐병을 몰랐으며, 최서해의 지독한 빈궁을 몰랐으며, 나혜석의 지독한 분노를 몰랐다. 알아도 모르는 바와 다름없었고, 읽어도 겨우 두서넛 작품이었다. 대개 다 몰랐고 대개 다 못 읽었다. 모르니 모르쇠 했다. 크게 불편할 것도 없었다. 동료 작가들도 마르그리트 뒤라스와 필립 로스와 커트 보니것과 W.G. 제발트와 다자이 오사무와 마루야마 겐지는 얘기했지만, 이광수와 김동인을 놓고 토론을 벌이진 않았다. 적어도 내 주변에서는 그런 분위기였다. 그러다 보니 내 책꽂이에 한국 문학사의 근대가 차지할 공간은 아예 없다시피 했다.

아무튼 이러고도 나는 뻔뻔하게 한국의 작가였다!

사실, 내가 몰랐던 그 많은 사실들은 이 나라 수많은 대학의 수많은 국문과에서만 은밀한 풍문처럼 돌고 있었을 터였다. 그리고 대학 국문과들은 나하고 인연이 없었다. "유계幽界에 낙역絡繹되는 비밀한 통화구"(이상, 「시 제10호 나비」)를 찾아야 하는 건 온전히 내 몫일 수밖에 없었다. 도쿄에서 돌아온 나는 어떤 부끄러움에 젖어 그 비밀한 통화구를 찾아나섰다.

평생 모른 체했던 고향을 눈도 침침해지고 귀밑 살쩍도 다 허예져서야 찾아가는 탕자의 심정이었다.

그래도 '고향'이었다. 고리타분할 줄 알았는데 의외로 책 읽는 재미가 쏠쏠했다. 잠자리에 드러누워서도 쉽게 읽을 수 있었다. 우선 등장인물의 이름이 다 친근하지 않은가. 한참 책을 읽다가도 키릴 이바노비치 브론스키 백작의 아들 알렉세이 키릴리로비치 브론스키(레프 톨스토이, 『안나 카레니나』)라든지, 호세 아르까디오 부엔디아(가브리엘 가르시아 마르케스, 『백년의 고독』) 같은 이름 때문에 몇 번이고 책장을 덮은 기억이 새삼스러울 정도로. 또 그들이 걸어가는 거리가 크게 낯설지 않았고, 그들이 나누는 말과 이야기가 크게 귀에 설지 않았다. 물론 백 년의 시간을 무시할 수는 없었다. 생각해 보면 통째로 낯설었고, 통째로 귀에 설었다. 그래도 어느새 나는 그들을 온몸으로 느낄 수 있었다.

그렇다. 그들 앞에 한국 문학의 근대가 '날것 그대로' 놓여 있었다. 어떻게 나아갈 것인가. 왕조는 낡은 기왓장 밑으로 속절없이 무너져 내렸고, 어어 하는 사이에 나라는 온데간데없이 사라져 버렸다. 하물며 말과 글이 있었으랴. 있어도 그건 문학에 적합한 말과 글이 아니었다. 맞춤법의 규칙 같은 것도 없었다. 작가도 몰랐고 독자도 몰랐다. 거듭, 망한 나라였다. 태어나 보니 식민지였다. 그럴진대, 말도 없이 문법도 없이, 스승도 없이 교과서도 없이, 총도 없이 칼도 없이, 어찌 그 곤경을 돌파해 나가리오. 그들은 허겁지겁 근대를 감당해 나갔다. 저마다 제 편한 대로 쓰는 언문일치였으니, 저마다 자기 식대로의 근대인 셈이었다. 나는 그들이 맞닥뜨렸을 곤혹과 그들이 감당했을 고통에 서서히 공감했다.

나쓰메 소세키가 아니어도, 루쉰이 아니어도, 다니자키 준이치로가 아니어도, 라오서가 아니어도, 어쨌든 거기 동아시아의 '변방'에도 근대를 감당할 작가들이 속속 출현하고 있었던 것이다. 게다가 처음부터 악조건이지 않았던가! 식민의 기쁨을 구가하는 종주국도 아니요, 아무리 침략을 받아도 넉넉히 땅이 남는 반식민지도 아니었다. 게다가 아비 어미를 일찍 여의지 않았던가!

눈보라 날리는 관북에서 이태준이 고아가 되고, 이양선과 색목인이 몰려오는 관서에서 이광수가 고아가 되었다. 두 고아가 식민지의 서울 경성을 향해 어찌 길을 가고, 제국의 심장 동경을 향해 어찌 현해탄을 건널 것인지! 외롭고 쓸쓸한 한국 문학의 근대가 그렇게 해서 열렸다. 때로 비루하고,

때로 민망하고, 때로 억장이 무너졌다. 때로 화가 났고, 대개 기가 막혔다.

솔직히 나라를 잃었는데 문학이 다 무슨 소용이랴!

심훈이 서대문 감옥에서 이를 악물었고, 신채호가 베이징 고루鼓樓의 종소리를 들으며 눈물을 뿌렸다. 이육사는 시인이 되는 건 급하지 않다고 생각했다. 윤동주는 차디찬 감방에서도 제 초라한 자화상이 부끄러웠으리라. 그래서 김사량은 끝내 사선을 빠져나가 항전구를 찾아갔고, 김학철은 적의 총탄에 다리 하나를 잃었다. 그러나 읽으면 읽을수록 부끄러움 또한 원죄처럼 친친 몸을 휘감았다. 1930년대 후반에 이르면 한국 문학은 자의 반 타의 반 거의 빈사의 나락으로 굴러떨어지고, 1940년대에 접어들면 아예 '일본 문학사' 이기를 청원하는 이들이 활개를 칠 지경이었다.

그래도 나는 독서를 포기하지 않았다.

내 아무리 젠체해도, 내 아무리 고통스럽다 한들, 그렇다, 내 싸움이 육사나 단재만 하랴. 내 가난이 서해만 하랴. 내 결핵이 유정만 하랴. 죽음을 희롱했기로서니 이상만 하랴. 그들은 봉건과 식민의 이중 굴레에서 벗어나려 고투했고, 그와 동시에 제 이름을 걸고 글을 썼다. 남의 것이 아닌 제 나라 제 민족 고유의 무엇을 만들어 내야 하는 의무감도 상당했을 텐데, 어쨌든 쓰고 또 썼다. 그 결과, 더러는 성공했고 더 많이는 실패했다. 그렇게 평가를 받았다. 그리고……
완벽하게 잊혔다.

내가 그들을 외면했으니 그들도 나를 외면했다.

중·고등학교 때 읽었던 것들이 내가 읽은 한국 근대 문학
의 거의 전부가 아니냐고 물어도 딱히 변명할 구실이 많지
않다. 서구 문학과 일본 문학과 중국 문학과 심지어 이제는
아시아 문학을 비롯한 제3세계 문학마저 가득 찬 내 서가에,
유독 그 무렵의 한국 문학만큼은 들어설 자리조차 없었다.
어째서 이런 일이 벌어졌을까.

한국 문학사의 근대 백 년을 온몸으로 버틴 '그들'에게 진
마음의 빚을 어떻게든 갚아야 한다는 생각이 든 데에 이런
배경이 있다. 물론 작가는 작품으로 말한다는 철리야 모르
지 않지만, 이 책은 처음부터 '작품'이 아니라 '작가'에 초점
을 맞춘다. 도덕이나 윤리, 혹은 애국심의 기준으로 그들의
공과를 따지자는 게 아니다. 우선은 좀 더 많은 사람들이 편
하게 접할 수 있어야 하지 않겠는가. 가령 지하철에서 짬짬
이 읽어도 충분히 흥미를 느끼게 하고 싶었다. 출근길 선생
님들이 그렇게 읽고 나선 학생들에게 재미 삼아 이야기를
들려줄 수 있으면 하고 바랐다. 등장하는 작가들이 누구이
고 어떤 작품을 썼는지 굳이 세세히 밝히지는 않았다. 그런
정보야 손가락만 까딱하면 누구든지 쉽게 접할 수 있는 세

상이 되었으니까. 여기서는 그저 작가로서 그들이 꾸려 가던 인생의 어느 한 장면에 초점을 맞추었다. 밉든 곱든 그것이 그들을 새삼 기억하게 하고 그들에게 관심을 갖게 하는 '인생 사진' 한 컷이기를 바라면서.

몇 가지를 미리 밝힌다.

첫째, 작가 선택의 기준. 한용운이나 윤동주처럼 그나마 잘 알려진 문인들은 의도적으로 뺐다. 물론 다른 많은 작가들, 즉 최남선, 주요한, 김소월, 김사량, 이용악, 강경애, 나도향, 김영랑, 이기영, 송영 같은 작가들도 수두룩이 빠졌다. 이데올로기 따위로 기준을 삼지 않았다. 분량도 문제였지만, 그저 쓰다 보니 이렇게 되었노라 말할 수밖에 없다.

둘째, 선택된 작가들도 하필이면 왜 꼭 그런 에피소드를? 이런 의문에도 완벽한 답변을 드리지는 못한다. 가령 채만식의 경우 그 많고 좋은 이야기를 놔두고 왜 하필 한순간의 친일을 꺼내지 하는 식의 비판도 얼마든지 가능하다. 솔직히 나는 채만식을 좋아하고 군산도 사랑한다. 그래도 일제 말기 작가들의 훼절에 대해서 이광수나 최남선, 최재서 들과는 다른 형태의 그것을 드러내고 싶었다고나 할까.

셋째, 여성 작가의 비율. 친일 문제와 더불어 특히 여성 문제는 우리 근대 문학사에서 일종의 아킬레스건 같은 구실을 한다. 우선 여성 작가들의 수가 절대적으로 적다. 이 책에서도 겨우 두 작가만 소개하는 데 그치고 말았다. 더 중요한 문제는 여성에 대한 우리 작가들의 태도일 텐데, 작품에 어떤 식으로 반영되었는지를 찬찬히 따지는 것은 내 능력을 훨씬 벗어난다. 다만 만일 오늘을 산다면 당연히 미투 운동의 표적이 되었을 남성 작가들이 제법 있었다는 점만은 분명하다. 예컨대 여기서 김유정은 폐결핵의 작가로 선택되었지만, 실은 기생 박녹주가 싫다는데도 죽자고 따라다닌 우리 근대 문학사 최악의 스토커로 이름을 올릴 수도 있었다. 말하자면 작품을 오늘 우리가 사는 시대의 맥락에서 따져보는 것도 뜻있는 일이겠다. 이런 점에서 비록 두 작가에 불과하지만, 이 책의 김명순과 나혜석 편은 우리 근대 문학사의 '재구성'까지 염두에 둔 선택이었음을 밝힌다. 특히 이 부분에서는 앞으로 많은 이들의 관심과 힘을 기대한다.

마지막으로, 제목에 대해. 나는 이 책의 출발에 '부끄러움'이 있었음을 상기한다. 거듭 말하거니와 '이광수'라는 존재가 이 책을 쓰게 만들었다. 그래서 그에게만큼은 유독 세 꼭지를 할당했다. 그러나 어떤 결단의 순간마다, 그는 장차 염치와 수치 사이의 거리가 얼마나 크게 벌어질지 훨씬 더 숙고했어야 했다. 그의 비중을 고려하면 책임도 마땅히 클 수밖에 없다. 한국 근대 문학의 풍경들을 가볍게 소개하자는 이 책에 '염치와 수치'라는 묵직한 제목을 붙이는 데에 이런 까닭이 있다.

이렇게 또 한 권의 책을 지었다. 작가들의 인생이 얽혔으니 행여 어느 한 대목이라도 뜻하지 않은 실수가 있을까 걱정이 된다. 아낌없는 질정을 바란다. 기회가 닿으면 마땅히 수정할 것이다. 그럼에도 이 부족한 책이 한국 근대 문학의 저 깊은 샘을 길어 올리는 데 새삼 한 바가지 마중물이 되었으면 하고 슬쩍 주제넘은 욕심도 품어 본다.

기꺼이 이 원고를 선택한 낮은산 출판사와 책을 만들어 준 강설애 씨에게 감사드린다. 평소 내 글을 좋게 봐 주어 이렇게 인연이 닿게 해 준 『황해문화』의 전성원 편집장에게도 고마움을 표한다. 함께 공부하는 〈아시아의 근대를 (딱 2년만) 읽는 모임〉의 여러 동료 작가와 교사들에게도 힘내자는 격려를 보낸다.

2019년 11월에

김남일

나라의 꼬락서니는 아주 틀려 가고

염상섭

염상섭(소설가, 1897~1963). 염상섭의 산문「소년 때 일-고목 아래」
(1929),「문학 소년 시대의 회상」(1955),「별을 그리던 시절」(1958) 등을
주로 참고했다. 판본은 한기형, 이혜령 편,『염상섭 문장 전집』(전3권,
소명출판, 2013). 중간에 인용한「김의관 숙질」은 잡지『야담』(1957. 6)
에 '한말 일화'라는 표제로 실린 글로, 이 역시『염상섭 문장 전집』에
실려 있다.

어린 날, 회나무 아래서 듣던 총포 소리

어느 날, 염상섭은 모처럼 소격동 종친부 앞을 지나게 되었다. 무심코 지나치려다 무언가 낯선 감정에 휩싸여 고개를 휙 돌렸다. 뭐지? 종친부는 왕실의 여러 사무를 맡아보던 기구였다. 그곳에 역대 왕들의 초상화를 모셔 두기도 했다. 그중 큰 두 건물 경근당과 옥첩당이 눈앞을 막아섰다. 그것들은 좌우에 그대로 서 있었다. 경근당 앞 널찍한 계단 월대도 변한 구석이 없었다. 그래도 낯설었다. 그는 사실 근처 어느 구석 받침돌 하나인들 눈을 감고도 뒤져낼 자신이 있었다. 태어나기는 서촌 야주개(당주동) 고가나무굴이었으되, 머리통이 굵어지며 차차 꾀가 생긴 후부터는 북촌 옛 종친부 언저리에서 주로 살았던 것이다. 그러나 지금 그는 기억 속에 꼭 있어야 할 무엇이 썩은 이빨처럼 툭 빠져 버린 느낌이어서 잠시 얼떨떨하지 않을 수 없었다.

사방을 빙 둘러보던 그의 눈길이 한군데 뚝 멈췄다.

아, 이런! 집 앞에 있던 커다란 회나무가 온데간데없었다. 수백 년을 한결같이 거기 있었을 나무였다. 그런 것을 언제 누가 베어 냈을꼬! 왜 베어 냈을꼬! 입술 틈으로 절로 탄식이 새 나왔다. 제 가슴 한쪽이 뭉툭 도려내진 것처럼 허전하고 서늘했다.

어려서부터 장난도 할 줄 몰라 동무도 없었다. 그저 발끝에 차이는 제 그림자하고나 놀기 일쑤였다. 그 시절, 회나무는 아름다운 공상을 자아내던 유일한 벗이었다. 그림책 하나 동화 한마디 얻어 보고 들을 수 없던 고독한 소년은 여름이면 우거진 고목 아래 쓸쓸히 앉아 쓰르라미 소리에 귀를 빌려주었다. 그때 뭉싯뭉싯 흐르는 앞 개천은 썩은 물일망정 모든 것에 경이와 호기심을 가진 소년의 눈길을 얼마나 사로잡았던고. 그래, 남들은 머리 깎고 학교에를 다니는데 나는 언제나 가려는고 하고 제 댕기꼬리를 원망스럽게 휘어잡고 섰던 데도 그 회나무 밑이요, 첫겨울 모진 바람이 몰아치는 황혼에 홀로 서서 아버지 소식을 기다리던 곳도 그 회나무 그늘이었던 것이다. 그때 아버지는 의병에 붙들려 갔다던가 했는데…….

염상섭은 한꺼번에 덮쳐 오는 기억이 버거울 따름이었다.

할아버지 앞에서 『천자문』 『동몽선습』 따위를 배울 때, 매일같이 낑낑거리며 그것들을 외자면 머리에 쥐가 날 지경이었다. 몸을 비틀고 딴청이라도 부리면 당장 할아버지 호통이 떨어졌다.

"이 자식은 어찌 이리 둔한고?"

물론 꾸중을 들어도 아무렇지도 않았다. 어린 마음에도 우둔한 것을 어찌하누, 못 들은 척 넘길 따름이었다. 게다가 늘 머리가 아프고 기분은 무겁고 눈살은 찌붓하니, 어린 상섭은 명랑함과는 거리가 아주 먼 소년이었다. 잠자리에 오줌을 잘 싸고 뚱질이 심하고, 하물며 고집은 쇠고집이었다. 언젠가 한번은 어머니가 지어 준 옷이 마음에 맞지 않자 말도 없이 하루 종일 벽을 보고 돌아앉아 버틴 적도 있었다. 어려도 사람 꼴이 그러했으니 변변한 동무 하나 곁에 오지 않았다. 상섭은 늘 외톨이로 지냈고, 그저 회나무 널찍한 그늘을 진종일 제 앉을 자리로 여겼다. 조금 자라서는 나라의 꼬락서니가 아주 틀려 간다는 눈치만큼은 없지 않았다.

어느 날, 민영환 대감이 사재로 세운 흥화학교에 다니던 형이 돌아와서는 시뻘건 눈망울에 울먹울먹 애써 울음을 삼켜 가며 이야기를 들려주었다. 다 기억할 수는 없어도 "피가 흘러 대가 되고……" 어쩌고 하며 읊조리던 소리만큼은 너무나 생생했다. 민 대감이 자결한 빈소 옆 마루청 사이로 하룻밤 사이 붉은 대나무가 뻗쳐 났다는 이야기였다. 알고 보니 그게 을사늑약이었다.

그리고 그 다다음 해인 1907년은 광무 11년에 융희로는 원년이었다. 고종 황제는 헤이그에 밀사를 보낸 사건에 대해 통감인 이토 히로부미로부터 추궁을 받았고, 결국 순종에게 자리를 물려주어야 했다.

상섭은 양위조서가 발표되던 그날을 또렷이 기억했다. 바로 종친부 앞 개천가의 우거진 회나무 그늘 아래에서였다. 그날 낮, 전동(견지동) 영문營門 쪽 시위대로부터 호두닥거리며 총소리가 터져 나왔다. 그 소리를, 어린 상섭은 고목 아래 우두커니 혼자 서서 마치 선잠에서 깨어난 아이처럼 멀거니 들을 뿐이었다. 어린 가슴에 무슨 생각을 품었던지? 제법 비분강개할 만큼 철이 들었던지는 몰라도, 그 총소리가 조금도 무섭지 않았던 것만큼은 기억에 남았다. 그건 뒤미처 8월 1일 군대가 해산되던 날에도 마찬가지였다. 진종일 서울 장안에 콩 볶듯 총성이 요란하고 곡성 또한 끊이지 않았으되, 놀랄 것도 없었고 걱정이 되지도 않았다. 외려 초상집에 곡하는 소리가 나지 않는다면 욕을 먹을 게 아니냐, 이런 생각이었는지 몰랐다.

아무튼 나라가 그렇게 백척간두에 선 듯 간당간당하니 어린 상섭인들 단꿈일랑을 꿀 겨를조차 없었다.

소년, 문학에 눈을 뜨다

염상섭의 아버지 규환은 가평과 의성의 군수를 지냈다. 본디 파주 염씨는 고려조에 크게 가문을 일으켰지만, 1388년 무진지화 이후 조선조가 들어서면서는 역당으로 몰려 철저히 짓눌림을 받았다. 그러던 것이 한말에 이르러 소소한 벼슬이나마 얻어 가질 수 있었는데, 거기에는 상궁 출신으로 고종 임금의 후궁이 되는 엄비를 소꿉동무로 두었던 덕이 제일 컸다. 상섭이 듣고 본 한에서, 제 아버지는 그렇게 얻어걸린 자리에 기대 한평생 호강하며 술로 세월을 잘 보냈다.

상섭의 대에 이르러서는 달랐다. 돌이켜보면 영광보다는 수모가 어린 날을 휘감았다. 군대가 해산되던 해 비로소 소학교에 들어갔지만 오래 버틸 수 없었던 것도 그런 분위기 때문이었다. 그가 다닌 관립사범보통학교는 수중박골(수송동)에 새로 지은 학교 건물이 있었다. 한눈에도 눈을 제법 홀리는 이층 양옥이었다. 그러나 그런 것도 도무지 마뜩잖았다. 들자니 서대문 문턱에 있는 사립 보성소학교는 학교는 비록 오막살이여도 일본인 교사도 없고, 조선인 선생님들이 굳이 배에 몰래 역사책을 숨겨 가지고 오지도 않는다고 했다. 대놓고 우리 역사를 가르친다는 것이었다. 상섭은 보성으로 옮겨 갈 기회만을 엿보았다.

마침내 그런 날이 찾아왔다.

동대문 밖에는 조선 시대 왕들이 농사의 시범을 보이던 동적전이 있었다. 1909년, 고종 황제도 그곳에 나아가 친히 쟁기를 잡을 예정이었다. 그런데 하필이면 그날이 도쿄에 갔던 초대 통감 이토 히로부미가 서울에 도착하는 날과 한 날로 마주쳤다. 그게 우연일 리 없었다. 아니나 다를까, 동적전은 장소가 비좁으니 각 학교 각 반에서 반장과 부반장, 둘씩만 내보내라는 것이요, 이토가 들어오는 남대문역에는 나머지 전교생이 모두 나가 맞이하라는 지시가 내렸다.

염상섭은 그날 일을 소설인 듯 야담인 듯 이렇게 옮긴 바 있었다.

"너 왜 오늘 집에만 들어앉았었구, 동적전에두, 남대문역에두 안 나갔니?"

금방 정거장에서 들어온 김의관金議官은, 저녁밥 되기를 기다리면서, 땅거미가 짙어 가는 사랑마당을 빙빙 돌고 있던 조카 진하더러 못마땅한 눈치로 말을 걸었다.

"동적전에두 못 나갔는데, 무슨 정성에 그깐 놈을 맞으러 나가겠에요? 작은아버지께서 우리 집 대표로 나가셨다 오셨으면 고

만이죠. 김씨 집 살 일 났습니까?"

진하는 잘못하면 코웃음을 칠 뻔하였다.

인제야 소학교 사학년인 열네 살짜리로서는 엄청나게 숙성한 소리요, 어른으로서 들을 수 없는 쾌씸한 말버릇이었다.

김의관은 하도 기가 막혀서 당돌히 눈을 말똥말똥히 뜨고 마주 서 있는 어린 조카자식을 눈길로 나무라며 한참 바라보다가 "대가리의 피도 안 마른 놈이 무엇을 안다고……. 썩썩 나가거라!" 라고 호통을 치려다가, 마음을 쑥 눌러서,

"그런 거 아냐. 네깐 놈이 뭘 안다구 중뿔나게 그러는 거냐? 남하는 대로 따라가야지."

이렇게 한마디만, 거칠어 나오려던 숨소리를 죽이며, 타일러 놓고 홱 돌쳐 마루로 올라갔다.

진하도 분통이 터지는 것을 참고 대문 밖으로 휙 나와서 어두워 가는 먼 산만 바라보고 섰다.

진하는 지금 어린 마음에 난생처음으로 커다란 일을 하나 해내었거니 하는 으쓱한 마음에 잠겨 호기를 뽐내고 싶었던 것이다. 정거장에 아니 나갔다는 것은 조그만 일이지마는, 이등박문이를 무시하였다는 일이, 즉 일본에 대항하였다는 것이 무시무시하게 커다란 일이라고 믿는 것이다.(염상섭, 「김의관 숙질」, 1957)

'김의관'이 누구냐고 따질 필요는 없겠다. 그저 당시 흔했

던 친일파를 상징하는 인물이겠거니 하면 그만이다. 소설에서는 일진회의 거두 송병준에게 줄을 대서 중추원 참의 자리를 노린다.

물론 진하의 경우는 어린 상섭이라 읽어도 사실과 크게 어긋나지 않을 것이다. 실제로도 상섭은 동적전 그 일을 기화로 관립사범을 때려치우고 보성소학으로 학교를 옮겼다. 그 후 다시 보성중학에 들어가게 되는데, 그건 나라를 완전히 빼앗기고 난 뒤의 일이었다. 내처 보성중학 2학년 때에는 다시 일본으로 뛰었다. 거기 가서야 상섭은 안경을 맞춰 쓸 수 있었다. 눈앞 세상이 또렷이 보이는 것이 여간 시원한 게 아니었다. 어머니는 머리 아픈 데는 소의 골이 좋다며 비위에 맞지도 않는 것을 억지로 먹이곤 했는데, 그 시절이 아득히 먼 고릿적 이야기 같았다. 그때부터 상섭은 머리도 상쾌해지고 눈 찌푸리던 버릇도 사라졌다.

문학에 눈을 뜨게 된 것도 그 무렵부터였다. 그건 그야말로 생판 새로운 세계였다.

상하이 가는 길

이광수

이광수(소설가, 1892~1950). 이광수의 일기와 자서전, 혹은 자서전류
글쓰기에 속하는 「나 – 소년편」(1947), 「나 – 스무살 고개」(1948), 「나의
고백」(1948), 「그의 자서전」(1936), 「잊음의 나라로」(1925), 「다난한 반
생의 도정」(1936) 등과 김윤식, 『이광수와 그의 시대(1)』(솔, 1999) 등 참
고. 특히 일기는 『이광수 전집 』 제19권(삼중당, 1963) 참고.

외로운 배, 국경을 넘다

1913년 11월 초순 어느 날, 이광수는 생애 처음 압록강을 넘는다.

국경 열차에 몸을 실은 그에게 '작가'로서의 자의식 같은 건 없었다. 유학 시절 짧은 소설을 서너 편 쓴 바는 있었다. 그중 일어로 쓴 한 편이 제일 먼저 활자화되었다. 그때 그는 일기에 "내 처녀작이라 할 만한 「사랑인가」가 『백금학보』에 났다. 기쁘다. 괜히 기쁘다"(1909. 12. 21)고 적었다. 그러나 한국 문학의 진정한 '근대'를 장차 그가 쓰게 될 장편 『무정』(1917)으로 본다면, 그에게는 아직 시간이 더 필요했다.

그는 초라한 전직 교사에 지나지 않았다.

이광수는 일본에서 메이지학원을 졸업하자 곧바로 평안

북도 정주의 미션계 오산학교에 초빙을 받았다. 경술국치가 나던 해 봄이었다. 그는 눈빛 초롱초롱한 학생들과 더불어 망국의 비분을 나누며 내일을 준비했다. 그때 이광수는 저를 '올보리'로 자처했다. 올보리가 맛은 없다. 그러나 다른 것이 아직 나지 않을 때 굶주림을 면하게 해 주는 귀한 곡식이다. 저도 그처럼 급한 데 쓰이는 사람이 되리라 다짐했다. 하지만 105인 사건으로 설립자 남강 이승훈이 구속된 후 상황은 급전했다. 학교는 재정난에 시달렸고 엎친 데 덮친 격으로 내분까지 일어났다. 이광수도 어느덧 따돌림을 받고 있었다. 반대쪽에서는 톨스토이의 생물진화론을 가르친 사실을 내세워 그를 다그쳤다. 특히 교인임에도 불구하고 예수의 부활을 믿느냐는 질문에 "네"라고 선뜻 대답하지 않아 번번이 곤경에 빠졌다. 물론 그를 감싸고 지지하는 학생이며 학부모들도 있었지만, 부임 때의 초심은 진작 사그라진 뒤였다. 결국 달리 길은 없었다.

떠나기 전날, 그는 아내 백혜순을 불러 일방적으로 선언했다. 정처 없이 길을 떠나노라고, 다시 조선에 돌아올지도 모르거니와, 설사 살아서 돌아온다 할지라도 언제 돌아올지 모르니 다시 시집을 가든지 마음대로 하라고. 그러자 학교 문턱에도 가 보지 못한 어린 아내는 당차게 대답했다.

"나도 당신 생각이 그러신 줄 알아요. 나는 친정에 가 있지요. 어디를 가든지 몸 성히 댕기시고 큰 이름 내시오."

　그때 그녀의 표정은 어땠을까. 백혜순은 빙그레 웃기까지 했다는데, 그것이 결코 빈정거림은 아니었다고 훗날 이광수는 애써 강조한다.

　한국 문학의 근대를 개척해야 할 그의 수중에는 몇 푼 노자밖에 없었다. 그는 여벌옷 한 벌 없이 산보나 가듯 길을 떠났다. 만주 단둥(안둥)에 내렸을 때 주머니에 남은 돈은 고작 1원 70전이었다. 그래도 그의 꿈은 자못 장쾌했다. 일단 봉천(펑톈. 현재의 선양)행 기차를 타고 돈이 자라는 데까지 간 다음, 걸어서 베이징까지, 거기서 다시 중국 남방을 거쳐 안남(베트남), 면전(버마), 섬라(타이)를 지나고, 인도를 두루 돌아 파사(페르시아)와 소아시아로, 그리고 구라파(유럽)보다는 아프리카로 방향을 틀어 아비시니아(에티오피아)와 애굽(이집트)을 보고 대륙을 종단하여 희망봉까지 내려가는 것. 도대체가 이 말도 안 되는 '세계일주 프로젝트'의 동기에 대해 그는 이렇게 말했다.

　"나는 거기서 쇠망한 민족들의 정경도 보고, 또 그들이 어떤 모양으로 독립을 도모하는가 보고 싶었다. 그 속에서 내가 나갈 길이 찾아질 것 같았음이다."

　그러나 이런 진술은 먼 훗날에나 가능한, 일종의 허세이거나 구차한 변명이었다. 그는 똥구멍이 찢어지게 가난한 집에서 태어나 언제 한번 배부르게 무엇을 먹어 본 기억도 없이 어린 시절을 보내다가 아버지를 쥐통(콜레라)으로 잃었다. 그러자 어머니는 "나허구 언년이허구 다려가시우. 그리구 도경이(실제는 이보경)허구 간난이(여동생)허구 오래오래 잘 살게 해 주시우" 하면서 갓난쟁이 여동생 언년이를 업은 채 아버지의 시체를 타 넘으며 소원을 빈 끝에 아흐레 뒤 기어이 숨을 거두었다. 그는 아버지보다 거의 스무 살이나 어린 어머니가 입에다가 아주까리기름을 한입 물어서 아버지의 항문에 대고 불어 넣는 것을 본 적이 있었는데, 그런 정성으로도 무너지는 집안의 기둥을 다시 일으켜 세울 수는 없었다. 그때부터 소년 이보경(이광수의 아명)에게 생이란 오직 목구멍을 위한 처절한 비루의 연속일 뿐이었다.

그는 동에서 잠을 자고 서에서 빌어먹었다. 그래도 어린 그는 자존심이 있었다. 가령 남의 집에 들어가 잠을 자게 될 때면 동구 밖에서 이를 잡고 나서야 걸음을 뗐다. "보경이와 자더니 이가 올랐어" 하는 소리를 아니 듣자는 것이었다.

길에서 우연히 동학도 어른을 만나게 되는 것도 그렇게 이를 잡던 때였다. 손톱으로 꾹꾹 눌러 가며 한참 이를 잡던 그의 앞에 웬 낯선 사람이 나타났다. 촌구석 사람 같지 않게 해사한 얼굴이었다. 그로부터 이보경의 운명은 전혀 다른 곳으로 접어든다. 그는 왕후장상의 씨가 따로 없으니 빈부

귀천에 따라 사람을 차별하면 안 된다고 말했다. 이보경은 또 선천先天의 운명이 다하면 후천後天의 개벽이 오리라는 설명을 들었다. 잘은 몰라도 꿈같은 새 세상이 머지않다는 말이었다. 황홀했다. 그 길로 동학당에 들었다.

어려도 영리한 그는 곧 지역 어느 두령의 수하가 되었다. 그는 밤을 도와 기밀 편지며 문적을 가지고 동학의 각 포에 심부름을 다녔다. 가는 데마다 동학도들은 그를 따뜻하게 맞이해 주었다. 그는 이제 남의 집 문턱이나 기웃거리는 천덕꾸러기 신세가 아니었다. 인내천人乃天이라 했으니, 하늘 아래 당당히 선 한 인간이었다. 하지만 러일전쟁이 터지자 동학당은 크게 궁지에 내몰렸다. 동학 두령들에게는 수배령이 내려졌고, 이보경 또한 비서라는 신분 때문에 몸을 피하지 않으면 안 되었다. 그가 서울로 가 일진회를 만나게 되는 것, 그리고 그 일진회의 파견으로 1905년 일본에 유학까지 가게 되는 것은 그런 정황에서였다.

하지만 세월이 흘러 그는 원점으로 돌아온 셈이었다. 게다가 그때의 고아는 이제 빼도 박도 못 하는 망국민이었다.

이런 처지에서 그의 망명 동기는 말이 좋아 세계일주였지, 정확히는 생에 대한 환멸 그 이상도 그 이하도 아니었다. 그는 조선을 떠날 때에 아까운 것이나 섭섭한 것은 하나도 없노라, 했다. 나를 그리워하거나 아까워해 줄 사람도 없고 또 내가 그리워할 사람도 없노라, 했다. 말하자면 그것이 그의 환멸이었다. 환멸의 정체였다. 그리하여 이미 스물이 넘어 징그러운 사내가 되어 버린 그는 "아아, 조선아! 조선에 있는 모든 사람아, 모든 물건아! 하나도 남지 말고 죄다 내 기억에서 스러져 버려라!" 울부짖을 수밖에 없었다.

집에서 운이 없었던 이광수는 집을 떠나자 운이 붙었다.

단둥에서 여관을 나서려 할 때 그는 우연히 한학자로 촉망받던 위당 정인보를 만났다. 두 사람은 서울에서 딱 한 번 본 적이 있을 뿐이었으나, 위당은 이광수를 정확히 알아보았다. 그래 이광수가 세계일주 운운하자, 위당은 "원, 그게 말이 되나. 이 치운 때에⋯⋯. 대관절 상하이로 가시오. 나도 집에 다녀서는 곧 도로 상하이로 나갈 테야" 하면서 중국 돈 30원을 주었다. 이광수는 즉시 행로를 수정한다. 그는 배표를 사는 데 16원을 지불했고, 12원으로 퍼런 무명 청복을 사 입었다. 이제 그는 오산학교 제자 김종중이 준 '뻘겅 담요'를 들고, 다롄, 옌타이, 칭다오를 거쳐 상하이로 가는 이륭양행의 배 악주호에 오른다. 그해 마지막 배라서 그런지 승객은 몇 되지 않았다. 날은 몹시 추웠다. 선실 안에서도 덜덜 떨며 뜬눈으로 밤을 새워야 했다. 이튿날 갑판에 나가서 바라보니 조선의 용암포 쪽 산에는 눈이 하얬고, 배 곳곳에는 고드름이 달려 있었다.

배는 중도에 멈춰 일주일이나 더 시간을 허비했다. 당연히 그의 꼴은 말이 아니게 되었다. 값싼 청복에서 푸른 물이 묻어서 목이며 손 할 것 없이 온통 퍼랬으며, 일주일 넘게 입고 뒹군 옷에서는 퀴퀴한 냄새가 제 코마저 찔렀다. 그새 주머니에는 돈 한 푼 남아 있지 않으되, 그는 동승한 조선인 동포들 덕분으로 무사히 상하이까지 가는 데 성공한다. 그리하여 '외로운 배' 고주孤舟[1] 이광수는 조선 옷과 붉은 담요를 싼 보퉁이 하나를 들고, 마침내 동양 제일의 국제도시 상하이에 허위허위 닻을 내린다.

불란서 조계 백이부로 22번지

이광수는 그날 오후에 목적지인 백이부로白爾部路 22번지로 갔다. 그곳에 도쿄 유학 시절 사귀었던 가인[2] 홍명희가 있었기 때문이다. 법조계(프랑스 조계)의 조용한 골목 이층 집이었는데, 문패도 없이 한눈에도 도망꾼들이나 숨어 살기에 십상인 셋집이었다. 아래층에는 호암 문일평이 혼자 살았고, 위층에는 홍명희가 소앙 조용은 등과 함께 생활하고 있었다. 이광수는 이층에 끼어들었다.

———

1   이광수가 '춘원春園' 이전에 쓰던 호.
2   홍명희가 '벽초碧初' 이전에 쓰던 호.

그로부터 다 큰 망명 지사들의 기묘한 동거가 시작된다.

홍명희는 밤이고 낮이고 오직 오스카 와일드의 『도리안 그레이의 초상』만 읽어 댔다. 조소앙은 침대 위에 앉아서 『코란』을 읽거나 그렇지 않으면 눈을 반쯤 감고 몸을 좌우로 흔들어 댔다. 그는 장차 인류를 구제할 이른바 육성교六聖教를 창시하겠노라, 포부가 당당했다. 아래층의 문일평은? 그는 우리에 갇힌 호랑이처럼 마루를 삐걱거리며 입으로는 밤낮 무엇을 중얼거리며 오락가락했다. 이층패들은 그런 문일평을 미친 사람으로 치부했는데, 이광수가 보기에 이층패라고 정신이 멀쩡해 보이지는 않았다. 좋게 말해서, 모두 나라 잃은 허전한 마음을 어디 둘지 몰라서 허둥지둥 헤매고 있는 성싶었다.

생활은 궁기가 좍좍 흘렀다. 어느 날 그들이 밥 짓는 사람으로 둔 중국인이 혀를 끌끌 차며 이층에 올라와 자전거표 궐련 한 곽을 내밀었다. 밑에서 보니 통 연기가 나지 않기에 담배도 굶는구나 싶어 제 돈으로 사 왔다는 것이다. 그들은 환장을 하고 달려들었고, 순식간에 방 안을 너구리굴로 만들어 버렸다. 그런 그들이 하는 '노동'은 오직 조선에 간 정인보가 이제나저제나 돈을 한 짐 지고 돌아오기만을 기다리는 일이었다. 솔직히 말하면, 어디 나가고 싶어도 외투와 모자가 없어서 쉽게 나갈 수도 없는 형편이었다.

홍명희는 틈만 나면 이광수더러 오스카 와일드를 권했다.

"읽어 보시게."

"싫소."

"무어 내가 카인이라도 되오?"

"아니면 누구겠소?"

이광수가 홍명희의 손을 한사코 뿌리친 데는, 도쿄 유학 시절 이미 바이런을 소개받아 읽고 크게 혼이 난 경험이 있었기 때문이다. 그때 그는 "쾌락의 일순은 고통의 천년보다 낫지 아니하냐?" 하는 주인공 돈환(돈주앙)의 말에 홀렸다. 그리하여 한동안 청춘의 열에 달떠 도무지 제 뜨거운 몸뚱어리를 어찌해야 좋을지 감당이 되지 않았다.

결국 이광수는 또 홍명희의 고집을 꺾지 못한다. 마침내 오스카 와일드를 다 읽고 났을 때, 그는 마음에 불같이 번뇌가 일어나서 견딜 수가 없었다. "이 세상에서 가장 바람직한 것은 쾌락뿐이다. 그중에서도 관능적 육체적 쾌락이다."(작중인물인 헨리 워튼 경의 지론) 홍명희의 얼굴에 혈색이 없는 것도 그런 번뇌 때문이라 짐작했다. 이광수는 마음을 진정시키기 위하여 그 해독제로 『신약전서』를 읽지 않을 수 없었다. 그렇지 않고서는 온몸이 활활 타 버릴 것 같아서였다. 삐걱거리는 침대, 애써 몸을 돌려 봐야 곁에는 홍명희가 있을 뿐이었다. 도쿄에서라면 한자리에서 어쩌다가 키스도 하고 지내던 사이였지만 이제는 피차 나이를 먹어 징그럽게 되어 다만 엉덩이를 맞대고 잠을 청해야 했다.

당시 상하이에는 제일 먼저 자리를 잡은 예관 신규식을 비롯하여 신채호, 박은식, 김규식, 변영태, 신성모 등도 초기 망명자 집단을 이루고 있었다. 그들 중에서 이광수의 인상에 가장 크게 남은 이는 단연 단재 신채호였다. 『삼국사기』의 저자 김부식을 제 부모를 죽인 원수같이 알던 이 깐깐한 사학자도 궁벽한 처지야 마찬가지였으되, 늘 지사답고 문명인다운 생활을 꾸려 가려 애썼다. 그는 하루 종일 책방을 더듬고 돌아다니면서 핀잔을 받을 때까지 서서 책을 읽었다. 이광수는 신채호가 "춘추의 필법을 고대로 사는 사람"이어서 터럭 끝만치도 타협이 없으며, 그의 몸은 어디를 두드려도 '민족' 소리가 나고 어디를 찔러도 '애국'의 피가 흐를 것이라고 생각했다. 하지만 이광수는 그런 그를 또 한 사람의 원로 사학자 백암 박은식과 마찬가지로 '스러지는 조선의 그림자'라고 평하지 않을 수도 없었다.

새삼, 상하이는 남의 땅이었다.

그리고 그 남의 땅에서, '문학 따위'는 급하지 않았다.

금주패를 차다

변영로

변영로(시인, 1898~1961), 『명정 40년』(범우사, 1977)에 크게 기댔다. 아울러 『수주 변영로 시인 서거 50주년 추모 기념 변영로 연구』(구자룡 편, 부천문화원 향토문화연구소, 2011)도 참고. 본문 중에 인용한 이어령의 글 「변영로 전기연구」도 여기 수록되어 있다.

봐라, 영복이 또 취했다!

　수주 변영로는 영만, 영태 두 형과 더불어 경기도 부천을 빛낸 걸출한 변씨 삼형제로 유명했다. 첫째 변영만은 한학자, 둘째 변영태는 해방 조국에서 외무부장관을 역임했다. 변영로는 시인이자 수필가였다. 그러나 그는 무엇보다 술로써 큰 이름을 남겼다. 스스로 지은 산문집 제목이 '명정사십년酩酊四十年'(1953)인데, 말 그대로 이리 비틀 저리 비틀 몸 가눌 수 없을 정도로 몹시 취해 한평생을 살았다는 뜻이다. 사실 그는 우리 근대 문학사에 등장하는 저 많은 술고래들 중에서도 가장 앞줄에 설 위인이었다.

　나무에 뿌리가 있고 물에 샘이 있듯이, 변영로의 술에는 선친이 있었다. 옹진 군수까지 지낸 그분이 시를 좋아하고 술을 좋아해 집 안에는 시인 묵객의 발길이 끊이지 않았다. 그때마다 위로 두 형은 내버려 두고 꼭 아들로 막내인 영복(변영로의 아명)이를 불러 술자리에 앉혔다.

"애, 영복아. 술이란 먹어야 하는 것이고 과한 것만은 좋지 않다."

선친은 다 큰 아들에게처럼 말을 건네며 술을 따라주었다. 정작 술잔을 받는 건 아직 제 콧물도 빨아 먹는 고작 다섯 살배기였다. 첫 술잔을 받아 고개 돌리며 마시는 자세가 그럴싸했으니, 사랑채의 어른들은 내남없이 "고놈 참"하며 탄복했다. 그렇게 시작되고 그렇게 이어진 술이었다. 영복이가 학교에 갈 무렵에는 이미 동네방네 소문이 자자했다.

"에구, 애를 저렇게 키워도 되나?"

"아비란 자가 앞장서서 애를 버려 놓네. 애를 아예 술꾼으로 키우네그려."

그의 선친은 들어도 못 들은 척할 뿐이었다.

영복이는 그 나이에 벌써 술맛을 알았다. 술독이 어디에 있는지도 알았다. 그래서 몰래 술독을 찾아가 책상 궤짝 할 것 없이 포개 놓고 기어오르는데, 술독 안으로 허리를 굽히려다가 발을 헛디뎠다. 와당탕탕! 영복이는 그만 뒤로 나자빠지고 말았다. 사대문 밖까지 들리도록 큰 울음소리가 터져 나오자 집안 어른들이 죄 몰려들었다. 다행히 크게 다친 데는 없었지만 울음만큼은 좀처럼 잡힐 기세가 아니었다. 그때 부친 못지않게 담대한 성품의 모친이 예사롭지 않게 말했다.

"얘, 영복아, 이 술 먹고 울지 말아라, 착하지, 응?"

영복이는 제가 등정을 실패한 술독에서 어머니가 떠 주는 한 바가지 막걸리에 금세 울음을 뚝 그쳤다.

그렇게 자란 영복이가 학교 갈 나이가 되었다고 달라질 일은 없었다. 아니, 그때는 이미 집에서는 물론 사방 십 리 인근에서 그를 어르고 달랠 사람이 별반 없었다. 제동학교가 맹현(지금의 가회동) 집에서 두어 바탕 거리에 있었지만, 어린 영복이는 학교 가는 날보다 빠지는 날이 더 많았다. 설사 가더라도 제 발로 걸어서 간 적은 드물었다. 까닭을 물을 것도 없이 술 때문이었으니, 집의 하인이 등으로 업어다가 학교 운동장에 부려 놓은 적도 한두 번이 아니었다.

"되련님, 핵교 다 왔어유. 내리서유."

급우들은 교실 유리창 밖으로 내다보며 깔깔깔 홍소를 터뜨렸다.

"야, 봐라, 영복이 또 취했다."

"용하다. 이번 주는 한 번도 거르지 않았다."

어느 날 오전, 영복이는 여느 날처럼 학교도 안 가고 사랑방에서 뒹구는데, 마침 부친의 지우인 정영택 교관이 들렀다.

"애, 영복아!"

"……."

"아, 이놈 영복아!"

"원숭이 왔나?"

영복이는 위아래 가리지 않고 누구라도 자기 이름을 부르는 걸 죽어라고 싫어했다. 당연히 동무가 없었고, 어른들하고 길을 갈 때에도 늘 훨씬 앞서거나 뒤떨어져서 걸음을 옮겼다. 딴은, 제 이름을 못 부르게 할 꾀였다. 그 성미를 익히 아는 정 교관이 '원숭이' 소리에도 이골이 났는지 못 들은 척 물었다.

"어르신은 어디 가셨나?"

"어디 출입하셨어."

"어딜 가셨을까?"

"모르지."

"이놈, 어린놈이 대낮부터 술이 취해서 학교도 가지 않고, 쯧쯧."

"응, 대낮이라니? 술은 밤에만 먹는 거야?"

정 교관도 어지간한 사람이었지만 더는 한 방에 있을 배짱이 없었다. 그래서 "에이, 고연 놈!" 하며 일어서자, 영복이는 거의 드러누울 자세로 말했다.

"여보게, 히로 한 개만 주고 가게."

히로는 우리나라에 처음으로 수입된 양담배 이름이었다.

영복이가 커서 어떤 주당의 길을 걸었을지는 일일이 설명할 필요조차 없으리라. 훗날 이어령이 정리한 연보에는 그의 '병력病歷'이 이렇게 적혀 있다.

수주는 특별한 병을 앓지는 않았다. 그러나 술에 만취하여 많이 사고를 일으켰는데, 머리에 상처를 입은 것이 무려 십여 차례, 벼랑에서 떨어져 왼쪽 어깨가 탈골된 것이 한 차례, 달리는 자동차에서 떨어져 왼쪽 발목이 골절된 것이 한 차례, 전주와 석벽에 부딪쳐 무릎이 깨어진 것이 두 차례, 눈 위에서 밤을 새우다가 발이 언 것이 한 차례이다.

병력이 아니라 곧 주력酒歷인 셈이다. 그것도 말이 좋아 주력이지, 스스로 말하듯 참으로 부끄러운 온갖 실수와 주사와 광태가 온전히 그의 몫이었다.

그 이력에 딱 하나만 더 보태기로 한다.

하루는 잠은 분명히 깨었는데 도무지 눈이 떠지지 않았다. 아무리 기를 써도 온몸이 천근만근이었다. 새끼손가락 한 개도 까딱하지 못할 지경이었다. 어떻게 해서든 겨우 눈꺼풀을 밀어 올렸는데 사방은 칠흑 같은 어둠뿐이었다. 너무 추워서 위아래 이빨이 부서져라 절로 딱딱 소리를 내며 맞부딪혔다. 살펴보니 보초처럼 둘러선 비석들이 어스름 눈에 띄었다. 실제로 누구의 무덤 상석 위에서 몇 시간인지 모르게 밤을 보내던 중이었다. 변영로는 이러다가 진짜로 죽지 싶어 이를 악물고 몸을 비틀었다.

일어설 힘 앉을 힘 모두 없었다. 수는 하나. 오직 살아야 한다는 일념만으로 몸을 굴렸다. 비탈을 타고 데구루루 굴러 내렸다. 몸뚱이가 바닥에 닿았다. 신작로였다. 거기서 큰 대자로 뻗어 버렸다. 다시 얼마 후, 가물가물 정신이 들었는데 귓전에 두런두런 사람들 소리가 들렸다. "여보시오" 불렀지만 목구멍이 얼어 소리가 빠져나가지 않았다. 천운인지 마침 그의 쪽으로 다가서는 그림자들이 있었다.

"여보, 사람 살리시우."

사내들이 깜짝 놀라 그에게 다가왔다.

"아니, 여기서 뭘 하시우? 야심한 이 밤에?"

"사람 좀 살리시우. 날 어쨌든 가장 가까운 주막에다 데려다 주시오. 끌어다 놔두 좋소. 그건 그렇고 여기가 어디요, 대체?"

"어디긴 어디요, 홍제동 화장장이지."

변영로는 순간 모골이 송연하였다. 하마터면 화장장에서 동사해 고스란히 화장장 신세를 질 뻔했기 때문이다. 나중에 곰곰이 따져 보았다. 아마 종로에서 술을 먹고 흑석동 집까지 버스를 탄다고 탔는데 잘못 탄 모양이었다. 그래 영천 종점을 노량진 종점으로 알고, 또 녹번동 비탈길을 한강변 언덕길로만 여기고 한없이 걷고 또 걸었을 것이다. 그러다가 기어이 정신을 잃고 쓰러진 게 바로 그 홍제동 화장장이었으리라.

금주패와 금주단행론

어쨌든 시인이자 이화여전 교수인 변영로도 더 이상 물러설 수 없었다. 소년의 치기도 청춘의 객기도 더는 말을 듣지 않는 나이였다. 게다가 이젠 자식들도 두지 않았는가. 애들 볼 면목도 없었다. 죽기 살기 금주를 실천하기로 단단히 마음먹은 것도 막다른 선택이었다. 그러나 정작 금주를 시작해도 첫날부터 난관이 하나둘이 아니었다. 양조장이며 요릿집, 카페는 애써 피해 가면 된다지만, 만나는 사람마다 "이보게, 나 술 끊었네" 하고 설명해야 하는 건 무엇보다 골치 썩는 일이었다.

"뭐? 자네가 술을 끊는다고? 내일은 해가 서쪽에서 뜬다고? 흥."

"이 사람 식전부터 취해 헛소리를 하는구먼."

귀를 막고 달아나는 것도 한두 번이지 귀찮아 견디기 어렵게 된 변영로는 어느 날 집을 나서자마자 밤새 고민한 대로 발길을 잡았다. 종로 운종가의 신태화 금은방이었다.

"커다란 은패 하나 만들어 주시구랴. 한쪽에는 국문으로 '금주' 이렇게 써 주시고, 다른 쪽에는 한자로 또 그렇게 적어 주시오."

"아, 마침내 술을 끊으시려굽쇼? 장하신 일입니다."

이튿날, 수주는 초특급으로 은패를 받아 냈다. 그리하여 까만 줄에 그것을 꿰어 구교 신부의 십자가인 양 목에 걸었다. 놀라운 일이었다. 그것이 마치 호신부護身符인 양 그의 마음을 차분히 다스렸다. 그것을 걸면 어떤 어려움도 헤쳐 나갈 수 있을 것 같았다.

그날 이후 서울 장안에는 소문이 쫙 퍼졌다.

"들었나? 수주가 술을 끊었다네."

"쳇, 익은 밥 먹고 선소리하라지. 그자가 술을 끊어? 어림 반 푼어치도 없는 소리!"

"아니야. 이번에는 진짜 발심한 모양일세. 목에다 금주패까지 차고 다닌다니까."

"흥, 여드레 삶은 호박에 이 안 들어갈 소리! 그런 건 금주패가 아니고 개패라고 하는 거야, 개패!"

사람들은 변영로의 금주 소식을 통 믿지 않았다.

그러거나 말거나 이번 참의 결심은 전에 없이 단호했다. 그는 어느 주석에 나가더라도 제일 먼저 금주패를 탁 꺼내 탁자 위에 올려놓는 것으로 자리를 시작했다. 처음에는 콧구멍으로 벌렁벌렁 웃던 벗들도 네댓 차례 그런 일이 이어지자 그때부터는 으레 그러려니 무심히 봐 넘기게 되었다.

그것으로 일이 말끔히 정리되는 건 아니었다. 벗들 사이에서는 변영로가 술 끊는다는 핑계로 술 사 주는 일도 끊었다고, 말하자면 술값 아까워 금주를 구실 삼는 거라는 말까지 돌았다. 환장할 노릇이었다. 살려고 시작한 금주가 벗들까지 다 내쫓을 판이었다. 어쩌다가 길에서 만난 벗들 중에는 마치 상하이에서 돌아와 〈민족개조론〉(1922)을 써내던 때의 이광수를 대하듯 싸늘한 눈길마저 던지는 치도 없지 않았다. 하지만 변영로의 금주는 1933년 미국으로 유학을 떠날 때까지 무려 6년간이나 지속되었다.

문제는 어렵사리 유학을 마치고 돌아온 이후에 발생했다. 새삼 금주패를 목에 걸자니 영 위신이 서지 않았다. 고민 끝에 그는 기발한 발상을 떠올렸고, 신문사 편집국장으로 있는 외우 서항석의 도움을 받아 이를 즉시 실행에 옮겼다.

이튿날, 〈동아일보〉를 펼쳐 든 독자들은 변영로의 이른바 「금주단행론」을 접할 수 있었다.

나의 생도 이미 정오를 지나 석양길로 진입하였다. 술 마시느라
'늘 놓친 허다한 기회'와 '이루지 못한 무수한 원망'은 이제 와서
는 일종 마음의 중하重荷가 되었다. 마음이 끝없이 괴로웠다. 그
렇다고 개탄만이 무슨 소용이 있으랴? 늦었더라도 '수습의 길'
을 걸어야겠다. '정리의 길'을 밟아야 하겠다. 술로 해서 정신상
으로 짊어진 빚은 죽는 날까지 갚아도 끝이 나지를 않을 게다.
(중략) 나는 다시 술을 입에 대지 않으리라. 하여何如한 조건과
하여한 사정이 있더라도 나는 술과는 하직이다. 해가 뜨건 지
건, 날이 흐리건 청명하건, 꽃이 피건 시들건, 나는 절대로 술을
마시지 않으리라.

어려서부터 대취해서 산 수주 변영로였지만, 3. 1운동 당
시의 활약은 눈부셨다. 일석 이희승과 함께 〈독립선언서〉를
영문으로 번역한 것이 그의 업적이었다. 영어를 잘하던 그
는 백낙천의 한시 「비파행」도 영어로 번역하고, 열여섯 살에
이미 영어로 「코스모스」라는 시를 쓴 바도 있다.

그렇더라도 그는 처음부터 끝까지 조선의 시인이었다.

거룩한 분노는
종교보다도 깊고
불붙는 정열은

사랑보다도 강하다

아! 강낭콩꽃보다도 더 푸른
그 물결 위에
양귀비꽃보다도 더 붉은
그 마음 흘러라.

(변영로, 「논개」 부분. 1922)

식민지 치하에서 '조선의 마음'을 이토록 잘 그려 낸 시인
도 흔치 않을 것이다.

• • •

앞서 어린 시절 학교에 가지 않고 아버지 사랑방에서 뒹
굴던 소년 영복이를 보았다. 그때 정 교관이 또박또박 말도
안 되는 말대꾸를 하는 어린놈에게 질려 방을 나갈 때, 영복
이가 "여보게, 히로 한 개만 주고 가게" 했던 말을 기억하리
라. 어떻게 되었을까.

훗날 변영로는 『명정사십년』에서 정 교관이 "망설망설하
다가 홱 한 개를 던져 주고 총총 문을 나시었다"고 밝혔다.

질투는 나의 힘

김동인

김동인(소설가, 1900~1951). 김윤식, 『김동인 연구』(민음사, 2000)에 크게 기댔다. 아울러 김동인이 쓴 「문단 15년 이면사」(《조선일보》, 1934. 3~4), 「나의 문단 생활 20년 회고기」(『신인문학』, 1934. 12), 「문단 30년의 자취」(『신천지』, 1948. 3~1949. 8) 등도 참고. 단, 우리나라 최초의 동인지 『창조』를 만들 때의 정황에 대해 김동인의 기억은 자주 헷갈린다. 1918년 도쿄 유학생들의 송년회도 그는 크리스마스 날로 기억한다. 김윤식의 연구에 따르면, 김동인과 주요한 사이에 문예 잡지 이야기가 거론되기 시작한 것은 그보다 이전, 아마 1918년 초부터였다고 한다.

두 친구, 주요한과 김동인

1918년 12월 29일, 도쿄.

주요한과 함께 혼고의 제 하숙으로 돌아와서도 김동인은 흥분을 쉽게 가라앉히지 못했다. 돌아오자마자 병에 든 농축 커피를 뜨거운 물에 타서 한 잔 마신 것도 그 때문이었다. 그는 카페 파울리스트의 그 커피를 특히 좋아했다.

저녁때 간다의 메이지홀에서 열렸던 재일조선인 유학생 송년회가 당연히 화제의 중심이었다. 그해 정월에 발표된 미국 대통령 윌슨 씨의 민족자결주의라는 것이 한 해 내도록 사람들의 입에 오르내렸다. 피지배 민족이 자유롭고 공평하고 동등하게 자신들의 정치적 미래를 결정할 수 있게 자결권을 인정해야 한다는 것이 골자였다. 흥분한 나머지 마치 윌슨 씨가 식민지 조선에게도 당장 자결권을 준 것처럼 핏대를 올리는 이들도 없지 않았다. 송년회에서도 웅변에 나선 연사 역시 민족의 정당한 권리를 주장했고 조선 청년들의 혈기로써 담대한 투쟁을 전개해 나가자고 부르짖었다.

김동인은 정작 무대에 올려진 4막짜리 연극에 더 큰 관심이 갔다. '황혼'이라는 제목이었는데, 조혼 문제로 고민하는 지식 청년들의 처지를 정면으로 다루어 크게 공감을 이끌어냈다.

"극을 쓴 최승만이 그이가 어느 학교던가?"

"동경관립외국어학교 노어과."

"난 전영택 씨하고 친해 보이기에 청산학원인 줄 알았네. 아무튼 그이가 재주가 있긴 하지?"

"암, 그러기에 『기독청년』의 주간을 맡고 『학지광』의 편집도 맡았겠지."

"흥, 그거야……."

김동인이 슬쩍 말끝을 흐렸다.

그도 그럴 것이 유학생학우회에서 발행하는 『학지광』하고는 쓰린 인연이 있기 때문이었다. 사실은, 바로 얼마 전 가을에 『학지광』에 소설을 투고하였는데 몰서沒書를 당했던 것이다. 물론 『학지광』이 문예를 홀대하기로는 이미 소문이 자자한 터였다. 문예에 관한 것이라면 반드시 잡지의 끄트

머리에 처박아, 그것도 코딱지만 한 6호 활자로 겨우 찍어 펴냈다. 그런 만큼 거기서 외면을 받았다고 창피할 것은 없었다. 다만 동인으로서는 그 이전에도 〈매일신보〉에 투고해서 무참히 몰서를 당한 경험이 있기에 자못 우울하지 않을 수 없었던 것이다.

'흥, 제깟 것들이 뭐 보는 눈이 있어야지.'

가장 가까운 벗 주요한에게도 말을 안 했을 만큼 동인은 자존심이 무척 상했다. 『학지광』은 『학지광』대로 〈매일신보〉는 〈매일신보〉대로 이제 막 예술에 애가 단 청년에게 도무지 곁을 내주지 않았다. 딴은, 『학지광』이야 그렇다 치더라도, 〈매일신보〉는 조선에서 나오는 유일한 신문이었다. 팔도 각지에서, 아니, 일본과 만주, 심지어 아라사(러시아) 등 해외에 사는 동포들까지 죄 그것 하나에 매달리는 형국이었다. 독자들의 투고 또한 넘쳐날 게 뻔했다. 무명인의 어지간한 글은 읽지도 않고 쓰레기통에 던져 넣어도 할 말이 없을 터였다. 말하자면 김동인 자신이 바로 그 무명인이었다. 한갓 '아무개'였다. 가슴에 아무리 뜨거운 예술혼을 품고 있다 한들 무슨 소용이랴. 밤잠을 설쳐 가며 아무리 훌륭한 천재를 발휘한들 누구라서 알아줄 터인가.

그러나 동인의 가슴 깊은 곳에 가장 쓰라린 아픔을 안겨 준 것은 다른 누가 아닌 바로 그의 가장 가까운 벗 주요한이었다. 그렇다. 요한이야말로 그의 가장 큰 쓰라림이었다.

고향인 평양에서 숭덕소학교를 졸업하기 바로 직전이었다. 요한이 갑자기 자랑스레 말했다.

"나, 동경 간다."

"뭐?"

"아버지가 동경 가시게 되었는데 나도 데려간다고 하셨어."

동인은 커다란 망치로 한 대 얻어맞은 듯 얼얼했다. 시대 풍조도 그렇거니와 어차피 가게 될 도쿄였다. 그래, 언제부턴가 둘은 서로 내가 먼저 가니 네가 먼저 가니 내기를 했다. 그때마다 동인은 당연히 제가 이길 수밖에 없는 내기라고 생각했다. 왜 아니겠는가. 그는 평양에서도 내로라하는 거부의 귀한 도련님이었다. 반면 요한의 부친은 교회의 일개 목사에 지나지 않았다. 그런 만큼 아무나 붙잡고 물어봐도 둘 중에 우선권은 당연히 동인 저에게 오리라 믿을 수밖에 없었다. 하지만 상황은 눈 깜짝할 사이에 뒤집어졌다. 요한의 아버지가 도쿄 조선인교회에 부임하게 되었던 것이다.

과연 요한은 학교를 졸업하지도 않고 훌쩍 도쿄로 떠나 버렸다. 동인은 그야말로 닭 쫓던 개 지붕 쳐다보기로 멍한 기분이었다. 약이 올랐다. 샘이 났다. 샘이 나서 몹시 견디기 어려웠다. 미션계 숭실중학에 들어가서도 영 재미가 없었다. 공부를 하다가도 창밖으로 하늘을 보면 지금쯤 저 멀리 도쿄에서는 똑같은 하늘 아래 요한이 보란 듯 거닐고 있겠거니 싶어 속이 쓰려 왔다.

물론 동인에게도 머지않아 도쿄 유학의 기회가 찾아왔다.

그러나 동인은 요한이 다니는 메이지학원 대신 도쿄학원을 선택했다. 죽어도 요한의 후배가 되는 꼴은 싫었기 때문이다. 다행히 도쿄학원은 메이지학원하고는 반대 방향인 이치가야에 있었다. 그래서 나카시부야에 하숙을 정하고 학교까지 결코 가깝지 않은 거리를 매일같이 걸어 다녔다. 동인은 곧 걷는 데 재미를 붙였다. 하숙을 조금 벗어나면 아오야마 연병장이 나온다. 거기를 지나면 번화가가 나오고 곧 이치가야의 호리베로 이어진다. 이어 고라쿠엔이었다. 동인은 전차로나 다녀야 할 그 먼 거리를 걸어 다니며 새삼 자유를 만끽했다. 아침 일찍이 한 치 앞도 보이지 않는 아오야마 연병장의 안개 속을 어깨에 멘 가방을 좌우로 저으며 걷노라면 때때로 뜻하지 않은 곳에서 사람의 그림자가 불쑥 튀어나왔다. 주인 모를 신발 소리가 달그락달그락 쫓아오는 적도 있었다. 무섭기는커녕 그런 것들이 모두 저의 자유를 확인시켜 주었다.

외로움, 향수…….

동인은 어느새 고독마저 즐길 줄 아는 소년으로 성장해

가고 있었던 것이다.

그러던 중 도쿄학원이 갑자기 문을 닫았다. 그 바람에 재학생들은 메이지학원과 아오야마학원(청산학원)으로 나뉘어 들어가게 되었다. 동인은 어쩔 수 없이 메이지학원에 들어가 요한의 1년 후배가 될 수밖에 없었다. 하지만 그거야 학교 사정이라 치면 자존심이 상할 일도 아니었다. 정작 동인이 자존심에 크게 상처를 입은 일은 전혀 생각하지도 못한 데서 나왔다.

어느 날 요한이 말했다.

"난 커서 문학을 전공할 거야."

그 말에 동인은 당장 아무 말도 할 수 없었다. 퍼뜩 도쿄에 가게 되었다고 자랑하던 평양 시절의 요한이 떠올랐다. 아니, 그때보다 열 배는 더 큰 충격을 받았다. 도대체 '문학'이 무엇인지 알지도 못해서였다. 자존심 때문에 그게 뭐냐고 물어볼 수도 없었다. 법률학을 배우면 장차 변호사나 판검사가 될 것이다. 의학은 분명 의사가 된다. 공학은 기술자가 된다. 그러나 문학이라는 건 도대체 어떻게 생겨 먹은 학문인가? 무엇을 배우고, 그걸 배우면 나중에 무엇을 하는 것인지, 동인은 아무것도 아는 게 없었다. 그야말로 백지상태였다. 그럼에도 분했다. 약이 올랐다. 부끄러웠다. 요한에게 불쾌했고, 자신에게 화가 났다.

요한은 늘 그렇게 한발 앞서 나아갔다.

도쿄에 먼저 갔고, 메이지학원에 먼저 갔고, 이제 문학의 길마저 먼저 가는 것이었다. 그것도 말만이 아니었다. 요한은 『학우』에도, 또 일본 문예 잡지 『현대시가』에도 이미 제 작품을 몇 편이나 발표한 바 있었다. 게다가 그는 제1고등학교 학생이지 않은가.

제1고등학교!

1918년 가을, 주요한은 조선인 최초로 제1고등학교(일고) 학생이 되었다. 입학시험은 7월에 있었다. 당시 일본의 관립 고등학교는 도쿄의 제1, 센다이의 제2, 교토의 제3, 하는 식으로 모두 일곱 개가 있었다. 그중에서도 도쿄의 제1고와 교토의 제3고가 자웅을 겨루었다. 일고는 말하자면 일본에서도 가장 빼어난 학생들만이 들어가는 학교였다. 그런 학교에 요한이 당당히 합격한 것이다. 메이지학원에서는 80여 명이 응시했는데, 오직 한 사람 주요한만이 합격했다. "에라이나아!(굉장하군!)" 하는 소리가 사방에서 들려왔다. 〈아사히 신문〉에서는 요한의 하숙집까지 찾아와 취재를 했고, 그 내용을 기사로 썼다.

요한은 모자를 구정물에 담가 일부러 낡은 티를 내게 만들었다. 그걸 삐뚜름히 썼다. 굽 높은 게다를 신었다. 때 묻은 수건을 찼다. 그런 게 다 관습이고 전통이었다. 학우들과 함께 길을 가며 이따금 크게 소리를 질렀다. 아무도 뭐라 하지 않았다. 그러기는커녕 다른 학교 학생들은 감히 곁에 다가서지도 못했다. 멀리서 보고 골목으로 숨어드는 게 흔한 일이었다.

그 일고를 내 친구 요한이 다닌다!

동인은 겉으로 내색은 못 했지만 언제고 한번 꼭 요한을 이기고야 말리라 하는 생각을 아니 품을 수 없었다.

『창조』의 창조

그날, 유학생 송년회를 마치고 돌아온 날, 두 친구는 밤새 도록 이런저런 이야기를 나누었다. 민족자결 이야기도 나왔고, 전해 들은 독립선언 이야기도 나왔다. 그러나 그런 것들은 결국 그 방면 사람들에게 맡기자는 게 동인의 주장이었다. 요한도 크게 다르지 않았다. 둘은 자신들의 미래가 정치가 아니라 문학을 중심으로 펼쳐질 것임을 믿어 의심치 않았다. 그리하여 그날도 다시 문학에 관한 이야기로 밤을 지새웠다. 처음 문학에 대해 '문' 자도 모르던 동인도 그동안 노력한 보람이 있어 이제는 요한이 아니라 누구를 만나도 밀리지 않을 자신이 있었다. 실은, 언제부턴가 동인은 이제 문학만이 요한을 넘을 수 있는 유일한 수단이라는 사실을 스스로 깨닫고 있었던 것이다.

요한이 문득 생각난 듯 말했다.

"이보게 동인이, 잡지 하나 해 보게."

"잡지?"

"문예 잡지 말일세."

동인은 몸을 반쯤 일으켜 앉으며 요한을 바라보았다. 요한도 꾸물꾸물 몸을 일으켰다. 동인은 요한의 입에서 문예 잡지 이야기가 나왔다는 사실 자체에 또 놀랐다. 잡지를 하면이야 좋아도 그게 아무나 덤벼들 수 있는 게 아니지 않은가. 어림짐작으로도 돈 십만 원은 있어야지 싶었다. 그런데 그런 잡지 이야기를 일개 서생인 주제에 요한이 꺼내다니, 동인은 새삼 경이의 눈으로 벗을 바라보지 않을 수 없었다.

"잡지사라니? 돈이 어디 그리 많이 있나?"

"무얼, 많아야 쓸 데도 없지."

동인은 요한의 자신만만함에 또 살짝 주눅이 들었다. 요한은 메이지학원 중학부에 적을 두었을 때 이미 교지 『백금학보』를 편집한 경험이 있었다. 선배 이광수가 진작 단편소설을 써서 발표한 그 학보였다. 그런 만큼 잡지가 어떻게 운영되는지에 대해서도 나름대로 보고 배운 바가 많았던 것이다.

"2백 원이면 어떻게든 창간호를 낼 수 있다."

"엥? 2백 원? 기껏 2백 원?"

"그래."

"그다음엔?"

동인은 요한의 태연한 말투에 제법 놀라 제가 오히려 자세를 고쳐 앉으며 되물었다. 제 감냥으로는 도무지 짐작이 되지 않는 이야기를 요한이 하고 있어서였다.

"처음 창간호를 내서 성적이 좋으면 그 돈으로 제2호를 내지. 불행히 많이 팔리지 않더라도 그때부터는 한 백 원만으로도 꾸려 나갈 수 있을 게다."

"정말?"

"동인이, 2백 원만 내게. 그 돈으로 우리 문예 잡지를 한번 내 보세."

동인이 두 눈을 말똥말똥 크게 뜨며 벗의 입을 뚫어져라 지켜보았다. 경탄과 함께, 이미 질투의 차원을 넘어선 무엇인가 전혀 새로운 희망의 빛이 동인을 찾아온 것도 그즈음이었다.

창밖에도 어느새 어둠이 물러가며, 아직은 희붐하지만 분명한 새벽 먼동이 터 오고 있었다.

나중에 동인은 그날 일을 이렇게 회상했다.

잡지의 이름은 『창조』라 하기로 – 처음에는 요한이 『창조』는 종교 내음새가 있다고 약간 반대하였지만 – 하고 밝는 날 곧 평양

어머님께 전보 쳐서 창간비 200원을 청구하기로 하고, 둘(요한과 나)이서 내 하숙집 자리에 든 것은 새벽 다섯 시도 지나서 우유 배달 구루마의 소리를 들으면서였다. (중략) 이리하여 4천 년, 이 민족에게는 '신문학'이라는 꽃이 그 봉오리를 벌리기 시작하였다.

4천 년 역사 이래 '신' 문학이라니. 『창조』가 얼마나 김동인의 자부심이었을지 능히 짐작할 수 있다. 그는 비단 『창조』를 펴냈을 뿐만 아니라 『창조』를 통해 자신이 처음이자 으뜸이노라 뻐길 만큼 근대적 의미의 소설들도 발표할 수 있었다.

『창조』는 1919년 2월 8일 세상에 모습을 드러내게 되었다. 공교롭게도 그날은 도쿄에서 조선인 유학생들이 이른바 2.8 독립선언을 하던 날이었다.

. . .

아다시피 주요한은 『창조』 창간호에 우리나라 최초의 근대시라 할 수 있는 「불노리」를 발표하여 그 뛰어난 재능을 과시한다. 그에 대해 김동인이 어떤 태도를 비쳤을까? 주요한은 스스로 그것이 어렸을 때 대동강에서 본 관등회 풍경을 소재로 삼은 것이라 밝혔다. 그러나 김동인의 말은 전혀 다르다.

『창조』 창간호에 나는 「약한 자의 슬픔」이란 소설을 썼고, 주요
한은 「불노리」란 시를 썼다. 그 전해(1918) 4월에 나는 결혼을
하였다. 양력 4월에 결혼을 하였는데, 그 음력 4월 8일 석가여
래의 탄일에 평양에서는 수십 년래 쉬었던 큰 관등놀이를 하였
다. 수십 년 못 하였던 것이니만치 호화롭고 굉장하게 하였다.
새로 결혼하고 신혼여행으로 금강산을 돌아서 집으로 돌아오니
이 관등놀이다. 처갓집에서는 사위맞이 축하 겸 큰 배를 한 척
구하여 뱃속 잔치 열고, 관등선에 섞이어 유쾌한 한 저녁을 보
냈다.
신혼, 잔치, 관등─하두 마음이 기뻐 그 관등놀이의 굉장하고
훌륭함을 요한에게 말하였더니, 거기서 명편 「불노리」의 노래
가 생겨난 것이다.(김동인, 「문단 30년의 자취」, 1949)

김동인의 말이 크게 틀리지 않을 것이다. 다만 「불노리」를
명편이라 한 그의 찬사는 꽤 먼 훗날의 일이었고, 1934년 어
느 지면에서는 "요한의 많고 많은 시 가운데 『창조』 창간호
에 난 「불노리」는 가장 졸렬한 시일 것"이라고도 말하고 있
다. 대체 「불노리」의 어디에서 졸렬함을 엿보았는지, 외려
궁금해지는 대목이다.

그 노래밖에

심훈

심훈(소설가, 시인, 1901~1936). 심훈, 「단재와 우당」(산문), 「고루의 삼경」(시), 「그날이 오면」(시), 「감옥에서 어머님께 올리는 글월」(편지) 등은 『심훈문학전집』(탐구당, 1966), 김종욱, 박정희 편, 『심훈 시가집 외─심훈 전집(1)』(글누림, 2000) 참고. 단재 신채호의 글은 단재신채호선생기념사업회 편, 『개정판 단재신채호전집』(1998)과 김삼웅, 『단재 신채호 평전』(시대의 창, 2005) 등 참고. 『천고』 창간사는 이 『단재 신채호 평전』에서 인용. 서대문형무소 안 찬미가 부분은 심훈, 「찬미가에 싸인 원혼」(『신청년』, 1920. 8) 참고. 「찬미가에 싸인 원혼」은 원고지 13장 내외의 짧은 소설로, 습작기의 작품이다. 한기형, 「습작기의 심훈(1919~1920)」(『민족문학사연구』, 2003년 상반기)에 수록되어 있다. 심훈의 무릎에서 숨을 거둔 노인에 대해서도 한기형의 견해 참고.

베이징의 밤

1921년 겨울, 베이징.

심훈은 다시 단재 신채호의 방을 찾았다. 베이신차오^{北新橋} 콴제^{寬街} 가까운 어느 후통(전통 골목)의 초라한 단칸방이었 다. 콴제는 우리 서울의 시구문처럼 예부터 시체를 성 밖으 로 내던 곳이라 토박이들 속에선 귀신 거리라고도 불렸다.

심훈은 들어가자마자 주인의 허락도 없이 방문부터 열어 환기를 시켰다. 앉은뱅이책상맡의 단재가 슬쩍 그를 쳐다 봤지만 마치 유령 보듯 고개를 까딱하곤 그뿐이었다. 유령 은 그가 유령이었다. 등불은 겨우 사람 얼굴이나 알아볼 정 도로 희미했고, 책상 위엔 원고지가 수북이 쌓여 있었다. 그 무덤 같고 도깨비굴 같은 방 안에서 유령은 붓으로 무슨 글을 쓰고 있었는데, 한 줄 쓰고는 낭랑한 목소리로 한 번, 두 줄 쓰고는 깔깔한 목소리로 두 번 외어 확인하는 식이었다.

"천고天鼓, 천고여, 한 번 치매 무슨 소리가 나고, 두 번 두드리매⋯⋯."

심훈은 싱긋 웃으며 안으로 들어가 한구석을 조용히 차지하고 앉았다. 물론 종이창에는 기대지 않으려고 조심하였다. 거기 쓰여 있으되,

'좌차자견자座此者犬子'

들락거리는 이들이 많아 무심코 기대다가 종이창을 많이 찢어 먹곤 했던 모양이었다. 여기 앉는 놈은 개 아들일세! 심훈은 충청도 고린샌님 같은 선비의 고리삭은 유머에 기분이 좋아졌다.

단재는 마치 날밤이라도 샌 얼굴이었으되 붓 쥔 손끝은 펄펄 날았다. 금강산 단풍 구경보다는 몽골 사막에 불어치는 모래바람에 가슴을 펼치고 싶다던 그 아니던가. 상하이의 임시정부를 질타하고 뛰쳐나온 것도 오직 그런 단심에서였다. 당장 독립을 할 힘이 없으니 차분히 실력을 기르자고? 아니면 국제 사회의 여러 나라에 우리 좀 독립시켜 주시오, 외교를 펼치며 때를 기다리자고? 그도 저도 아니라면 당장은 독립이 어려우니 자치라도 구걸해 보자고? 천하의 단재가 그런 준비론, 외교론, 자치론 따위를 받아들일 리 없

었다. 그는 임시정부가 이광수에게 맡겨 발간하던 〈독립신문〉과 별도로 〈신대한〉을 창간했다. 거기서 "이천만의 해골을 태백산같이 쌓을지라도 일본과 싸우자"고 크게 외쳤다.

지금 심훈의 눈앞에서도 단재는 말로만 듣던 기개 그대로였다.

단재의 붓이 몇 줄 또 바람처럼 내달리는데, 그때마다 때묻은 무명 두루마기의 소매가 책상 모서리에 쓸리어 반짝거렸다. 또 갑자기 붓을 놓고 무릎을 치더니 크게 한숨을 토했다. 그 모습이 마치 글에 실성한 사람 같았다. 그러는 동안에도 수제 여송연은 생으로 타들어 가고 있었다. 심훈은 기어이 또 기침을 하고 말았다.

"선생님, 에고, 혁명도 좋지만 거 담배 좀……."

단재가 그제야 알은체를 하고 몸을 돌렸다.

"하하, 왔지? 미안하이. 이 한 줄만 쓰고 보자는 것이 그만……. 아무튼지 마침 잘되었네. 청년 학도의 입장에서 어디 이 글을 한번 읽어 봐 주시게."

단재가 담배는 아랑곳하지 않고 원고지만 성큼 집어 건넸다.

심훈은 첫눈에도 소문 그대로임을 알았다. 단재가 글은 훌륭해도 글씨는 괴발개발 천하의 악필이라고 했다. 원고지에 빼곡한 초서체가 모양을 읽어 내는 것조차 쉽지 않았다.

얼추 내용은 『천고』라는 잡지를 펴내는 뜻을 담은 이를테면 창간사였다. 삼천리 강역을 짓밟고 삼천만 인민을 도탄에 빠뜨린 왜를 처음부터 맹렬히 후려치는 선언이었다. 그러면서 그 발간의 의의를 넷으로 정리했다. 읽어 내려가자니 새삼 분한 생각이 울컥울컥 치밀어 올랐다.

마지막 부분에 이르러서 심훈은 기어이 눈시울이 뜨거워지고 말았다.

이런 뜻이었다.

천고여! 천고여! 장차 구름이 되고 비가 되어 더러운 비린내와 누린내를 씻어 내고, 장차 귀鬼가 되고 여厲. 귀신가 되어 적들의 운명이 장차 다하기를 저주하고, 장차 칼과 창과 방패가 되어 적들을 크게 놀래 주어라. 안으로는 인민들의 기운이 날로 성장하여 암살과 폭동의 장한 거사가 거듭 나타나 끊이지 않고, 밖으로는 세계의 운명을 일신하여 유약한 나라와 족속의 자립운동이 계속 이어져 그치지 않으리라. 천고여! 천고여! 너는 울고 춤을 춰 우리 동포들을 일으키고 저들 흉악한 무리들을 잡아 없애 우리의 산하를 예전처럼 돌려놓자. 천고여! 천고여! 분발하고 노력하여 마땅히 해야 할 바를 잊지 말자.

두 사람은 한동안 말이 없었다.

어린 심훈이 아닌 척 슬쩍 늙은 단재를 훔쳐보니 그 역시 눈시울이 벌겋다. 고된 세월의 비바람이 이미 불혹을 넘긴 사내의 가슴을 후려치고 있었다. 흔들리지 않을까. 언제까지, 언제까지…….

죽음의 밤

심훈은 문득 서대문형무소에 있을 적의 어느 날 밤이 떠올랐다. 그날은 죽음의 밤이었다. 그로선 태어나 처음으로 겪는 임종이었다.

저녁 무렵이면 구슬프게 들려오던 악박골 약수터의 단소 소리마저 끊긴 밤이었다. 한 노인이 경찰에서부터 다리 하나를 아예 못 쓰게 된 채로 그곳에 와서는 밤이면 몹시 앓았다. 병감은 만원이라고 옮겨 주지도 않았다. 그도 그럴 것이 방방마다 만세 부른 이들로 그득했으니, 현저동 형무소에만 무릇 몇천인지 몰랐다. 심훈이 이름도 없이 수번 2007호로만 행세하던 28호실도 두 칸이 채 못 되는 방에 열아홉이나 비웃(청어) 두름처럼 엮어 넣었으니, 밤이고 낮이고 다리 한번 제대로 뻗지 못했다. 그렇게 쪼그린 채 한 달을 날밤을 새우다시피 했다. 때마침 날도 몹시 더워서 풀 한 포기 없는 감옥 마당에는 뙤약볕이 쨍쨍 내리쬐고, 붉은 벽돌담은 보기만 해도 화로처럼 훅훅 달아올랐다. 방 안에서는 똥통이 부글부글 끓어올랐다. 그렇게 지내는데도 괴롭다 성내는 사람 하나 없었다. 누구의 눈초리에도 뉘우침이나 슬픈 빛은 보이지 않고 도리어 그 눈들이 샛별같이 빛날 뿐이었다.

심훈들은 아침마다 전등불이 꺼지는 것을 신호로 방 안의 가장 어른인 그 노인의 선도로 모두 함께 기도를 올렸다. 그러면 곧 형무소 전체가 들썩거렸다. 형무소의 몇 천 명이 같은 시각에 그럴진대, 극성맞은 간수들도 감히 칼자루 소리를 저걱거리지 못했다.

그 노인에게 시시각각 죽음의 그림자가 다가서고 있었다. 심훈들은 모두 깨어 일어나 그의 주변으로 몰려 앉았다. 노인은 희미한 5촉 전등 불빛 아래 가물가물 꺼져 가는 정신으로도 기구한 한뉘를 돌이켜보는 것 같았다. 노인의 숨결이 점점 가빠졌다. 심훈이 제 무릎으로 노인의 머리를 받쳐 주었다. 노인이 떨리는 손으로 심훈의 손을 잡았다. 억센 손이었다. 당장 숨이 넘어갈 노인의 손이 그토록 굳세고 전기라도 통할 듯 뜨거웠다.

"여러분!"

노인은 마지막 힘을 다하여 몸을 벌떡 솟구치더니 크게 소리쳤다. 찢어질 듯이 긴장된 얼굴의 힘줄과 표정, 그날 수천 명 교도 앞에서 연설할 때의 목소리가 꼭 그와 같이 우렁

찼을 터였다. 그러나 심훈들은 끝내 그의 연설을 제대로 듣지 못했다. 목구멍 속으로 잦아드는 가냘픈 외침이 마지막이었다. 노인은 가래가 끓어오르는 소리를 몇 번 더 그르렁거렸다.

소원이 무어냐고 물었지만 노인은 조용히 머리를 저었다. 그래도 흐려지는 눈은 꼭 무엇을 애원하는 듯하였다. 누군가 노래를 부르기 시작했다. 다들 나지막이 따라 불렀다. 목소리들이 떨렸다. 며칠 후 며칠 후 요단강 건너가 만나리……노래도 다 부르기 전, 노인과 같은 신도인 상투 달린 사내 한 사람은 아예 목 놓아 울었다. 그리고 그 통곡 속에, 노래 속에, 노인은 끝내 숨을 거두고 말았다.

심훈의 옷자락에 시뻘건 선지피를 토한 채로.

심훈은 나중에 그날 일을 어머니에게 편지로 적어 보냈다.

어머님!

그가 애원하던 것은 그 노래인 것이 틀림없었을 것입니다. 우리는 최후의 일각의 원혼을 위로하기에는 가슴 한복판을 울리는 그 노래밖에 없었습니다. 후렴이 끝나자, 그는 한 덩이 시뻘건 선지피를 제 옷자락에 토하고는 영영 숨이 끊어지고 말더이다. 그러나 야릇한 미소를 띤 그의 영혼은 우리가 부른 노래에 고이 고이 싸이고 받들려 쇠창살을 새어서 새벽하늘로 올라갔을 것입니다. 저는 감지 못한 그의 두 눈을 쓰다듬어 내리고 날이 밝도록 그의 머리를 제 무릎에서 내려놓지 않았습니다.

어머님!

생각하면 생각할수록 사록사록이 아프고 쓰라렸던 지난날의 모든 일을 큰 모험 삼아 몰래몰래 적어 두는 이 글월에 어찌 다 시원스러이 사뢰올 수가 있사오리까? 이제야 겨우 가시밭을 밟기 시작한 저로서 어느 새부터 이만 고생을 호소할 것이오리까?

1919년 5월 30일, 경성고보(현 경기고등학교)를 다니다 붙들려 온 스무 살 청년의 무릎 위에서 숨을 거둔 노인, 그는 3. 1운동 당시 천도교 서울교구장이었던 장기렴이었다. 향년 67세.

심훈은 단재에게서 문득 그 노인을 보았을지 모른다. 그래서 겁이 났다.

어쩌면 그건 제가 선택해야 하는 길인지도 모르기에 더더욱.

그날 밤, 베이징 하늘에 눈발이 날렸다.

단재는 여전히 책상맡을 지키는데, 홀로 누운 청년은 쉽게 잠을 이루지 못했다. 몽고바람이 후통을 훑고 몰아쳤다. 허술한 문틀이 왈각달각 흔들렸다. 가까운 고루에서 삼경(밤 11시에서 새벽 1시)을 알렸다. 땡, 땡, 종이 울었다. 쿵,

쿵, 북이 울었다. 화로에 연료도 떨어졌다. 찬 벽에 성에가 더욱 찼다. 호콩 장수의 목소리마저 차갑게 얼어붙었다.

부처님처럼 벌린 단재의 왼손 손바닥 밑에는 저 홀로 타들어 간 재가 한 치나 소복했다. 심훈은 문득 미치도록 시가 쓰고 싶었다. 언제든 찾아올 바로 '그날'에 대해서.

그날이 오면 그날이 오면은

삼각산이 일어나 더덩실 춤이라도 추고

한강물이 뒤집혀 용솟음칠 그날이,

이 목숨이 끊기기 전에 와 주기만 하량이면,

나는 밤하늘에 날으는 까마귀와 같이

종로의 인경을 머리로 들이받아 울리오리다.

두개골은 깨어져 산산조각이 나도

기뻐서 죽사오매 오히려 무슨 한이 남으오리까

그날이 와서 오오 그날이 와서

육조 앞 넓은 길을 울며 뛰며 뒹굴어도

그래도 넘치는 기쁨에 가슴이 미어질 듯하거든

드는 칼로 이 몸의 가죽이라도 벗겨서

커다란 북을 만들어 둘쳐 메고는

여러분의 행렬에 앞장을 서오리다.

우렁찬 그 소리를 한번이라도 듣기만 하면

그 자리에 거꾸러져도 눈을 감겠소이다.

(심훈, 「그날이 오면」 전문, 1930)

그녀는 처음부터 끝까지 '여류'였다

김명순

김명순(소설가, 시인, 1896~1951). 김명순에 대한 김기진의 비평은 김기진, 「신여성 인물평-김명순 씨에 대한 공개장」(『신여성』 제2권 10호, 1924. 11). 평양의 어린 시절은 김명순, 「의심의 소녀」(1917), 교토의 꿈이야기는 김명순, 「돌아다볼 때」(1924). 열아홉 살의 도쿄 시절은 김명순, 「탄실이와 주영이」(《조선일보》, 1924. 7. 13) 등을 주로 참고. 김명순의 작품은 송명희 편, 『김명순 단편집』(지만지, 2011). 서정자, 남은혜 편, 『김명순 문학전집-한국 근대 최초의 여성작가』(푸른사상, 2010).

한국 문학사의 가장 비열한 '비평'

1924년 늦가을. 잡지 『신여성』을 든 김명순의 두 손이 부들부들 떨렸다. 제목만으로도 어떤 내용일지 짐작은 가능했다. 그러나 그녀가 아무리 상상력을 발휘해도 '공개장'은 그보다 훨씬 더 나아갔다. 김명순은 벌렁거리는 가슴을 애써 진정시키며 글을 읽어 나갔다. 첫 장 첫 줄부터 그건 인물평도 아니었고 문학의 이름을 건 비평도 아니었다. 비열한 인신 매도였고 인격 살인이었다. 추잡하고 혐오스러웠다. 책한 쪽을 다 넘기기도 전에 그녀는 "남자를 그다지 많이 알지 못하는 기름기 있고 윤택하고 보드럽고 폭신폭신한 피부라고 하느니보다도 오히려 육욕에 거치른 윤택하지 못한, 지방질은 거의 다 말라 없어진 퇴폐하고 황량한 피부가 겨우 화장분의 마술에 가리워서 나머지 생명을 북돋워 가는" 처참한 여자가 되고 말았다. 뜨거운 눈물이 두 볼을 타고 주르륵 흘러내렸다. 활자들이 좁은 지면을 찢을세라 벌레처럼 꿈틀거렸다. 그중에서도 유독 한 낱말이 잔뜩 몸피를 불렸다.

육욕肉慾.

숨이 콱 막혔다. 김명순은 더는 읽어 내지 못하고 잡지를 치웠다. 눈을 감았다. 멀리 어둠 속에서 한 아이가 나타났다. 발뒤꿈치까지 치렁하게 드리운 검은 머리가 제 윤에 번질거렸다. 대리석으로 조각한 듯 희디흰 두 뺨에 앞이마 털이 한두 올 늘어져 있는데, 그것들도 때때로 불어오는 맑은 바람에 휘날려 아름다움을 보탰다. 쪽빛 얇은 갑사 치마에 누런색 겹저고리를 입었다. 신은 분홍색 새 신이었다. 어디메 살던 아이인지 곱기도 하다. 처음 보는 아이가 말했다. 우리는 늘 보아도 늘 곱다. 한번 실컷 보았으면 좋겠다. 함께 뛰어놀던 동네 아이들의 입에서도 같은 말이 나왔다. 고운 아이. 댕기머리에 갑사 치마에 누런색 겹저고리에 분홍 새 신을 신은 아이가 고샅을 폴폴 빠져나간다. 새큼한 살구 향이 물큰 퍼진다. 아이가 동무들과 함께 강가를 향해 달려간다. 까르르 웃는 소리가 파란 하늘에 날린다. 저 멀리서 그네를 탄다. 흰 저고리 검정 치마가 파란 하늘을 가른다. 새다. 나비다. 몇 번 그네 뜀에 아이는 훌쩍 자랐다. 너,

내가 침 발라 놓았다. 짓궂은 사내애들이 낄낄거렸다. 넌 내 색시야. 우습지도 않았다. 여학생은 뒤도 돌아보지 않고 책보를 대신 들어 주는 집의 하인만 얼른 따라갔다. '첩의 딸'이니 '기생의 딸'이란 말을 듣지 않은 날은 그나마 다행이었다. 이윽고 저녁인가 밤인가, 아니면 환한 대낮인가. 대동문 밖에 불빛이 불야성이었다. 대동강 위에도 루비 홍옥 같은 등불을 밝힌 작은 배들이 가득했다. 어느 배에선가 수심가가 흘러나왔다. 훌쩍 자란 아이가 귀를 막았다. 눈앞을 흐르던 강은 어느덧 일본 교토의 어느 신사 안을 흐르는 내로 바뀌었다. 물살은 성큼 빨라졌다. 다리 옆에는 큰 느티나무가 있어서, 그 까마득히 보이는 제일 높은 가지 위에는 여섯 잎으로 황금 테두리를 한 남빛 꽃이 달처럼 공중에 떠 있었다. 그 아래는 냇물이 빠르게 좔좔 소리를 내면서 흘러 내려갔다. 자세히 본즉 뗏목 하나가 떠내려가는데, 그 위에는 젊은 여자가 비스듬히 누운 채 남쪽만 바라보고 있었다. 강가의 여학생은 온몸이 으쓱하여 얼른 머리를 저었다. 정신을 차려야 해. 속으로 이렇게 중얼거리는데, 그때 온몸이 저릿하도록 소리가 들려왔다.

저게 너이다! 너이다!

아니다, 아니다. 강가의 여학생이 고개를 마구 저으며 아니라고, 그건 제가 아니라고 크게 외쳤다. 그러나 정작 목구

멍 바깥으로는 풀무질 바람 빠진 헛소리만 쉿쉿 빠져나올
뿐이었다. 뗏목은 하염없이 떠 가고, 뗏목 위 젊은 여자의
눈에는 슬픈 달빛만 가득하고, 그것을 바라보는 강가 여학
생의 눈에는 어느새 눈물이 출렁거렸다.

그리고 기다렸다는 듯 열아홉 살의 도쿄가 악몽처럼 다시
덮쳐 왔다. 키 작고 얼굴이 납다대한 작은 군인이 서 있었
다. 아는 이였다. 그러나 갑자기 지금까지 없던 무서운 생각
으로 몸이 지진같이 떨렸다. 왜지? 무엇인지 아주 남이라고
는 말할 수 없는 처지에서 친한 것 같으면서도 도살장에 짐
승을 이끌고 가는 백정도 저렇진 않을 텐데 하는 의심을 일
으켰다. 그 남자의 세포 하나하나가 전부 쇠나 돌로 되어 있
지 않나 싶기도 했다. 가늘고 작은 그 눈은 넘치는 듯한 정
력을 모으고 또 모아서 빨갛고 검게 꼭 찔러 놓은 듯하였다.
얼굴은 또래 남자의 그것으로는 극히 왜소하였으나 머리통
은 오지동이같이 위가 퍼진 것이 지극히 컸다. 무엇보다 눈
이 무서웠다. 맹수의 두 눈처럼 너무 무서워, 그 앞에선 경
멸의 어떤 말도 내뱉을 수 없을 것 같았다. 그리고 그곳, 아
자부 연대 근처 어디쯤의 캄캄한 어둠 속에서, 맹수는 기어
이 사나운 발톱을 치켜들었다. 안 돼, 안 돼······.

김명순은 번쩍 눈을 떴다. 언제까지 이럴 순 없다. 그녀
는 어금니를 앙 물었다. 몸을 일으켰다. 빠른 물살을 헤치며

강을 건넜다. 그가 빠져나온 빈 뗏목이 저 멀리 어둠 속으로 흘러갔다.

저건 내가 아니야. 나는 여기 이 조선에 이렇게 살아 있어.

김명순은 잡지를 다시 펴 들었다. 한 글자 한 글자 피하지 않고 다 읽자고 용기를 내었다. 그러나 팔봉 김기진은 문장 한 줄 한 줄로 그녀의 가슴을 푹푹 쑤셨다. 도무지 이해할 수 없었다. 무엇보다 그간 그녀가 쓴 소설 「칠면조」, 「탄실이와 주영이」, 「외로운 사람들」, 「선례」, 「피를 뿜는 여자」와 각본 「의붓자식」 등의 작품 중에서 제대로 읽었다는 것은 각본 「의붓자식」밖에는 없을 뿐이고 그밖에는 눈에 띌 때만 잠깐잠깐 보아 넘긴 일밖에 없다고 버젓이 말하는 용기는 대체 어디서 비롯한 것일까. 심지어 그중 「탄실이와 주영이」는 제멋대로 제목을 바꿔 「주영이와 탄실이」로 둔갑을 시켜 놓았다.

그가 이렇게 썼다.

불행히 나는 그의 과거를 잘 알지 못한다. 다만 그는 평양 출생이라는 것과 그의 모친이 애매曖昧 여성⁴기생?이었던 것과 그의 고모들도 역시 그렇다는 것과 자기는 의붓자식이고 어머니는 일찍이 돌아가셨다는 것과 따라서 어려서는 가정에서 귀염을 받으며 자라났으나 장성한 뒤에는 의붓자식으로 설움을 많이 받았다는 것밖에는 알지 못한다. 그래서 그런지 그의 혈관 속에는 그의 어머니의 피와 또는 그의 고모들의 피가 흐르는 것이다. 그로 하여금 '일개의 메란코틱크한 여성'을 만든 것이 의붓자식이라는 처지였으며 얼마간 퇴폐적 기분을 가지고 있게 한 것이 그의 가정 안의 환경이 아니었을까. 그리하여 그 우울과 퇴폐가 상합하여 가지고 나온 것이 아마 히스테리인 모양이다.

하여간 여성이고 남성이고 간에 이성을 너무 많이 안다는 것은 그의 성격을 위하여서든지 또 무슨 다른 점을 위하여서든지 간에 대단히 좋지 못한 원인이 된다. 나는 성욕적 생활에 무절조하다느니보다도 방종하게 지내던 사람으로 훌륭한 사람을 본 경험이 없다.

말하자면 그는 어떤 편이냐 하면 무절조하였던 편이다. 헌 누더기 같은 말을 길게 쓸 필요는 없고 다만 그와 같은 원인이 있기 때문에 그의 성격은 방종하여졌다는 말만 하여 둔다.

다시 요령만 따라 간단히 말하면 그는 평안도 사람의 기질(썩 잘 이해하지는 못하나마)인 굳고도 자가방호自家防護하는 기질이 많은 천성에 여성 통유通有의 애상주의를 가미하여 갖고 그 위에다 연애 문학서 류의 펭키칠을 더덕더덕 붙여 놓고 의붓자식이라는 환경으로 말미암아 조금은 꾸부정하게 휘어져 가지고 (이것이 우울하게 된 까닭이다) 처녀 때에 강제로 남성에게 정벌征伐을 받았다는 이유가 있기 때문에 더 한층 히스테리가 되어 가지고 문학 중독으로 말미암아 방분放奔하여졌다는 것이다. 그리고 이것들 제 요소를 층층으로 쌓아온 그 중간을 꿰어 뚫고 흐르는 것이 외가의 어머니 편의 불순한 부정한 혈액이다. 이 혈액이 때로 잠자고 때로 굽이치며 흐름을 따라서 그 동정動靜이 일관되지 못한다. 그리하여 이 동動, 이 정靜이 그의 시에, 소설에 또한 그의 인격에 나타난다.(김기진, 「신여성 인물편 – 김명순 씨에 대한 공개장」, 1924)

김명순은 악착같이 그 글을 다 읽었다. 모든 게 제 몸을 흐르는 불순하고 부정한 혈액 탓이라니⋯⋯. 그녀의 얼굴은 이미 눈물로 범벅이었다. 그러면서도 다시금 어금니를 꽉 깨물었다.

'여류 작가'라는 낙인

김명순은 우리나라 근대 최초의 여성 작가였다. 1917년 육당 최남선이 주관하던 잡지 『청춘』이 시행한 '특별 대현상'에서 단편소설 「의심의 소녀」가 기성 작가였던 이상춘과 주요한에 이어 3등을 차지했다. 심사를 맡았던 이광수는 그녀의 작품이 "교훈 같은 흔적은 조금도 없으면서도 그러면서도 재미있고 또 그 재미가 결코 비열한 재미가 아니요 고

상한 재미외다. 이 작품에서 만일 교훈을 구한다 하면 그는 실패되리다. 그러나 나는 조선 문단에서 교훈적이라는 구투를 완전히 탈각한 소설로는 외람하나마 내 「무정」과 진순성 군의 「부르지짐」과 그 다음에는 이 「의심의 소녀」뿐인가 합니다" 하고 높이 평가했다.

하지만 그녀는 정작 작가가 되어 활발하게 활동하면 할수록 이상한 호기심과 추문의 당사자로 점점 더 입길에 오르게 되었다. 특히 조선 문단에서 내로라하는 이들이 더 심했다. 그들에게 김명순은 작가가 아니었다. 그녀가 쓴 작품을 대할 때 그들은 언제나 신문에도 난 1915년 여름의 스캔들을 먼저 떠올렸다.

일본 육사를 졸업하고 소위로 있던 이응준은 어느 여름날 저녁에 김명순을 불러냈다. 도쿄에서 국정여학교를 다니던 김명순은 고향에서부터 안면이 있던 그를 아무런 의심 없이 만났다. 그러나 그녀는 그것이 자신의 일생을 송두리째 뒤엎을 끔찍한 만남이 될 줄은 꿈에도 생각하지 못했다. 이응준은 그녀를 덮쳤다. 오늘날의 기준으로 보면 데이트 강간이었다. 김명순은 혼인을 요구했지만 거절당했다. 절망한 김명순은 강물에 뛰어들었으나 행인의 손에 구출되었다. 그녀를 더욱 참담하게 만든 것은 세상의 눈길이었다. 그녀는 어느새 강간의 피해자가 아니라 풍기 문란한 신여성이 되어 있었다. 1921년 천도교 잡지 『개벽』은 그녀를 "혼인날 신랑이 세넷씩 달려들까 봐 독신 생활을 하게 된 독신주의자"에 "피임법을 알려는 독신주의자"라고 조롱했다.

그녀가 등단하자 처음 호기심 어린 눈길을 보내던 남성 작가들은 곧 속마음을 드러냈다. 그녀는 1921년 봄 『창조』로부터 동인에 참가할 것을 권유받았다. 그녀는 날아갈 듯 기뻤다. 일찍이 일본에 유학하던 김동인이 주요한, 전영택 등과 더불어 창간한 『창조』는 이미 조선 문단의 한 기둥을 담당하고 있었다. 그녀는 기꺼이 동인이 되었다. 산문시 격인 「조로의 화몽」을 발표했다. 잡지는 김명순을 "불붙는 듯한 정열과 흐르는 듯한 예술적 천분이 있어서 아프게 동경하는 예술의 신천지를 꿈꾸며 노력하는 이"라고 소개했다. 그러나 그것이 동인으로서 그녀의 처음이자 마지막이었다. 그다음 호에서 독자들은 다음과 같은 사고社告를 볼 수 있었다.

　　망양초 김명순 양은 8호부터는 우리 글벗이 아닙니다.

대신 도쿄미술학교를 졸업한 화가 김찬영을 동인으로 받아들인다는 사고가 덧붙었다. 김찬영은 도쿄에서 강간을 당하고 절망에 빠져 고향으로 돌아간 김명순이 한때 마음을 준 바 있는 사내였다. 김명순은 참혹한 배신감에 새삼 정신이 아득해질 따름이었다.

그러나 그것으로 끝이 아니었다. 김명순, 그녀는 '작가'가 아니었다. 그녀는 처음부터 끝까지 '여류 작가'였다. 그리고 그녀와 같은 여류 작가들은 오직 ('남류 작가'가 아니라) '작가'들이 지배하는 문단의 재미있는 '스캔들'로서만 존재를 인정받았다. 그것을 거부할 때, 그들에게는 참혹한 낙인이 찍힐 뿐이었다.

그리하여 그녀는 1924년 서른도 채 안 된 나이로 이미 이렇게 '유언'을 대신하는 시를 남길 수밖에 없었다.

조선아 내가 너를 영결할 때

개천가에 고꾸라졌던지 들에 피 뽑았던지

죽은 시체에게라도 더 학대해다오.

그래도 부족하거든

이다음에 나 같은 사람이 나더라도

할 수만 있는 대로 또 학대해 보아라.

그러면 서로 미워하는 우리는 영영 작별된다.

이 사나운 곳아 사나운 곳아.

(김명순, 「유언」 전문, 1924)

• • •

1927년 1월, 김명순은 거듭 자살을 기도했다가 겨우 살아났다. 그런 그녀를 기다린 것은 대중잡지 『별건곤』이었다. 거기에 '은파리'라는 필명으로 "남편을 다섯 번째씩 갈고도 처녀 시인이라고 할 뱃심은 있을 것"이라는 기사가 실렸다. 김명순에 대한 추잡한 뒷담화였다. 그러나 그건 이미 익숙한, 그저 다시 한번 지나가는 추문이려니 하면 그만이었다. 그녀는 훨씬 더 처참한 낙인을 기다려야 했으니, 1939년 조선 문단의 대가 김동인이 발표한 소설 「김연실전」이 바로 그것이었다. 김명순의 아명은 '김탄실'이었으니, '김연실'이 김명순을 가리킨다는 사실은 누구라도 알 수 있는 일이었다. 소설에서 김연실은 어린 시절 정조를 빼앗긴 후 나중에는 오히려 무절제하고 문란한 연애 생활을 마치 특권인 양 구가하다가 끝내 처참하게 몰락하는 신여성으로 등장한다.

한편 이응준은 일본군 대좌로 복무하다 창씨명 가야마 다케토시香山武俊로 해방을 맞이했고, 정부 수립과 동시에 대한민국의 초대 육군참모총장이 되었다. 그리고 다시 한국전쟁을 겪은 이후에는 나라를 위란의 위기에서 구한 '위대한 군인'으로 부상한다.

간도에서 온 사내

최서해

최서해(소설가, 1901~1932). 곽근 편, 『최서해 전집』(전2권, 문학과지성사, 1987). 하권에는 서해의 수필과 함께 박상엽, 방인근, 전영택, 이승만, 김동환, 이명온 등 지인들의 추모 글과 회상기가 실려 있다. 특히 독립단을 따라다녔다는 이야기는 따로 박상엽, 「서해와 그의 극적 생애」(『조선문단』, 1935년 8월호) 참고. 아편 끊던 이야기는 수필 「신음성-병상 일기에서」(1926) 참고. 소설 이외 대화체 중 함경도 사투리는 인용자가 임의로 작성한 것임. 이광수의 회상은 이광수, 「전 조선문단의 추억담」(『조선문단』, 1935. 8).

서울에 나타난 문학청년

1924년 가을, 서울.

"최학송이올시다."

울퉁불퉁한 사내였다. 얼굴은 그가 허겁지겁 끌고 다녔을 바람과 서리의 세월을 고스란히 담아내고 있었다. 이마에 가득 골이 팬 주름은 마흔 안팎이라 불러도 크게 실례가 아닐 성싶었다. (실은 스물네 살이었다!) 게다가 미소를 지을 때마다 드러나는 싯누런 금니는 그걸 해 박은 본인보다 외려 보는 눈들이 우울할 정도였다.

춘해 방인근은 떨떠름한 표정으로 그가 내미는 손을 잡았다. 사내는 이마 하나만큼은 보통 사람 두 배나 됨직하게 넓었는데, 대신 그 아래 눈, 코, 입 따위는 조화를 썩 잘 이룬

편이 못 되었다. 시커먼 눈썹, 긴장된 말을 할 때마다 동전 같이 동그래지는 두 눈, 남보다 큰 콧날이 선 코, 두터운 입술, 툭 불거진 광대뼈와 그 바람에 홀쭉하니 쪽 빠져 버린 두 뺨, 그리고 무엇보다 억센 관북 사투리를 괄괄하게 쏟아 내는 목소리까지, 솔직히 첫인상이 편할 턱이 없었다. 그래도 스승인 춘원 이광수가 맡겼으니 함께 일을 하지 않을 도리가 없었다.

이광수는 이광수대로 또 얼마나 당혹스러웠으랴.

처음 그는 한눈에도 비렁뱅이처럼 땟국이 줄줄 흐르는 겹옷 차림으로 나타나서는 "제가 서너 차례 서한을 주고받았던 바로 그 최학송이올습니다" 했다.

"아니, 무턱대고 이렇게 찾아오면 어쩌자는 거요? 그래, 진작 내 말하지 않았소? 시방 무모하게 할 일도 없이 올라온댓자 고생만 할 것이니, 참았다가 좋은 기회를 기다리자고 말이오. 그런데 어찌 이렇게……. 참."

"거두어 주시는 대로 열심히 하겠습니다. 장작이든 무엇이든 패겠습니다."

청년은 다짜고짜 자기를 거두어 달라고 생떼를 썼다.

사실 그는 한 끼니 밥을 위해서라면 진 일 마른 일 가릴 처지가 아니었다. 고향에서도 밭뙈기 하나 없었다. 그러니 어린 몸으로 제 키의 갑절이나 넘는 나뭇짐을 져 내다가 장을 떠돌며 팔던 나뭇바리 장사부터 시작해, 꼭두새벽 두부 목판을 지게에 지고 동네방네 누비던 두부 장수로, 다시 국 숫집 삯일꾼 등으로 전전했다. 그래도 도저히 살 도리가 없 자 간도로 넘어갔다. 거기서는 남의 농장에서 지팡살이(소작 인)도 했고, 어떤 때는 산으로 나무하러 갔다가 중국인 지주 한테 붙들려 죽을 고비도 넘겼다. 그러면서 독립단에 따라다 니노라 총을 메고 눈 쌓인 얼음 벌판도 헤맸고, 총에 맞아 죽 은 동지의 시체를 얼음 벌판에서 혼자 밤을 새워 가며 지켜 보기도 했다. 나중에 다시 두만강을 건너와서도 회령 정거장 의 날품팔이로 겨우 목구멍에 풀칠이나 했다는 것이었다.

그러나 서울에 와서 그는 먹고사는 일을 기대자는 게 아 니었다. 고향의 가족이 어찌 살지 염려도 뒷전으로 미루었 을 만큼, 이참에 반드시 문학으로 승부를 보겠다는 결기가 대단했다. 따지고 보면 그의 투고 작품 「고국」에 대해 "기교 와 문체에는 유치한 점이 있으나 진정과 노력이 보이며, 장 차 큰소리칠 날이 있을 것"이라고 평을 해 준 바 있으니, 이 광수에게도 책임이 아주 없는 건 아니었다.

이광수는 막무가내 청년을 양주 봉선사로 내쫓듯 보냈다.

"중노릇을 하라굽쇼?"

"가서 일단 몸을 의지하고 있으면서……."

봉선사는 이광수의 삼종제 이학수가 주지로 있었는데, 문학이고 뭐고 당장은 거기서 중노릇이라도 하며 호구를 때우라는 셈이었다. 그러나 청년은 고작 3개월을 버티지 못하고 도로 서울로 올라왔다. 듣자니 어느 중하고 대판 싸웠다고 했다. 아니꼬운 '중놈'들을 단체로 메다꽂았다는 말까지 들렸다. 이광수는 어이가 없었지만 청년이 내민 글을 보고는 마음을 돌려먹었다. 그것은 절로 가기 전 청년이 써서 보여 준 단편소설 「탈출기」의 원고로서, 이광수가 한번 읽어 보고는 시간 날 때 다시 한번 고쳐 보길 주문했던 작품이었다. 이광수는 비로소 그의 솜씨를 제대로 인정했다. 그래서 마침 그가 후원하고 있던 잡지 『조선문단』의 방인근에게 그의 뒤를 부탁했던 것이다.

이때부터 서해曙海 최학송은 방인근과 함께 기거했다. 원래 이광수의 사랑채가 『조선문단』의 사무실이자 방인근 부부의 거처였는데, 새로이 용두동으로 이사를 간 뒤 최서해가 합류한 것이었다.

간도가 키운 작가

방인근은 곧 최서해의 인간에 푹 빠져들었다. 그는 겉으로 드러난 인상과 달리 전혀 무뚝뚝하거나 뚱하기는커녕, 누구에게나 쉽게 곁을 주고, 특히 말 많은 떠버리에 그것도 한자리 동무들의 귀를 솔깃하게 끌어당기는 이야기꾼이었다. 하지만 그의 입에서 나오는 이야기들은 정작 재미보다는 슬프다 못해 참혹하기까지 한 것들이 대부분이었다.

"아, 그래서 결국 사동탄에서 강을 건너지 앙이 했겠슴?"

"국경이니 순경들이 있었을 텐데?"

"들어 보우. 그때 내 차림이란 게 어떻겠소? 수지기 순사도 어드메 거렁뱅인가 하여 거들떠보지도 않았겠지비. 그렇게 신회령역을 무사히 지나 그때 막 푸른빛을 띤 물버들이 드문드문한 조그만 내를 건넜지비. 바른편으로는 진달래 방긋방긋한 오산을 끼고 중국 사람들 채마밭을 지나면 거기가 동문고개입메. 거기 서면 회령 시가가 다 내려다보입메. 고기비늘처럼 잇닿은 기와지붕이며, 사이사이 우뚝 솟은 양옥이며, 거미줄같이 늘어진 전봇줄, 뚜뚜 하는 자동차. 푸푸하는 기차 소리……."[3]

최서해는 그렇듯 실감 나게 간도 체험담을 들려주었다. 서울에서 새로 사귀게 된 벗들 역시 「탈출기」(1925)를 발표하여 단번에 문단의 총아로 떠오른 그가 들려주는, 말로만 듣고 혀만 끌끌 찼을 뿐 여전히 낯설기만 한 이야기에 침을 꼴깍 삼켰다. 듣고도 믿을 수 없는 이야기들이 허다했다. 그

---

3 최서해, 「고국」, 『조선문단』, 1924.

가 부러 소설을 위해 꾸며 내는가 싶은 정도였다. 그러나 그
것들이 거의 다 실화였다.

기름진 땅이 흔하여 어디를 가든지 농사를 지을 수 있다
던 간도. 황무지를 개척해 이상향을 건설하겠다던 꿈을 꾸
게 한 곳. 그러나 그 꿈은 두만강 건너 오랑캐령을 넘자마자
몰아치는 세찬 봄바람에 산산이 흩어지고 말았다.

"에그 칩구나! 여기는 아직도 겨울이로구나."

어머니는 수레 위에서 이불을 뒤집어썼다.

"무얼요. 이 바람을 많이 마셔야 성공이 올 것입니다."

「탈출기」의 '나'는 씩씩하게 말했다. 자신은 젊었고, 어떤
고난이든 그렇게 이겨 나갈 자신도 있었다. 하지만 고향에
서 애써 마련해 갔던 돈은 달포를 못 넘기고 모두 사라졌다.
농사지을 밭뙈기는커녕 변변한 일자리마저 차례가 돌아오
지 않았다. 식구들은 벌써 손바닥 뒤집듯 굶는 게 다반사였
다. '나'는 기어이 이렇게 울부짖는다.

"아아, 차라리 나의 고기가 찢어지고 뼈가 부서지는 것은
참을 수 있으나, 내 눈앞에서 사랑하는 늙은 어머니나 아내
가 배를 주리고 남의 멸시를 받는 것은 참으로 견디기 어렵
구나!"

어느 날 집에 돌아온 '나'는 마침 부뚜막 앞에 앉아 있던
아내를 발견했다. 그때 아기를 가져 배가 남산만 하던 아내

는 '나'를 보자 놀란 듯 손을 뒤로 감추었다. '나'는 불쾌한 감정을 숨길 수 없었다. 착한 아내가 어머니와 자기 몰래 혼자서 무엇을 먹으리라고는 꿈엔들 생각해 본 적이 없었기 때문이다. 그만큼 배반의 감정이 컸다. 아내는 아무 말 없이 어색하게 머리를 숙이고 앉아서 씩씩 하다가 밖으로 나갔다. 그 얼굴이 좀 붉었다.

아내가 나간 뒤 '나'는 아궁이를 뒤졌다. 도대체 아내가 감춘 것이 무엇일까 궁금했다. 그러다 식은 재 사이에서 끄집어낸 것은 붉은 귤껍질이었다. 거기에는 아내가 베어 먹은 잇자국이 선명하게 나 있었다.

'나'는 얼굴이 화끈 달아올랐다.

'오죽 먹고 싶었으면 오죽 배고팠으면, 길바닥에 내던진 귤껍질을 주워 먹을까! 더욱 몸 비잖은 그가! 아아, 나는 사람이 아니다. 그러한 아내를 나는 의심하였구나!'

대개 그런 식이었다.

최서해는 그런 체험담을 원고지 위에 생생하게 옮겨 적었다. 뒷집에서 버린 상한 고등어 대가리를 먹고 탈이 났다가 변변한 치료 한번 받지 못하고 죽어 버리는 어린 외동아들이라든지,[4] 산후풍으로 몸져누웠지만 약 한 첩 먹지 못한

---

4 최서해, 「박돌의 죽음」, 『조선문단』, 1925.

아내, 보다 못해 다리(딴머리)를 잘라 팔아 좁쌀 한 줌을 사오다가 중국인 지주가 기르는 개에게 물려 쓰러진 늙은 어머니, 그런 가족을 돌보다 기어이 피에 굶주린 마귀들이 달려드는 환각에 착란마저 일으킨 남편이자 아들인 '그', 결국 그는 제 핏줄들을 다 죽인 뒤 집 밖으로 뛰쳐나가 닥치는 대로 칼을 또 휘두른다.

"모두 죽여라! 이놈의 세상을 부수자! 복마전 같은 이놈의 세상을 부수자! 모두 죽여라!"

결국 그 역시 중국인 경찰의 총을 맞고 불귀의 객이 되고 만다.[5]

최서해의 많은 소설들이 이렇게 조선인 이민자들이 겪을 수밖에 없었던 참상을 고스란히 전했다.

그런데 그 끊이지 않는 화수분 같은 간도 체험담 중에서도 서울의 벗들이 가장 흥미를 보인 것은 아편 끊던 이야기였다.

"벌써 몇 날째 자리를 보전하고 누운 참이었지비. 오늘은 나을까 내일은 나을까, 마치 가뭄에 이슬비 조짐이라도 기다리듯 기다렸지만, 아예 차도가 없었습둥. 통증은 여전하고 온몸의 기운이란 기운은 몽땅 빠져나간 듯싶었습네. 조

---

5 최서해, 「기아와 살육」, 『조선문단』, 1925.

선에 있을 적, 양의에게 뵈였더니 위가 늘어나서 그렇다는 것이었습둥. 위확장이라나? 그렇게 전해 주었더니, 그곳 의사는 대번에 코웃음부터 쳤겠지비."

"어째서 말인가?"

"흥, 똥집이라는 것이야 많이 먹으면 늘어나고 적게 먹으면 줄어드는 것인데, 미친것들, 그게 무슨 병이람? 이렇게 말했습둥."

서해 말에 따르면, 그곳 의사는 조선의 의사를 '미친것'으로 치부하고는 씩씩하게 제 처방을 밀고 나갔다. 식전에 침을 하루 6, 70군데씩 맞고, 오후에는 뜸을 천여 장씩이나 뜨는 처방이었다. 그래도 도무지 차도가 없었다. 기다란 동침이 등이며 배며 팔다리를 사정없이 찔러 대는 것도 견디기 어려웠거니와, 제 손으로 쑥을 비벼 놓고 불 질러 놓은 뜸이 빠지직빠지직 끓어 타들어 갈 때면 스스로 목숨이 그렇게 경각에 달린 양 느껴질 뿐이었다.

또다시 아편의 유혹이 뱀처럼 붉은 혓바닥을 날름거렸다. 당장 뼈와 살과 골을 파고드는 고통은 여름 뜨거운 땡볕 아래 빨갛게 빛나는 양귀비 꽃밭에 절로 눈이 가도록 만들었다. 그는 맨 처음 아편을 구해서 피우던 때를 생생히 기억했다. 처음에는 마치 양잿물이라도 먹은 양 어지럽고 속이 뒤집히도록 메스꺼운 기운이 치밀어 올라 도무지 견디기 어려웠다. 그래도 사람들이 어째서 아편 아편 하겠는가 싶어서 하루 이틀 버티자 맛이 구수해지기 시작했고, 그 김에 내처 한 달 두 달을 견뎌 냈다. 몸에도 변화가 완연했다. 그때부터는 도리어 사람의 마음까지 은근히 끌어당기는 맛도 배는 것이었다. 나중에는 맑은 바람결에 두둥실 구름에라도 올라탄 듯 참말이지 극락이 따로 없는 지경까지 이르렀다.

"그런 세상이 없지비. 처자 굶는 생각이 다 뭐람? 신비경도 그런 신비경이 없으니까요."

그래도 그는 스스로 그 극락, 그 신비경을 빠져나왔다.

황홀하면 할수록 그게 마취의 세계임을 더 절실히 깨달았기 때문이었다. 나 한 몸 편하자고 아편에 빠져들면 부모형제에 처자마저 깡그리 잊게 될 터였다. 그는 아편의 유혹이 짙어질 때마다 저 멀리 두고 떠나온 고향을 생각했다. 그래, 기껏 아편쟁이나 되자고 물설고 낯선 이 북간도까지 왔단 말인가!

눈을 감으면 언제라도 떠오르는 고향이었다. 그러자 갑자기 가슴속에서 벌떡 고개를 쳐드는 무엇이 있었다.

"흥, 내가 왜 죽어? 난 배 위에 잔뜩 얹어 놓은 뜸봉일랑 다 털어 버리고 뒷산으로 올라가지 않이 했겠슴? 다리를 뻗고 조밭 가장자리 쓰러진 나뭇등걸에 앉아서 멀리 남쪽 하늘을 바라보았지비. 거기, 백두산이 우뚝 솟아 있었슴둥. 파랗고 맑은 하늘을 뚫고 홀로 우뚝 솟은 그 숭엄함이라니! 천고의 신비요. 전 세계의 운명을 장악한 듯 그 빛이 찬란했지비. 아, 어느새 나는 절로 고개를 숙이고야 말았슴둥. 조선 사람 누구라도 앙이 그랬겠음? 두 줄기 눈물이 주르륵 흘러내린 것도 당연했고……."

병든 최서해의 눈앞에 홀연히 나타난 백두산은 다시 그너머 고향 함경북도 성진의 산과 바다까지 아련히 병풍처럼 펼쳐 보였다. 마천령과 목랑성, 쌍포와 알섬, 임명과 학동의 너른 평야 등등. 무엇보다 한천 둑길 자욱한 안개 속에서도 싱싱한 푸른빛을 뿜내던 버드나무, 푸른 보리밭, 하얗게 반짝이던 강가 모래밭, 강 복판 물개암나무 우거진 작은 섬, 한낮 땡볕 아래서도 마냥 즐겁게 물장구를 치며 놀던 아이들의 목소리. 아, 출렁출렁한 목소리, 반짝반짝 선명한 녹음, 서늘한 그늘, 그 모든 것을 어떤 시름도 없이 마냥 바라보는 '나'. 사실 어디 그게 가당키나 한 일이겠는가. 그러나 그때 최서해는 분명히 제 눈으로 고향 산천을 보는 듯한 착각에 빠졌다.

그리고 그건 그에게 마지막 힘을 보태 주었다.

"그랬지비. 백두산이 아니었고, 또 고향이 아니었던들 진즉 어느 골창에 나뒹구는 백골이 되었을지……."

이렇게 말끝을 흐리는 그의 눈빛은 축축하게 젖어 들고

있었다. 그러나 그토록 그리운 고향 그리운 성진이었건만, 그곳은 이미 그가 사랑한 어린 딸 백금이마저 품을 여력이 없었다.

훗날 작가 연보는 최서해가 서울에서 자리를 잡은 직후인 1925년 4월 14일 백금이가 병사한 사실을 기록하게 된다. 그건 어쩌면 가난과 병마를 평생 끌어안고 살아온 인간 최서해의 잔인한 숙명이었을지도 모른다.

그럼에도 그는 소설에 매진했다. 그의 소설은 스스로의 저 지독한 체험들을 한 치도 벗어나지 못했다. 그러나 그 비극의 뿌리를 캐고 어떻게든 그것을 세상에 폭로하고 무엇인가 다른 해결책을 찾아내려는 작가의 의지 또한 적극적으로 반영했다. 이 점이 그의 소설을 단순한 경험주의 소설로 머물지 않게 하는 원동력이기도 했다. 때마침(1925년 8월) 결성을 본 카프, 즉 조선프롤레타리아예술가동맹이 그의 등장에 반색한 것도 당연한 일이었다.

교토의 이방인

정지용

정지용(시인, 1902~1950). 김환태, 「경도의 3년」(『조광』 2권 8호, 1936. 8).
케이블 공사장 이야기는 정지용의 수필 「압천 상류(상, 하)」 참고. 정지
용의 시와 산문은 『정지용 전집』(전2권, 민음사, 2003). 마지막 부분 이
양하의 평은 「바라던 지용시집」(〈조선일보〉, 1935.12. 7.~11).

카페 프란스의 이국종 강아지

훗날 평론가가 되는 김환태는 1928년 일본 교토의 도시샤대학 예과에 입학한다. 조선인 선배들이 마련한 신입생 환영회 자리에 이미 시인으로 이름을 알리고 있던 정지용이 참석했다.

김환태는 다소 실망했다. 시만 읽었을 때는 키가 유달리 후리후리하고 코끝이 송곳같이 날카로운 사람이겠거니 생각했다. 그러나 정작 무대에 나선 시인은 160센티미터도 안 돼 보이는 키에, 이빨만 남보다 길다는 인상을 안겨주었다. 그날 시인은 동시 「띠」와 「홍시」를 읽었다. 말 그대로 아이들의 동시였다.

정지용은 김환태보다 일곱 살 위였다. 그런 만큼 도시샤

대학에서도 5년 선배였다. 그래도 둘은 자주 어울렸다. 김환태는 칠흑처럼 깜깜한 어느 그믐밤을 생생히 기억한다. 지용은 그를 학교 인근 쇼코쿠지相國寺 뒤끝 묘지로 데려가더니, 자신이 썼다는 시 「향수」를 읊어 주었다.

넓은 벌 동쪽 끝으로
옛이야기 지줄대는 실개천이 회돌아 나가고,
얼룩백이 황소가
해설피 금빛 게으른 울음을 우는 곳

그곳이 차마 꿈엔들 잊힐리야.
(정지용, 「향수」 부분, 1927)

김환태는 새삼 가슴이 먹먹해지고 눈앞이 아득해졌다. 그래서 투정을 부렸던 모양이다. 지용은 하숙에 돌아가기 싫다는 그 문학도 후배를 끌고 가모가와鴨川 강변을 걸었다. 둘은 번화한 시조도리 어떤 술집을 찾아 들어갔는데 카페 프랑스였을지 모른다. 옮겨다 심어 놓은 종려나무 밑에 장명등이 비뚤게 선 카페. 누구는 철 지난 루바슈카를 입고, 또 누구는 보헤미안 넥타이를 매고 들락거렸다. 울금 향을 풍기는 여급 아가씨가 꽃무늬 화려한 커튼 밑에서 깜빡 조는 모습마저 두 청년의 향수를 더욱 자극했다.

나는 자작의 아들도 아무것도 아니란다.

남달리 손이 희어서 슬프구나!

나는 나라도 집도 없단다.

대리석 테이블에 닿는 내 뺨이 슬프구나!

오오, 이국종 강아지야

내 발을 빨아다오.

내 발을 빨아다오.

(정지용, 「카페 프란스」 부분, 1926)

『학조』 창간호(1926년 6월)에 처음 발표된 이 작품은 당대 일본의 대표적인 시인 기타하라 하쿠슈北原白秋가 주재하던 시 전문 문예지 『근대풍경』에 일본어로 번역되어 다시 실렸다. 나라 없는 청년의 우울 혹은 결핍을 사뭇 과장된 제스처로 쓰다듬고 있는데, 그것이 식민지 지식인의 내면이 받아들인 '근대'의 한 풍경이었다.

김환태가 먼저 그 시를 읊었을까. 지용은 그날따라 유난히 향수를 못 견뎌 하는 후배에게 칼피스를 사 주었다. 그로부터 10년 후, 도쿄에 온 시인 이상 역시 자신이 물론 자작

의 아들도 아무것도 아니며, 결국 한 마리 '이국종 강아지'라
고 고백한다.[6]

케이블카 공사장의 조선인들

시간을 거슬러 올라가, 봄이다.

지용은 천년 고도 한복판을 흐르는 가모가와 상류 쪽으
로 발길을 잡았다. 한 발짝 뒤를 한 젊은 여자가 걷는다. 아
침저녁으로 달맞이꽃이 노랗게 피는 여름이면 저 유명한 교
토의 비단 천들을 염색해서 내다 말리고 표백도 하는 광경
이 연례행사처럼 벌어지던 곳인데, 물론 봄에는 겨울만큼은
아니더라도 물이 꽤나 부실했다. 여름이나 되어야 여뀌풀이
우거지고 밤에는 뜸부기도 울 터였다. 딴은, 지금은 만주로
간 벗 여수麗水 박팔양이 한번 와 보고는 대번에 "흥, 시시하
네" 할 만도 했다. 그래도 봄날 이국의 강변을 따라 걷는 조
선의 청춘 남녀에게만은 시시하지 않았다. 지용은 저 유명
한 우타가와 히로시게歌川広重의 우키요에(전통 채색 목판화)
를 떠올리지 않더라도, 특히 비 오는 날 굽 높은 나막신에
파란 지우산을 신고 다리를 걷는 정취는 허투루 업신여길

---

6 이상의 마지막 단편소설 「실화」(유고)에서.

게 아니라고 생각했다. 하물며 수박 냄새 품어 오는 저녁 물바람이라면!

그러나 이날은 해 쨍쨍한 아침이었다.

두 사람은 어느덧 작은 마을에 이르렀다. 히에이잔比叡山으로 올라가는 곳에 마침 케이블카 공사가 한창이었다. 수백 명 일꾼들이 개미처럼 달라붙어 땀을 흘리고 있었다. 지용은 이미 그 일판이 어떻게 돌아가는지 알고 있었다. 석공일은 몇몇 중국인들이 맡아 했지만, 평坪 뜨기, 흙 져 나르기, 목도질 같은 일은 대개 조선인들 차지였다. 동여맨 머릿수건 틈으로 날름 보이는 상투가 천생 조선인들인데, 쨍쨍한 봄볕에 그을린 얼굴 역시 하나같이 조선의 흙빛 그대로였다. 게다가 흙을 뜨면서, 목도를 지면서 부르는 육자배기며 산타령, 아리랑에 왁자한 사투리까지, 공사장은 조선의어디를 고스란히 떼어다 놓은 듯싶었다.

문제는 그들의 인상이 벌써 구겨지고 있다는 것이었다. 일하는 틈틈이 "어라, 이 왜놈들 봐라" 하며 던지는 눈길은 그냥 무시하고 넘어갈 수 있었다. 하지만 아예 대놓고 내뱉는 말들은 낯선 북쪽 사투리라고 하더라도 육두문자가 분명했다. 예컨대 십장에게 달려들어 뭇매를 놓았으니 앞뒤 가리지 않고 메다꽂았다느니 하는 무용담을 부러 떠벌리는 것이었다. 그 심사를 이해 못 할 바 아니었다. 그들의 눈에 갑자기 나타난 사내는 '세루양복'이었고 여자는 하카마에 기모노를 입었으니 조선말 따위를 알아들을 귀가 없겠거니 여겼으리라. 처음 현해탄을 건너올 때 송아지처럼 큰 눈만 껌뻑였을 그 순한 사람들이 험한 공사판에서 몇 달 간조(품삯)를 셈하고 나면 누구나 그렇게 콧대가 세어질 터였다.

지용은 눈초리가 험하게 찢어진 그 사내들 사이를 어쩔 수 없이 지나야 했다. 영문과라 셰익스피어의 해괴한 욕설까지 사전을 뒤져 가며 공부하는 처지에서 그들의 뻔한 욕지거리를 모르는 척 지나치는 것도 쉽지 않은 일이었다.

얼마 후 그들 청춘남녀는 십여 인의 아낙네에게 둘러싸였다. 비록 일본 옷을 입었지만 그들이 조선에서 온 유학생들임이 드러난 후였다. 천변에 집이라고 변변할 리 없었으니, 그들의 입성 또한 추레했다. 우르르 몰려나오는 아이들 중에 반은 때 까만 아랫도리를 벌렁 드러내고 있었다.

"조선서 학교 하는 양반이래요."

치마저고리를 입은 아낙들은 자기들끼리 벌써 이렇게 말을 돌리더니, 고향이 어디냐, 나이는 몇이냐, 둘은 어떤 사이냐 숨 고를 틈도 주지 않고 질문을 퍼붓었고, 그것으로 반가움을 대신했다. 지용은 부부가 아니라 사촌 사이라고 둘러댔다. 여자 역시 그 말에 빙그레 웃음만 지어 보였다. 어느새 둘은 떠밀리듯 납작한 판잣집 안으로 들어가 앉아야 했다.

이런저런 이야기를 정신없이 나누는데, 당목 저고리를 입은 한 아낙이 슬그머니 밖으로 빠져나갔다. 눈치 빠른 지용이 일어서려니까 사람들이 얼른 손목을 잡아챘다. 결국 두 사람은 조선 아낙들과 둘러앉아 이밥에 콩도 섞이고 조도 섞인 밥이었지만, 달래, 씀바귀, 쑥 따위 반찬은 온통 귀한 조선 것으로 골라 내놓은 점심을 아주 잘 먹었다.

집 밖으로 나서던 지용은 아차 하는 심정으로 고개를 돌렸다. 차마 못 볼 광경을 눈에 담은 때문이었다. 막대기 하나 거치적거릴 것 없는 휑한 공간에서 한 아낙이 쪼그리고 앉아 볼 일을 보고 있었다. 눈들이 정면으로 마주쳤는데, 아낙은 미처 눈길을 돌릴 겨를도 없었으리라. 지용은 애써 고개를 돌리기도 했지만, 그러면 그럴수록 그 난감한 장면은 자꾸만 더 그의 뇌리를 파고드는 것이었다. 무엇보다도 아낙이 밟고 앉은 돌멩이 두 개! 그게 바로 교토에 사는 조선인 노동자들과 그 가족들의 측간인 것을!

어쨌거나 조선인들이 땀 흘려 지은 교토 북쪽 히에이잔의 그 케이블카는 길이가 무려 2킬로미터가 넘어, 일본에서도 가장 긴 케이블카로도 유명하다. 한편, 그 봄날 지용과 함께 가모가와 상류를 찾은 처녀는 그 무렵 도시샤여학교 전문부를 다니던 한 살 연상의 김말봉이라고 추측하는 연구자도 있다.

「압천鴨川」이라는 제목을 단 지용의 시가 있는데, 다른 날의 작품인 만큼 그날 그들이 만난 조선인 노동자들이나 그 가족들의 모습은 보이지 않는다. 다만 해 저문 가모가와 강변, 수박 냄새 품어 오는 저녁 물바람을 맞으며 오랑쥬(오렌지) 껍질을 씹는 젊은 이방인의 시름은 그때도 벌써 깊고 깊었다.

압천 십리ㅅ벌에
해는 저물어……저물어……

날이 날마다 님 보내기
목이 자졌다…… 여울 물소리……

찬 모래알 쥐여 짜는 찬 사람의 마음,
쥐여 짜라. 바시여라. 시언치도 않어라.

여뀌 풀 욱어진 보금자리
뜸북이 홀어멈 울음 울고,

제비 한 쌍 떠ㅅ다,
비맞이 춤을 추어.

수박 냄새 품어오는 저녁 물바람.

오랑쥬 껍질 씹는 젊은 나그네의 시름.

압천 십리ㅅ벌에

해가 저물어…… 저물어……

(정지용, 「압천」 전문, 1927. 약간 현대어로 표기)

· · ·

도시샤대학의 까마득한 후배가 되는 윤동주는 중학 시절부터 정지용을 가장 좋아했다. 그는 『정지용시집』(시문학사)을 갖고 있었는데, 특히 「압천」이 실린 페이지의 여백에는 "걸작"이라고 써 놓았다.

「나무」, 「신록예찬」, 「페이터의 산문」 등의 수필로 알려진 이양하는 지용과 마찬가지로 1923년에 일본으로 건너가 교토에서 명문 제3고를 다녔다. 그 역시 지용의 시재를 높이 평가했다. 1935년 『정지용시집』이 나왔을 때에는, "그 가난하고 너그럽지 못한" 조선말이 지용의 손에 의해 "불란서 말같이" 아름다운 말이 되었다고 상찬했고, 그것으로도 모자라 "우리도 마침내 시인을 가졌노라" 하고 외치며 기뻐했다. 꽤 사대주의로 기운 평이다. 다만 그 정도로 지용의 시를 상찬했다는 뜻으로 받아들일 일이다.

검은 바다를 건너다

임화

임화(시인, 1908~1953). 임화, 「현해탄의 백일몽」(《동아일보》, 1934. 7. 14). 임화, 「무산계급을 전망한 상위한 3시야」(《조선일보》, 1927. 2. 28). 임화, 「해협의 로맨티시즘」(시, 1936). 임화, 「공가空家의 향수」(《동아일보》 1936. 1. 19). 마지막 부분은 임화, 「현해탄 상의 일야」(『조광』, 1936. 6). 고향 낙산의 봄 회상 부분은 임화, 「할미꽃 의젓이 피는 낙타산록의 춘색」(『조광』, 1936. 4). 산문은 주로 박정선 편, 『언제나 지상은 아름답다-임화 산문선집』(역락, 2012)에 수록된 것들을, 시는 신승엽 편, 『현해탄: 임화 전집1/시』(풀빛, 1988)를 참고했다. 아울러 김윤식, 『그들의 문학과 생애-임화』(한길사, 2008) 참고.

관부 연락선

1929년 7월, 몹시 더운 어느 날.

청년 임화는 2천 톤짜리 관부 연락선에 몸을 실었다. 물론 삼등 객실의 손님이었다. 그가 손에 든 행장이라곤 수건 따위를 넣은 조그만 가방 하나와 화구를 넣은 나무 손가방이 전부였다. 화구라고 해 봐야 붓 몇 자루, 쭈그러진 그림 물감 튜브 몇 개가 다였다. 그래도 약관의 청년은 두려움이 없었다. 손에 든 것이 보잘것없어도 가슴에는 거대한 정신의 행장을 담뿍 품고 있었으므로.

배가 어느덧 큐슈와 혼슈 사이의 간몬 해협을 향하여 달릴 때, 그의 심장은 발동기처럼 쉬지 않고 쿵쾅쿵쾅 격동했다. 오거라, 무엇이든. 미술, 영화, 연극, 건축, 그리고 또 철학과 문학? 좋다. 다 나서라. 나는 두렵지 않다. 맞서리라. 싸우리라. 그는 스스로 이렇게 달구었다. 그의 지성은 무엇이든 빨판처럼 빨아들일 준비가 되어 있었다.

조선의 랭보라 불릴 만큼 하얀 얼굴에 귀공자처럼 생긴 그가 갓 각광받기 시작한 신진 시인임을 아는 이들은 없었다. 사실, 그는 새해 벽두부터 「네거리의 순이」와 「우리 오빠와 화로」를 연달아 발표함으로써 시단에 꽤 큰 충격을 안겼다. 카프가 우선 흥분했다. 그의 스승이자 후견인인 회월 박영희로서도 큰 보람이었으되, 다른 한편 어떤 부담감 또한 느끼지 않을 수 없었다.

과연 얼마 후, 회월은 팔봉 김기진을 만나 이렇게 말하게 된다.

"참, 어떻게 임화를 떼 버려야겠는데, 귀찮아서 죽겠단 말이야. 글쎄 밥상에다 담뱃재를 그냥 털어 놓지 않나, 밥상한번 들고 일어나서 안으로 갖다주는 법이 없단 말이야. 그러니까 어머님도 이맛살을 찌푸리시고, 아버님은 화를 막 내시지 뭐야. 일본이나 갔으면 좋겠다고 하니까, 어떻게든지 노자를 만들어 줘야겠는데……."

팔봉은 부자지간 같던 두 사람의 관계에 무슨 일이 벌어지고 있는지 정확히 파악할 수 없었다. 그저 회월의 넋두리를 액면 그대로 받아들였을 뿐이다.

임화는 보성중학을 다녔는데 가세가 급격히 기울자 미련 없이 그만두었다. 5학년 때였다. 그때 교과서를 내다 팔아 당시 유행하던 조타모(헌팅캡)를 사 쓰고 본정(명동)에 가 『개조』 잡지와 크로포트킨의 저서를 샀다나? 그래서는 의기양양 집으로 돌아가 양친께 말했다.

"그동안 키워 주셔서 고맙습니다. 이제 제 한 몸 제가 건사하겠습니다."

그 길로 집을 나선 임화는 동에서 자고 서에서 먹었다. 나중에 임화의 동창 윤기정을 통하여 인연이 닿자 회월은 가출 소년이라기보다는 소풍 나온 듯 즐거워 보이던 그 모던보이를 자기 집에서 거두었다. 그것이 천방지축 다다이스트가 사회파요 경향파로 급속히 변모하는 계기였다. 그런 극에서 극으로의 변신에 아무 거칠 것은 없었다. 이 극이든 저극이든 모든 게 다 '새로움'일 뿐이던 시절이었으므로. 그러니 '임화'라는 필명을 처음으로 선보이게 되는 글에서 그는 세상을 향하여 감히 "동지 제군!" 운운하며 마치 카프의 서기장인 듯한 포즈마저 자연스레 내보일 수 있었다.

동지 제군! 우리들에겐 이러한 훌륭한 선조와 역사가 있지 않은가! 그들은 장래의 우리들을 위하야 이렇게 고생하지 않았는가! 자자 어서 앞으로, 적은 총을 재이고 있네. 어서 ─ 동지 제

군!(임화, 「무산계급을 전망한 상위한 3시야」, 1927)

회월은 고양이가 아니라 호랑이를 키우고 있던 셈이었다. 임화는 평범한 마침표를 거부했다. 그는 단연 느낌표의 격렬함을 사랑했다. 회월은 어느덧 자기 집의 식객에게 더 큰 세상이 필요하다는 사실을 인정해야 했다.

더 큰 세상, 그것은 '도쿄'였다.

솔직히 회월이든 임화든 그들은 이미 도쿄의 힘을 목격했다. 1927년 일본 유학생들을 중심으로 카프 도쿄지부가 결성되었는데, 그들은 곧 앞표지에 '조선 프롤레타리아'라고 서명한 기관지 『예술운동』을 발행했다. 물론 인쇄 즉시 압수 처분을 당했다. 하지만 그들은 카프의 경성본부에 대하여 이견과 비판의 뜻을 분명히 드러냈던 것이다. 임화는 바로 그들에게 동조했다.

서둘러 말하면, 훗날 문학평론가 김윤식의 말마따나, 임화에게 도쿄란 도시는 일종의 사상 자체였고 객관적이고 보편적인 것이었다. 임화가 다다이스트 시절부터 그토록 가 닿고 싶어 한 '근대'가 거기 있었다. 백림(베를린)도 멀고, 파리도 멀고, 막사과(모스크바)도 멀었다. 그것들은 아무리 새롭고 모던해도 멀리 눈길도 닿지 않는 곳의 허상일 뿐이었다.

가령 '무산계급'의 전사가 되려고 해도 도쿄가 아니면 안 되었다.

그러려면 해협을 건너야 했다. 일찍이 최남선이 건넜고, 홍명희가 건넜고, 이광수가 건넌 바다였다. 김기림과 정지용과 이태준도 건넌 바다였고, 이제 곧 백석이, 몇 년 후에는 이상이 건너고, 마침내 윤동주가 최후를 위해 건널 바다였다. 그러나 지금 미소년 같은 얼굴의 겁 없는 청년 임화가 건너는 현해탄玄海灘은 전혀 다른 바다였다. 실은, 그도 그런 사실을 제대로 다 아는 것이 아니었다.

예술, 학문, 움직일 수 없는 진리……

그의 꿈꾸는 사상이 높다랗게 굽이치는 동경東京,

모든 것을 배워 모든 것을 익혀,

다시 이 바다 물결 위에 올랐을 때,

나는 슬픈 고향의 한 밤,

해보다도 밝게 타는 별이 되리라.

청년의 가슴은 바다보다 더 설레었다.

(임화, 「해협의 로맨티시즘」 부분, 1936)

그날, 임화는 배에서도 감시의 눈길을 거두지 않는 수상서원들을 따돌리기 위해 일본인 행세를 과장되게 했는데, 영화배우 출신의 그에게는 식은 죽 먹기였다.

최전선의 하룻밤

그가 사람들 틈에 끼어 겨우 빠져나오자마자, 순환선 전차의 쇠문이 저절로 미끄러지며 덜커덕 닫혔다. 신주쿠로부터 한 시간이나 걸리는 곳이었다. 연말이라 어찌나 붐비던지, 가만히 서 있었는데도 내도록 걸은 듯 다리가 묵직했다. 그래도 남의 시선을 끌지 않도록 조심하면서 승강장 이 끝에서 저 끝까지 두어 차례 오갔다.

분명히 열 시렸다?

시계를 들여다보았다. 오 분이 지나 십 분이 흘렀는데도 보이지 않는다. 그는 잠시 망설였다. 조직의 규율은 그 십 분까지를 허용했다. 그러나 그는 스스로 오 분을 더 보탰다. 하지만 그 오 분도 동지를 보여 주지 않았다.

그는 뒤늦게 개찰구를 빠져나왔다. 기다렸다는 듯 찬 바람이 몰아쳐 볼을 때렸다. 정신이 번쩍 들면서 곧 후회했다. 괜히 빠져나온 것이었다. 차표가 없더라도 차라리 승강장에서 도로 차를 타고 가야 했다. 주머니에는 돈 오 전조차 없었다. 눈앞이 캄캄했다. 걸어가자니 내일 아침에나 닿으려나 싶었다. 오래 걸리는 거야 둘째 치고 연말 특별 경계망이 문제였다. 그걸 뚫고 무사히 돌아간다는 보장도 없었다. 어디 빈집에나 들어가 밤을 나는 수밖에 없었다. 전갈을 적은 종이를 주머니 속에서 잘게 찢어 길바닥에 뿌리며 걸었다.

연말이어서 거리마다 사람들은 풍성풍성했다. 긴자 못지 않았다. 그런 데선 게다를 신은 맨발과 철 지난 레인코트가 공연히 사람의 이목을 끌지 싶었다. 뒷골목으로 들어갔다. 얼마쯤 걸으니 비릿하고 짠 바다 내음이 풍겨 오고, 이어 곧 매립지처럼 휜한 벌판이 나왔다. 그는 그 한 모퉁이에서 겨우 '카시야(세 놓음)'라고 쓴 종이가 붙은 적당한 빈집을 발견했다. 배도 고프고 추위 때문에라도 더는 돌아다닐 여유가 없었다. 유리문을 조심스럽게 열고 들어가 살금살금 이층으로 기어 올라갔다. 얼마나 비어 있었는지 먼지에 쌓인 계단이 미끈미끈할 정도였다.

긴장이 풀리며 피로가 몰려왔다. 다다미방에 외투를 깔고 누웠다. 찬 기운이 등골을 타고 전해 왔다. 잔등이의 뼈가 울 만큼 새우처럼 몸을 구부린 채 서둘러 잠을 청해 보지만, 그럴수록 마음만 싱숭생숭할 뿐이었다.

할미꽃이 의젓이 피던 낙산의 봄이 제일 먼저 다가왔으려나?[7] 없는 사람들의 토막집과 깔끔하게 새로 지은 문화주택들이 한데 섞여 있었다. 그 위로 봄은 빠르게 치고 올라왔다. 겨울바람이 누그러지면 산등성이 허물어진 성곽 위에서

---

7 임화, 「할미꽃 의젓이 피는 낙타산록의 춘색」, 『조광』, 1936.

연을 날리던 아이들 자취가 드물어진다. 그때쯤 볕 좋은 언덕에 잔디 순이 파래지고, 그러면 눈 아래 보이는 양삭골 밭이랑에는 각시풀이 돋아난다. 그렇지, 그때면 다시 할미꽃이 의젓이 머리를 숙이고, 그 할미꽃이 지면 패랭이가 또 얼른 피어난다. 어른들은 그런 첫봄 꽃 필 무렵에는 귀신이 어둠을 타서 땅에 내려온다고 실없는 소리를 해서 아이들의 혼을 빼앗곤 하였다. 그러다 얌전한 봄비가 소리도 없이 오면, 아이들은 일제히 피리나무 꺾고 꽃 꺾으러 옹달우물께로 모여드는데…….

그 모든 풍경이 또 종당에는 어머니 얼굴 하나로 압축되는 것이니, 그는 새삼 자기가 낯선 땅 낯선 하늘 아래 누웠다는 사실을 절감하지 않을 수 없었다.

어머니!

부르르 몸을 떨었다.

그쯤이었을까.

"다레다?(누구냐?)"

거친 목소리가 막 잠에 빠지려던 그의 머리를 탁 때렸다. 그는 번개처럼 일어나 옷을 걸칠 틈도 없이 뒤뜰 창밖으로 펄쩍 뛰어내렸다.

"도로보! 도로보!"

순사가 소리치며 달려왔다. '도둑'은 뒤도 돌아보지 않고 걸음아 나 살려라 내달렸다.

도쿄부 시모키치조지 2554번지.

그곳이 카프 도쿄지부이자 무산자사의 본거지였다. 일본 공산당의 당 활동가 이북만이 여동생 이귀남(이귀례)과 함께 사는 집이기도 했다. 임화도 그곳에 머물렀다. 많은 청년들이 들락거렸다. 이북만을 능가하는 이론가는 없었다. 그가 이른바 〈12월 테제〉에 따라 모든 것을 지도했다.

〈12월 테제〉란, 1928년 12월 코민테른(국제공산당)이 채택한 조선공산당 재조직에 관한 결정서를 말한다. 이에 따르면, 조선공산당은 종전과 같은 인텔리 중심의 조직 방법 대신 공장과 농촌으로 파고들어 가 노동자와 빈농을 조직해야 한다. 조선의 좌익운동은 결정적 전환기를 맞이한 셈이었다. 무산자사 역시 철저히 새로운 노선을 추종했다. 첫 기관지 『예술운동』을 버리고 새로이 『무산자』를 펴낸 것도 그런 뜻이었다. 말하자면 예술은 이제 사상의 무기로서 자신의 임무를 분명히 자각해야 한다는 것. 현해탄을 건너온 청년 임화 또한 기꺼이 그 전위이기를 자처했다.

임화는 도쿄에 오자마자 잡지 『무산자』를 만드는 일에 힘을 보탰다. 일본 프로 문학의 맹장 나카노 시게하루中野重治의 「비 나리는 시나가와 역」도 거기 실렸다. 신辛이여 잘 가

거라, 김金이여 잘 가거라……. 그대들 나라의 시냇물은 겨울 추위에 얼어붙고, 그대들의 천황에 반대하는 마음은 떠나는 일순一瞬에 굳게 얼어, 바다는 비에 젖어……. 그건 국경을 넘어 한길을 가는 계급의 동지들에게 보내는 뜨거운 연대의 숨결이었다.

임화가 그 시에 화답하듯 「우산 받은 요코하마의 부두」를 썼다.

항구의 계집애야! 이국의 계집애야!

독크를 뛰어오지 말어라 독크는 비에 젖었고

내 가슴은 떠나가는 서러움과 내어쫓기는 분함에 불이 타는데

오오 사랑하는 항구 요코하마의 계집애야!

독크를 뛰어오지 말어라 난간은 비에 젖어 있다

(중략)

그렇지만

나는 너를 위하고 너는 나를 위하여

그리고 그 사람들은 너를 위하고 너는 그 사람들을 위하여

어째서 목숨을 맹서하였으며

어째서 눈 오는 밤을 몇 번이나 거리에 새웠던가

거기에는 아무 까닭도 없었으며

우리는 아무 인연도 없었다

더구나 너는 이국의 계집애 나는 식민지의 사나이

그러나 오직 한 가지 이유는

너와 나 우리들은 한낱 근로하는 형제이었던 때문이다

그리하여 우리는 다만 한 일을 위하여

두 개 다른 나라의 목숨이 한 가지 밥을 먹었던 것이며

너와 나는 사랑에 살아왔던 것이다

(임화, 「우산 받은 요코하마의 부두」 부분, 1929)

제국 너머, 검은 바다 너머 무산계급의 연대! 임화는 이제
그 대담한 꿈을 향해 한껏 더 힘차게 발을 내닫는 것이었다.
이로써 식민지 조선의 계급 문학도 사회주의운동의 최전선
에 성큼 다가서게 된다.

　　• • •

임화는 1931년 귀국한다. '산본재이랑'이라는 가명으로,
비밀리에. 그리고 곧 이북만의 누이동생 이귀례와 혼인한
다. 둘은 혜화동 한 모퉁이에 보금자리를 꾸몄다. 뭐든지 부
풀려 말하기 좋아하는 허풍선이들은 그들을 독일의 혁명가
칼 리프크네히트와 로자 룩셈부르크에 비견하기도 했다. 물

론 그러면 그럴수록 신혼의 보금자리는 안온함 대신 날 선 감시의 눈초리를 견뎌 내야만 했다.

국경 열차에 몸을 싣고

김기림

김기림(시인, 1908~?). 특히 맨 앞부분과 맨 뒷부분은 김기림, 「간도기
행」(《조선일보》, 1930. 6. 13.~6. 26)을 참고. 이 글에서 말하는 간도 대사
변은 간도공산당의 5. 30 사건이라고도 하는데, 상하이 5. 30 사건 5주
년을 기념하여 연변 지역에서 공산당이 일으킨 투쟁이다. 이밖에 철도
풍경은 단편소설 「철도연선」(『조광』, 1935. 12~1936. 2) 참고. 김기림의
고향 이야기는 「황금행진곡」(1933), 「앨범에 붙여둔 노스탈쟈」(1933),
「잊어버리고 싶은 나의 항구」(1933), 「눈보라에 싸인 마천령 아래의 옛
꿈」(1934) 등 참고. 이 작품들과 인용한 시는 모두 『김기림 전집』(전6권,
심설당, 1988)에 수록되어 있다.

고향은 새삼 아득도 하여

1930년 6월 초.

－간도 대사변 돌발!

한밤중 날아든 급전이 〈조선일보〉 숙직실을 뒤흔들었다. 날이 밝자 상황은 생각보다 훨씬 심각하게 돌아갔다. 전보가 끊임없이 쏟아졌다. 귀가 50개는 달린 것 같은 이여성 사회부장도 쉴 새 없이 전화를 받았다. 콧마루에 걸려 있던 검은 로이드 안경 너머로 눈빛은 여전히 반짝거렸다. 서둘러 판단을 내려야 했다. 현지에 주재하는 통신원만으로는 부족한 상황. 민완 기자들의 생생한 기사가 필요했다.

마침 경쟁지 〈동아일보〉는 창간 10주년을 맞아 실은 미국 〈네이션〉지 주필의 기념사로 정간을 당한 상태였다. 자연히 〈조선〉과 〈중외일보〉에 쏠리는 부담이 클 수밖에 없었다. 〈조선〉은 니혼대학 졸업 후 공채를 통해 갓 입사한 사회부 신입 기자 김기림을 경력 기자와 함께 특파했다.

일행은 오전 중으로 북행 열차에 몸을 실었다. 기림은 의자에 등을 기대자마자 잠이 쏟아졌다. 그는 일행과 이것저것 이야기를 나누노라 쉽게 눈을 붙이지 못했는데, 강원도 삼방 지날 어름해서는 내남없이 곯아떨어지고 말았다. 그렇게 얼마나 꿀잠을 잤을까. 기림이 다시 눈을 떴을 때는 기차가 원산, 고원을 지나 진작 함경선을 달리고 있던 중이었다. 오른쪽 차창 밖으로 푸른 바다가 끊이지 않았다.

"아, 참, 절경이다, 절경이야!"

동행은 거듭 감탄사를 터뜨렸다. 기림도 입가에 빙그레 미소를 머금었다.

"김 형은 고향이 여기 어디랬지?"

"성진이오."

"그렇지, 성진. 성진이 나남 경성 못 미쳐서 있겠지?"

기림은 대답 대신 고개를 끄덕거렸다.

수없는 발을 가진 기차.

중얼거리는 피스톤.

달려가는 열차의 등허리에서는 누런 햇빛이 어른거리리라. 산, 바위, 들, 강, 마을, 거리, 어느 것 할 것 없이 기차는 아무 거리낌도 없고 차별도 없이 한 개의 목적을 향해 오직 치달릴 뿐이다. 마치 각 개인의 의사 따위는 아주 무시하는 역사의 잔인한 돌진과도 같다.

6월의 시원한 바람이 얼굴을 연신 때렸지만, 창 닫을 생각일랑 하지 않았다. 기차가 함흥을 지나자 사람들의 목소리가 한층 거칠어졌다. "~이지비", "~쟁이요", 그 익숙한 사투리로 누가 나진에 땅을 샀다가 몇십만 원을 한꺼번에 벌었다고 했다. 기림은 피식 웃었다. 그래도 성진 바닷가에 내버려 두었던 땅이 갑자기 시세가 좋아져서 오막살이를 허물고 3층 양옥을 기공한다는 말에는 저도 몰래 고개가 돌아갔다. 바야흐로 '황금광 시대'라더니, 함경선 기차 안에는 유독 흥분한 승객들이 더 많은 것 같았다. 믿거나 말거나 확인되지 않은 소문들이 기차 안을 가득 채우고도 남아 아무렇게나 흩날렸다.

기림에게 고향은 잔인한 애인이었다. 천 리 밖에 두고 생각하면 애타게 그립다가도 정작 만나고 보면 익지 않은 수박처럼 심심했다. 그래, 고향이라고 하는 것은 그 사진이나 앨범에 붙여 두었다가, 감기에 걸려서 여관방에 홀로 누워 뒹굴 때에나 잠깐 펴 볼 그런 성질의 것이라고 생각했다.

그래도 어디 그런가.

안데르센 동화 속 거리와 같이 말할 수 없이 작은 고향 임

명臨溪의 거리에는 성냥이나 자주 댕기나 색찰 허러나 파
는, 역시 성냥갑만큼 한 가게들이 납작하게 그러고 있었
다. 때때로 삼수갑산으로 가는 말꾼들의 둔탁한 말굽 소리
가 새벽의 거리 바닥에 울려 퍼지기도 하였다.

나의 고향은
저 산 넘어 또 저 구름 밖
아라사의 소문이 자조 들리는 곳.

나는 문득
가로수 스치는 저녁바람 소리 속에서
여엄-엄 송아지 부르는 소리를 듣고 멈춰 선다.
(김기림, 「화술 1. 오후의 예의-향수」 전문, 1934)

가장 눈에 선한 것은 다홍 저고리 파랑 치마 위로 자주 댕
기를 드리운 그 거리의 아가씨들이었다.

애기씨 배기씨 꼬꼬대
길주 명천 호롱대
가마청천 들고보니
옥지옥지 얽었더라

낸들낸들 내탓인가

호기대감 탓이지

단오나 추석 같은 명절날이면 그런 차림의 처녀들이 방천 너른 터에서 그네를 타고 널을 뛰며 부르는 노랫소리가 한층 명랑했다.

하지만 세월은 살처럼 흐른다.

'애기씨 배기씨'를 부르던 처자들도 인제는 각시가 되고 다시 어머니가 되어서, 혹은 갑산으로 혹은 간도로 갔다고도 하고, 어쩌다 길에서 만나는 이들도 부끄러운 듯 얼굴을 돌릴 따름이었다.

문득 "고향에는 가지를 말아라!"고 슬픈 노래를 부른 시인이 떠올랐다. 기림은 얼른 푸른 바다 수평선 너머로 눈길을 돌렸다. 그러나 그것으로 울근불근 밀려드는 감정의 덩어리를 내칠 수 없다는 건 제가 더 잘 알았다.

그가 보통학교에 들어가기도 전이었다.

여름방학이 되면 누이는 기숙사에서 풀려서 고개를 넘어 30리나 되는 집으로 돌아왔다. 지붕 위에서 까치가 울면 어머니는 누이가 오는가 보다 하고 그를 등에 올려놓고는 대문 밖으로 달려 나갔다. 그러면 저만큼 검정 두루마기 입은 누이가 책보를 끼고 "어머니" 하고 달려 들어왔다. 어린 기림은 그렇게 달려오는 누이보다도 누이가 곧 책보에서 꺼낼 사탕을 눈이 빠져라 기다렸다.

셋째 누이 김신덕은 캐나다 장로회의 구례선(로버트 그리어슨) 선교사가 세운 보신여학교에 다녔다. 그는 의사이기도 해서 성진 읍내 한복판에 제동병원도 세웠다. 보신학교를 졸업한 학생들이 서울로 유학을 가 세브란스와 경성의전을 졸업하고 돌아와 벌써 그 병원의 의사로 근무하고 있었다.

셋째 누이는 학교 다니느라 떨어져 있어서 그런지 다른 누이들에 비해서도 한결 살뜰히 막내이자 하나뿐인 남동생을 챙겨 주었다. 학교에서 배운 찬송가를 가르쳐 주었고 기도하는 법도 가르쳐 주었다. 그 누이가 임명에 오면 어머니는 늘 달걀을 구워 주었는데, 그러면 당연히 기림에게도 차례가 돌아왔다.

하지만 그 행복을 누가 시기한 모양이었다.

어머니는 이듬해 누이가 서울 간다고 좋아라고 뛰놀고, 기림이 보통학교에 처음 들어간 그해 가을 세상을 떠났다. 기림은 틈만 나면 어머니를 찾았고, 밤에는 울다가 지쳐 잠을 잤다. 사람들은 어머니가 미쳐서 먼 데로 달아났으니 잊으라고 그를 얼렀다. 나중에 알게 되지만 장질부사(장티푸스)라 했다. 집안은 하루아침에 쓸쓸한 그림자에 휩싸였다. 아버지는 한번도 웃지 않았고, 누이들도 전처럼 천방지축 뛰어다니지 않았다.

집일을 보아 줄 사람이 없다며 아버지가 계모를 얻는다는 말이 돌았다. 제일 슬퍼한 것은 셋째 누이였다. 그 누이는 보름 동안이나 어머니 무덤에 가서 울고 또 울었다. 그러다가 그만 병이 들었다. 마을 사람들은 어머니 무덤 가까이에 작고 아담한 누이의 무덤을 만들어 주었다. 어린 기림은 누이가 아마도 그가 늘 노래하던 천당으로 간 것이겠거니 생각할 뿐이었다.

기림은 그때부터 부쩍 감상적인 소년이 되었다. 누이처럼 성진에 나가서 농업학교에 다닐 때, 그는 그 항구가 그렇게 낯설 수 없었다. 모래 위에 밟히는 제 작은 발자국을 씻어 버리는 잔물결의 잔잔한 노랫소리를 들으면서 그는 종종 그 바닷가를 거닐었다. 그럴라치면 4년 전 그 항구에 와서 공부하던 누이가 아니 떠오를 리 없었다. 어쩌면 누이를 떠올리기 위해서 그렇게 혼자 바닷가를 거닐었는지도 몰랐다. 깎아지른 절벽 위로는 망양정이 우뚝 서 있었는데, 그 너머가 바로 붉은 벽돌집 병원과 여학교였다.

누이는 야속했다. 망양정 위로 높이 흐르는 흰 구름을 헤치고 한 번쯤 나타나 줄 법도 한데 끝내 얼굴을 보여 주지 않았다. 어머니와 누이는 그렇게 어린 시절의 기쁨 전부를 관 속에 넣어 가지고 가 버린 것이었다.

열다섯 살 때였다. 작문 선생이 그를 불러 은근히 야단을 치며 말했다.

"얘가 이 뻔으로 글을 쓰다가는 필경 자살하겠다."

기차 안에서 기림은 새삼 아득해지는 기분이 들었다. 그래도 지나간 것은 모두 그립고, 그리워서 아름다웠다.

국경 열차

고향이라고 내릴 겨를도 없었다. 기차는 성진 지나 청진항 반죽역에서 서북으로 방향을 바꾸었다. 이제부터는 회령까지 거친 숨을 더 씩씩거리며 고원을 달릴 터였다. 회령에서는 상봉까지 국경 경편철도로 갈아타야 했다.

"국경에선 1등차를 탄다고?"

"그 선은 3등이 아예 없소. 1등하고 2등만 있지."

"그럼, 꽤 편하겠는걸?"

"하하, 웬걸요. 나중에 한번 겪어 보십시오. 함경선의 쿠션이 얼마나 편안했는지 그리워질게요."

"하긴, 바랄 걸 바라야지. 아무튼 이 근처는 완전히 수방殊邦, 딴 나라 풍경일세그려."

"눈송이만 해도 여기 윗대는 전혀 다르지요."

사실이었다. 관북의 눈은 퍽 퍽 퍽 푸른 하늘을 채우면서 아쉬움 없이 주먹만 한 눈송이를 퍼붓는데, 기림은 서울에서 보성학교를 다닐 때 그런 눈을 통 본 적이 없었다. 그리고 집과 나무와 울타리와 전신주와 우물과 게시판, 실로 땅 위의 모든 것을 뿌리째 빼어갈 듯이 들 위에서 벼락 치는 그놈의 눈보라도 서울서는 구경한 일이 없었다.

동짓달로부터 이듬해 2월까지 1년의 3분의 1은 눈 속에서 지내는 북국北國이었다. 대개는 동짓달 초승 밤새껏 처마 끝에 애끓는 듯한 낙숫물을 지으면서 창밖에서 시름없이 내리던 비가 갑자기 눈송이로 변하여 퍽 퍽 퍽 땅 위에 박히는데, 그럴 때 아이들은 오래 기다리던 나그네 모양으로 그것을 꽤나 반겼다. 순이와 금옥이와 금순이들은 작은 손뼉을 마주 때리면서 뜨락으로 달려 나가서는 치마폭을 벌리고 뛰어드는 눈송이들을 받았다. 새로 해 준 때때치마를 적셨다고 어머니의 주먹을 등덜미에 몇 개씩 얻어맞으면서도 아기네들은 그 때문에 그들의 뜰을 아름답게 꾸며 주는 다정스런 눈을 원망하지는 않았다.

첫눈이 지나간 뒤 다음 장날에는 벌써 거리에는 '발기'들이 나무를 싣고 산길을 넘어와서는 늘어서 있었다. 겨울이 되면 더 북쪽의 산골 사람들은 '술기(수레)'는 뜯어서 감추어 두고 그 대신에 소가 끄는 썰매인 '발기'를 쓴다. 나무 장사가 술집에서 소주를 마시면서 황홀해 있는 틈을 타서 아이

들은 빈 발기를 언덕으로 끌고 올라가서 썰매를 놓았다. 눈
보라는 대개 밤이 되면 더욱 우렁차게 소리를 쳤다. 어린 기
림은 마천령과 운봉산 사이에 긴 작은 들이 밤새 눈보라에
시달려 내는 우그러지는 듯한 비명과 신음과 절규를 잠자리
에서 들었다. 그때마다 어머니나 큰누이 품을 파고들곤 하
였다. 눈보라를 피해 산기슭으로 몰려든 늑대들의 울음소리
도 마을 가까운 곳에서 애처롭게 들려오기도 하였다.

이러한 겨울, 어둠이 떨어지면, 읍에 가신 아버지가 희미
한 초롱불을 드리우고 먼 곳으로부터 아삭아삭 눈을 까며
오는 발자국 소리를 기다렸다. 그러나 그럴 때면 오히려 어
머니의 무덤을 안고 있는 공동묘지에서 부엉이의 울음소리
만 부엉부엉 더 크게 들려오는 것이었다.

큰누이는 어린 그를 달래고 어르며 말했다.

"어저(이제) 아바이 오실라."

그럴 때, 눈 위에 녹아 내리는 달빛은 더욱 차서 누이의
얼굴을 파랗게 물들였다.

일행이 깜빡 코를 골던 기림을 흔들어 깨웠다.

아까 부령, 고무산을 지난다 싶었는데, 기차는 벌써 급한
산마루를 거의 내려선 것 같았다. 조금 있으면 검푸른 두만
강도 만나게 될 터였다.

"젠장, 피스톨 찬 순사들이 부쩍 바빠졌네, 흥."

저만큼 차장 뒤쪽으로 땅딸보 순사의 모습이 보였다.

기림도 새삼 신경을 곤두세웠다.

날이 부쩍 어둑해질 무렵 눈앞에 검푸른 강이 들어왔다. 마침내 두만강이었다. 기림은 저도 몰래 가슴 한구석이 콱 막히며 또 먹먹해 오는 느낌이 들었다. 유유히 흐르는 저 강물아, 너는 낯선 고려의 자손에게 무엇을 이야기하려는가? 무거운 침묵 속에 영원의 강바닥을 십 년을 하루같이 미끄러지는 너 두만강아! 나는 너를 내 북방의 애인이라 부를 수 없구나. 이 고요한 죽음의 냄새. 남부여대하여 누더기 옷에 더러운 이불 꾸러미를 둘러메고 너를 건너던 동포들의 울음소리는 어디에 들리는지.

신입 기자 김기림의 마음은 부쩍 우울해졌다.

대륙은 이 간사한 혀끝이 보기 싫어서

스무나문발 강물로 갈라놓았다.

그럴 바엔 아주 바다에나 집어던지지

그랬다면 오늘 와서 딴소리는 없었을 것을—

(김기림, 「관북기행」 중 '두만강', 1936)

인간의 예의, 민족의 예의

이효석

이효석(소설가, 1907~1942). 이현주, 「이효석 문학의 배경에 대한 주석적 연구」(연세대학교 박사학위 논문, 2009). 특히 여기에 소개된 유진오, 최정희, 백철 등의 회고와 이갑기의 글 등을 참고. 아울러 이효석문학재단 편, 『이효석 전집』(서울대학교출판문화원, 2016) 중 특히 제5권을 참고했다. 소설은 따로 『이효석 단편전집』(전2권, 가람기획, 2006)도 참고.

그때부터 모든 게 달라졌다

1931년 봄.

모든 일은 그 봄날에 비롯되었다.

이효석은 마침 광화문통을 걷고 있었는데, 앞에서 다가오던 사내와 언뜻 길이 엇갈리는가 싶더니 어깨를 슬쩍 스쳤다. 사내가 무어라 말했다. 정확하지는 않았다. 다만 사내의 표정이 꽤 험악했고, 입 밖으로 내뱉은 말 또한 육두문자 비슷한 그런 종류였다. 그저 어깨를 부딪쳐서 나온 말이 결코 아니었다. 효석은 순간적으로 아찔했다. 물론 꼭 사내의 그 말 때문이라고 말할 수만은 없겠다. 빈혈기 때문이었는지, 아니면 조선총독부 뾰족한 돔 지붕에 반짝거리며 부서지던 봄 햇살에 순간적으로 너무 눈이 부셔서 그랬는지도 모른다. 아무튼 효석은 그를 붙잡고 무어라 따지기도 전 그 자리에서 어어 하다가 휘청 쓰러지고 말았다. 그런 채로 그자는 제 길을 갔다. 효석은 얼마 후에야 정신을 차렸고, 행인의 도움을 받아 겨우 땅을 짚고 일어설 수 있었다.

집에는 어떻게 돌아왔는지 기억에 남은 게 없었다.

분명한 것은 그때부터 모든 게 달라졌다는 한 가지 사실뿐이었다. 신문을 보기가 싫었다. 잡지를 보기도 싫었다. 아니, 매일 다니던 길을 버리고 일부러 다른 길을 골라 바삐 걸음을 놀린 것도 그때 생긴 버릇이었다. 밖에서도 그러했으니 하물며 안에서야 더 말할 나위 없었다. 사무실이 감옥이요 도축장이었다. 종일 들여다보는 활자들이 온통 자신을 향해 빳빳이 고개를 쳐드는 것 같았다. 봐라, 너 이효석이지? 모를 줄 알았어? 그리고 더 심한 말까지. 개, 개, 개……. 때로 다른 직원이 죽죽 그어 놓은 빨간 줄들이 시험판 신문지 위를 피처럼 홍건히 적셨다. 결국 사표를 내는 수밖에 달리 도리가 없었다.

이효석은 너무도 황망해서 스승 쿠사부카 조오지草深常治에게도 제대로 인사를 챙기지 못했다. 그는 원래 도쿄고등사범을 나와 경성제일고보에서 물리과 수업을 맡던 스승이었다. 그가 고보 시절의 제자 효석이 경성제대 졸업 후에도 빈둥빈둥 놀고 있는 것을 보고는 자신이 사무관으로 근무하던 부서에 추천을 해 주었다. 효석은 마음에 꺼림칙한 바 없지 않았지만 생활은 너무 곤궁했다. 바다 건너에서 시작된 대공황의 거친 파도가 조선이라고 비켜 가지 않았다. 여기저기 공장이 문을 닫자 거리에 실업자가 넘쳐 났다. 효석은 언제 자신도 그 대열에 휩쓸리지 않는다고 장담할 수 없는 처지였다. 그래, 두 눈을 딱 감고 오직 스승의 사무를 돕는다는 생각을 앞세워 취직을 수락했다. 그러나 그 선택이 무슨 뜻인지 효석은 훨씬 더 신중히 따졌어야 했다. 아니, 어떤 경우에도 받아들여서는 아니 되는 제안이었다.

말이 도서과였지 그건 엄연히 경무국 소속이었고, 매일같이 출입하는 곳이 바로 조선총독부 건물이었다.

돌이켜보면 도대체 무슨 강심장이라서 그런 결정을 내렸던 것인지!

효석은 더 깊은 수렁에 빠지기 전에 발을 뺀 것이 차라리 잘되었다는 심정도 없지 않았다. 그래도 한번 장안에 돈 싸늘한 소문은 쉽게 수그러들지 않았다.

"효석이 총독부의 개가 되었다!"

"동반자 작가[8]라더니 이건 숫제 쇼와昭和의 동반자였단 말

---

8 동반자 작가는 1920년대 카프KAPF에 가담하지는 않았으나 그들이 내세우던 이른바 프로 문학에 심정적으로 동조했던 작가들을 가리킨다. 이효석은 물론 유진오, 채만식 등이 여기에 속한다. 쇼와는 일본의 천황 히로히토가 재위할 때 사용한 연호.

이냐?"

"그래도 사람이 있어 카프의 기개를 보여 줬구나!"

그자가 바로 이갑기였다. 문단의 이런저런 자리에서 스치기야 했을지 몰라도, 효석으로서는 인사를 나누고 말을 섞은 적도 없는 사내였다. 이따금 신문이며 잡지에 현인玄人이라는 필명으로 시평 따위를 쓰며 카프에도 적을 올린 위인이었는데, 그 사실도 일이 있고서야 제대로 알았다. 그러니 그날 광화문통에서 얼결에 마주친 이후 마치 제가 무어 대단한 격투라도 벌인 양 떠들고 다녔을 그자의 입을 막을 뾰족한 방도 같은 것도 없었다. 나중에 친한 벗 유진오가 전하기를, 그자가 완력이 세어 평소에도 말로 하다가 안 되면 주먹을 날리는 일도 비일비재였노라 했다.

어쨌거나 효석은 그 짧은 총독부 시절로 인해 많은 것을 잃어야 했다. 우선 이름 석 자를 잃었다. 얼굴 비추는 거울을 잃고, 햇볕 좋은 양지를 잃었다. 동료도 잃었다. 〈동아일보〉에 연재하던 시나리오 「출범 시대」의 연재도 중단했다. 신문사 쪽에서도 영화사 쪽에서도 그의 결정을 순순히 받아들였다.

서울에서의 하루하루도 악몽의 연속이었다.

다만 어느 여름 첫 창작집 『노령근해』가 세상에 나와 좋은 반응을 얻은 게 큰 위안이었다. 최서해의 간도에 견주어,

조선 문학에서 일찍이 없던 또 다른 북방의 정서를 개척했다는 식의 평가가 압도적이었다. 그렇더라도 정작 당자는 세상이 두려웠다. 모난 돌이 정 맞는다고, 자신이 자칫 한 걸음만 삐끗하는 날이면 더는 붙잡고 우길 언턱거리도 없으리라 걱정이 앞섰다. 문단보다는 영화 쪽에 열성을 보인 것도 그런 우울함이 작용한 탓이라 할까.

서울을 떠나 북국으로

그러던 중 다행히 탈출의 통로를 발견했다.

결혼!

상대는 대학 3학년 때부터 친구의 주선으로 한두 번 만났던 함경도 여인이었다. 그동안 서로 편지를 주고받으면서도 깊은 이야기를 나누지는 못했다. 그러다가 이제 그녀가 여고보를 졸업하자 효석은 혼담을 넣었고 허락을 받기 무섭게 그녀를 일생의 반려로 받아들였다. 그때부터는 정신을 차릴 수 없도록 빠르게 시간이 흘렀다. 그 바람에 불안이며 동요를 크게 느낄 틈도 없었다.

물론 모든 게 당장 나아진 것은 아니었다. 소설은 한 편도 쓰지 못했다. 서너 편 잡문을 발표할 수는 있었지만, 그때는 또 제 이름자 석 자가 돌부리처럼 걸렸다. 청탁을 한 잡지사에 부탁하여 '아세아亞細兒'라는 필명을 허락받은 것이 갑작스레 위안이 될 정도였다. 효석은 한 사람의 작가에게 이름이 얼마나 귀중한지 절절히 깨달았다. 새삼 부끄러웠다. 이 갑기가 그때 그 무엇이든 욕설을 퍼붓지 않았더라면 하고 생각하자 외려 뒷골이 오싹 당겼다. 그런 점에서는 차라리 그때 고마웠노라 인사라도 건네야 할지 모를 일이었다.

어린 아내도 이미 남편에 관한 소문을 듣고 있었다. 그리고 그건 그야말로 경제난에 시달린 나머지 한때의 아차 하는 실수였음도 인정했다. 문제는 남편이 쉽게 그 기억으로부터 빠져나오지 못한다는 사실이었다. 어떤 때에는 그런 남편을 곁에서 지켜보기가 너무 안쓰러웠다. 신혼여행을 주을온천으로 갔는데 거기서 설핏 나왔던 이사 이야기를 다시 꺼낸 것도 그래서였다. 효석이 더 아내의 뜻을 반겼다. 한 걸음 나아가 아예 북경성北鏡城에서 살자는 말까지 꺼냈다. 북경성, 즉 함경북도 경성은 아내의 고향이었다. 그렇다. 거기서 모든 걸 새롭게 시작하자. 과거는 과거일 뿐, 인간은 살아 숨 쉬는 한 늘 미래를 향해 나아가는 시간 속의 존재인 것이다. 그렇게 마음먹자 더는 미룰 이유도 없었다.

효석은 모처럼 아내의 얼굴에 환한 미소가 번지는 게 보기 좋았다.

"겨울은 여간 아니겠지?"

"아무려나요. 유월에나 겨우 봄이 오곤 하쟎이오."

"그래도 봄이 오기는 오는구먼?"

효석이 웃으며 말하자 아내 이경원도 빙그레 웃어 보였다.

그렇게 해서 두 사람은 저 옛날 육진六鎭과 여진의 고장 경성에서 신혼의 첫 겨울을 나게 되었다. 평소 입버릇처럼 북국의 낭만을 이야기하고, 「노령근해」, 「북국점경」, 「북국사신」 등 그런 배경으로 소설도 이미 서너 편 쓴 바 있던 효석이었다. 그렇지만 막상 이주하여 기나긴 겨우내 피부로 맞이한 북국의 겨울은 참으로 혹독하였다. 한 가지 위안은 그런 만큼 서울도 멀다는 사실이었다. 자연, 소문도 멀었으니, 서울의 어떤 소문이라도 철원, 삼방, 원산을 거쳐 함경선으로 갈아타고 다시 북으로 함흥, 홍원, 북청, 이원, 단천, 성진, 길주, 명천을 지나오는 동안 기세가 많이 누그러질 수밖에 없었다.

하지만 이갑기란 자가 기어이 또 도발하고 말았다. 이번에는 효석도 분통이 터져 가만히 입 다물고 있을 수만은 없는 '비열한' 도발이었다.

이갑기는 현인이라는 필명으로 발표한 「문단초침」(『비판』, 1932.1)이라는 글에서 이효석의 부인인 이경원이 남편의 작품을 차용하여 문예계 진출을 도모한다고 맹비난을 퍼부었다.

조선 문예계에 있어서 여류의 진출을 갈망한 지 오래이나 아직 이렇다 할 만한 수확을 보지 못하였던 것이다. 그러나 최근에 와서 기개幾個의 인텔리 출신의 여류가 이 방면에 진출하려고 노력하고 있는 기색이 보이는 것이 사실이나 이것으로서 우리는 완전한 수확이라고 할 수 없는 것이다. (중략) 그러나 작품의 가작假作으로서 문예계 진출을 도모하는 예컨대 이경원과 같이 그 부군의 작품을 차용하야 일개 잡지 『삼천리』에서 여류 작가로서 대중에게 소개되는 비양심적 행동은 단연 배격하야 마지 아니 한다. 이경원 군의 부군 이효석 군은 과거에는 한 개의 신임할 만한 동반자의 작가이었으나 현재는 그가 변절로 인하야 그 이름이 극히 자미롭지 못한 사회적 환경에서 배회하고 있는 만큼 이효석 군이 그 이름으로서 작품을 발표하기에 조금 거북한 점이 아마 있는 듯하여 기왕이면 그 부인의 이름으로 익명하야 보겠다는 수작이었던지 혹은 이경원 군이 여류 작가가 되고 싶어서 그 부군에게 작품을 차용하였든지 그 원인 여하를 막론하고 제삼자적 견지에서 보면 심히 비열한 행동이란 것을 이효석 군은 알아 두어야 할 것이니 혹은 이경원 군이 군의 부인이 아니면 모르거니와 이러한 관계가 이미 사회적으로 폭로된 이상 재고하야 볼 필요가 있으리라고 생각된다.

이갑기는 이경원 이름으로 『만국부인』 제2호(1931. 11)에 발표한 소품 「신부의 명랑성」을 문제 삼은 것이었다. 요지는, 이효석이 변절자로서 더 이상 제 이름을 쓰지 못하는 처지가 되자 이번에는 아내 이경원을 여류 문사로 등장시키는 파렴치한 범죄마저 저질렀다는 것이었다.

효석은 어이가 없었다.

이갑기의 독단이 도를 넘어도 한참 넘었다. 제가 아무리 사세가 궁벽하기로서니 설마 아내의 이름을 빌려서까지 무얼 꾀한다니, 망발도 그런 망발이 없었다. 이갑기가 두 눈에 쌍심지를 켜고 이효석이란 자의 허물을 캐려고 들다가 옳거니 했을 광경이 눈앞에 선했다.

하지만 효석의 생각에 그것은 한 사람의 문인은 물론이고 이제 갓 결혼한 신혼부부에 대해서도 인간적 예의가 못 되었다. 조금만 더 사정을 따져 봤더라면 그런 터무니없는 중상은 하지 않았을 터였다. 아는 사람은 알지만 『만국부인』은 삼천리사에서 새로 낸 잡지로 훗날 파인 김동환의 두 번째 아내가 되는 최정희가 기자로 근무했다. 그래서 최정희가 청탁을 하자 효석은 그때 미리 사정을 밝혀 두었던 것이다.

"이유 여하를 막론하고 지난 일 년 내가 처한 곤경을 이해할 줄 아오. 나로서야 참 자미롭지 못한 사회적 환경이었지요. 이런 상황에서 종전처럼 내 이름으로 글을 발표한다는 건 조금이 아니라 대단히 거북하다고 아니 말할 수 없겠지요. 마침 부인들을 위한 잡지이고 하니 아내의 이름을 대신 쓴다면 어떻겠는지요? 아내에게도 미리 양해를 얻었습니다."

최정희는 효석이 광화문통에서 졸도했을 때 소식을 듣자마자 달려와 줄 정도로 가까운 사이였다. 또 최정희의 첫 남편이 영화감독 김유영으로, 효석이 총독부 일로 곤경에 처했을 때 누구보다 앞장서서 변호를 서슴지 않았다. 그런 만큼 최정희는 편집자로서도 '이경원'이라는 필명을 기꺼이 받아들였던 것이다.

효석은 『비판』지에 반론의 지면을 요청했다. 하지만 좌익 계열에 속한다고 소문이 난 잡지이니만큼 효석에 대한 대접이 꽤 심각했다. 무엇보다 객관적으로 드러난 사실만 보면 이갑기 아니라 다른 누구인들 그렇게 판단하는 것도 무리는 아니지 않느냐는 주장이었다. 그러면서 모든 문제의 원인으로 총독부 경무국에 취직한 사실을 들고, 그 잘못에 대해서 어떤 형태로든 제대로 청산하는 절차를 요구했다. 효석으로서는 기가 막혔다. 잘못에 대해서는 이미 사직으로써 청산한 게 아닌가. 효석은 오직 그렇게 주장할 따름이었다.

결국 반론문 앞에 『비판』지의 입장을 짤막하게 싣기로 타협을 보았다.

이씨의 이갑기 씨에 대한 이 반박문은 본래 싣지 아니하려 하였다. 왜 그러냐 하면 이씨는 커다란 잘못을 가졌다. 요컨대 이씨는 과거의 '잘못'이 비록 일시적이라 할망정 그 '잘못'을 일반적으로 깨끗이 청산하지 아니하였고, 또한 일반은 그의 과거의 '잘못'에 대한 어떠한 태도를 가지지 아니하였던 것이다. 그러나 이씨의 '잘못'은 이미 지나간 일일뿐더러 또한 비판사로서 공정을 잃지 아니하기 위하여 이 반박문을 싣기로 하였다.

〈첩첩자를 질타함〉이라는 제목의 반박문은 시종 맹렬했다. 효석은 생애 한 번도 써 보지 못한 언어들까지 구사하며 상대를 어쭙잖은 첩첩자喋喋子, 즉 제대로 알지도 못하면서 재재거리는 수다쟁이라고 통렬한 일침을 가하였다. 예컨대 "하잘것없는 무반성한 한 개의 망자妄者"에게 경고하노니, "날름거리는 입을 다물고 지나친 수작을 금하고 뾰족한 붓끝을 방향 살펴 행하여라"고 질타했다. 그렇게 쓴 글이 활자가 되어 나왔을 때, 효석은 어찌나 속이 시원하던지!

하지만 그 기분은 오래 가지 못하였다. 날이 갈수록 오히려 자신이 뭔가 또 실수를 저질렀구나 하는 심정이 점점 자라날 뿐이었다.

'북경성'의 첫해 겨울은 길고도 길었다.

그래도 악착같이 버텼더니 앞들과 과수 농장들의 얼음이

풀리기 시작할 무렵 좋은 소식이 찾아왔다. 집 가까운 경성 농업학교에서 영어 교사로 초빙을 한 것이었다. 그때쯤 남산만큼 불러 온 아내의 배 때문에라도 효석은 두 번 고려하지 않고 승낙의 뜻을 밝혔다. 성큼 봄이 왔고, 마음도 생활도 제법 안정을 이루었다. 잠시 미뤘던 창작에 대한 열망도 활활 불타올랐다. 그리고 그때부터는 이효석 문학의 이른바 '북국 시대' 또한 본격적으로 시작될 터였다.

• • •

1934년 이갑기는 최정원과 결혼하고 고향인 대구로 내려갔다. 최정원은 최정희의 동생이었다. 한 가지 흥미로운 사실은 최정원이 당시 최초의 '미스코리아'에 선정되었다는 사실이다. 삼천리사에서 전 조선을 대표할 미인을 뽑겠다고 광고를 냈다.(『삼천리』, 1931. 5) 이광수, 염상섭, 김억, 안석주, 허영숙, 나혜석 등이 심사를 맡았다. 그해 10월 사진을 보내 온 총 326명의 여성 중에서 모두 14명의 입상자를 선정해 '삼천리 일색一色'이라는 이름으로 발표했다. 최정원은 18세의 나이로 특선을 차지했다.

이갑기는 결혼 직후 곧 제2차 카프 검거 사건에 연루되어 투옥된다. 이때 최정희도 여성으로서 유일하게 검거되어 옥고를 치른다. 최정원은 전주로 남편의 면회를 다니는 한편

소설을 써서 문단에 잠깐 모습을 드러내기도 한다. 이갑기는 해방 후 월북한다.

공장은 나의 대학

이북명

이북명(소설가, 1910~?). 이북명, 「공장은 나의 작가 수업의 대학이었다」(『나의 인간수업, 문학수업』, 도서출판 인동, 1990)를 크게 참고했다. 앞부분에 인용한 막심 고리키의 작품은 최민영 역, 『어머니』(석탑, 1985), 15쪽. 뒷부분에 인용한 단편 「질소비료공장」은 〈조선일보〉 수록분. 「질소비료공장」은 1932년 5월 29일부터 〈조선일보〉에 연재되다가 일제의 검열로 5월 31일 중단되었다. 그것이 1935년에 일본의 잡지 『문학평론』에 「초진初陳」이란 제목으로 번역되어 전체가 실렸다. 그러나 애초의 원고를 잃어버린 이북명은 훗날 북한에서 그 「초진」을 대본으로 다시 우리말로 고쳐 써서 발표한다.(조선작가동맹출판사, 1957). 인용 부분 중 메이데이 투쟁 부분은 여기에 기댔다. 〈조선일보〉판의 주인공 '문호'는 이때 '문길이'로 바뀐다. 이 북한 판본은 『한국현대대표소설선 (4)』(창작과비평사, 1996)에 수록되어 있다. 마지막 부분은 이소가야 스에지 저, 김계일 역, 『우리 청춘의 조선』(사계절, 1988)을 참고했다.

공장을 쓰기 위하여

1932년, 함경남도 흥남.

"이보게 안에 있나?"

대포라도 한잔 걸친 듯한 목소리가 노크도 없이 쑥 문지방을 넘어섰다. 이순익은 순간 비밀스러운 현장을 들킨 듯 흠칫 놀랐지만 곧 냉정을 되찾았다. 그 짧은 순간에도 검은 그림자는 성큼 아랫목을 찾았다. 그러거나 말거나 순익은 읽고 있던 부분을 마저 읽었다. ……짜증스럽고 성마른 욕지거리들이 아침 공기를 험악하게 만들고, 사람들을 환영이라도 하듯이 기계가 육중하게 윙윙 돌아가며 풍풍 김을 내뿜는 소리가 귀를 먹먹하게 했다. 검은 굴뚝들은 크고 굵은 기둥들처럼 높이 솟아 있었다. ……그림자가 순익의 손에서 책을 훌쩍 낚아챘다.

"흥, 회사도 안 나가고, 방구석에서 기껏 책이나 읽자고?"

고보 시절의 친구 K였다.

"이게 기껏 책은 아닐세. 인류의 역사를 바꾼 책이지."

순익의 말에 K가 제 손에 들어간 책의 표지를 얼른 훑어보았다.

"오호, 자네가 이 걸작을 다 안다 말이지?"

"흥, 자네야말로 제법이네. 사실 이 맨 앞부분, 보고 또 봐도 가슴이 먹먹해지네. 공장 지대의 새벽 풍경을 이토록 실감 나게 그려 낼 수 있을까? 노동자들이 검은 굴뚝에서 뿜어져 나오는 연기를 보며 오늘 또 하루 목숨을 저당잡히러 출근하는 모습이라니……."

순익이 한숨을 폭 내쉬었다.

"엥, 방구들 꺼지게 웬 한숨까지? 왜 자네도 조선의 고리키가 되자고 이 고생을 하고 있는 게 아닌가?"

"내야 어디 그분 그림자라도 밟을 수 있겠나."

솔직한 심정이었다.

순익은 함흥에서 고보를 졸업하고 곧바로 흥남으로 와 질소비료공장에 취직했다. 책상맡에 앉는 사무원이 아니었다. 수학, 물리, 화학 등의 필답과 구술시험을 치르고 5대 1의 경쟁을 거쳐 유안공장의 현장 노동자가 된 것이다. 보통

168

학교만 나왔거나 그마저 나오지 못한 청년들은 따로 시험을 치르는데, 그 경쟁률은 10대 1이 훌쩍 넘었다. 항간에 딸을 주겠거든 조질(조선질소비료회사) 흥남공장에 다니는 총각에게 주라는 말이 돌 정도였다. 지금도 그렇거니와 처음 입사할 무렵에는 훨씬 더해서, 공장 밖에는 매일같이 수백 명의 '산업예비군'들이 주린 창자를 움켜쥔 채 이제나저제나 이름을 불러 줄까, 곁에서 보기만 해도 기가 질리도록 거대한 공장 안을 기웃거렸다. 그만큼 일본의 내로라하는 노구치 재벌이 세운 흥남공장은 함경도뿐만 아니라 전 조선의 청년들에게 마치 꿈의 직장인 양 비친 면도 없지 않았다. 그러나 순익의 가슴속에는 "현실 속으로!" "무산대중 속으로!" 하고 외치는 카프 작가들의 목소리가 더 크고 더 쟁쟁하게 울리고 있었다. 그렇다고 그가 딱히 어떤 확고한 사상을 갖고 있던 것은 아니었다. 여러 이유로 교문을 단념한 그에게 마침 가까운 흥남에 들어선 동양 최대라는 대공장은 선택이 아니라 필연처럼 그를 잡아끌었다. 그렇게 공장의 지하도를 들어선 지 벌써 3년. 그래도 첫날 어마어마하게 커다란 기계 앞에 서던 때의 공포는 어제 일인 듯 생생했다.

"서당개 삼 년이면 풍월을 읊는다는데, 자네도 벌써 삼 년은 되지 않았나?"

"그렇지. 삼 년하고도 석 달이네. 하지만 풍월은커녕 걸음마나 제대로 떼고 있는 건지도 모르겠네. 자신이 없어. 누가 있어 내 글을 봐 주는 것도 아니고……."

사실, 순익은 『카프 작가 7인선』과 막심 고리키의 장편소설 『어머니』 외에 몇 권의 문학 서적을 들고 공장 생활을 시작했다. 처음에야 얼이 빠져 이리저리 뛰어다니고 요령도 없어 하숙방에 돌아오면 글이고 뭐고 작업복을 입은 채로 곯아떨어지기 일쑤였다. 하지만 차차 일이 손에 익은 무렵부터는 부지런히 습작을 한다고 하였다. 습작은 두 가지 방식으로 진행했다. 일어로 번역된 『어머니』를 비롯한 좋은 작품들을 대목대목 충실하게 다시 조선말로 번역해서 모방하는 것과, 실제의 노동자를 주인공으로 설정한 실화, 콩트 또는 단편소설을 써 보는 것. 그러나 밤잠을 아껴 가면서 쓴 '걸작'은 아침 출근길 동해 바다에 떠오르는 해에 비치면 금세 색이 바래고 말았다. 옆에서 지도해 주는 이가 있었으면 하고 바랄 때가 한두 번이 아니었다. 어떤 때는 서울에 훌쩍 올라가 아무나 문사들을 붙잡고 평을 부탁하고 싶은 생각마저 들기도 했다.

"에, 자네는 참 못나기도 하네. 서울이라면 몰라도 엎어지면 코 닿을 데 선배를 두고 여적 지도를 안 받아? 삼 년 석 달을 그렇게 혼자서만 벙어리 냉가슴 앓듯 해 보게. 쌀이 나오는가 문학이 나오는가……."

"선배라니? 누구?"

순익은 귀가 솔깃해서 물었다.

"누구긴 누구야, 한설야 선배 말이지."

"알지. 내가 어찌 그분을 모르겠나."

"알면 뭐하는가? 구슬이 서 말이래도 꿰어야 보물이네. 그처럼 훌륭한 작가 선배를 옆에 두고도 끙끙거리기만 하는 자네가 한심하이. 당장 찾아가 뵙게. 그분이 함흥에 돌아와 있다네."

"뭐? 함흥에?"

순익은 깜짝 놀랐다. 한설야는 함흥 교외 나촌 출신으로 근동에서는 일찍부터 수재로 이름이 알려졌다. 서울의 경성제일고보에 들어갔는데 서모하고 다투었다든가 해서 그만두고 고향으로 내려와 함흥고보를 졸업했다. 그렇게 해서 순익에게도 7년인가 8년 선배가 되는 셈이었다. 춘원 이광수의 추천으로 작품 활동을 시작한 그는 나중에는 철저히 계급 문학에 전념했다. 그 '나중'의 시작이 바로 순익이 고보를 졸업하고 공장에 들어가던 무렵, 그러니까 조선에도 바야흐로 프롤레타리아작가들의 동맹이 꿈틀대던 무렵이었다. 순익은 어느 잡지의 주소록을 통해 그가 제 고향 함흥 출신이라는 사실을 뒤늦게 알고 크게 기뻐했다. 당연히 순익은 카프 작가들 중에서도 그에게 각별한 관심을 보낼 수밖에 없었다. 그가 쓴 작품들 중에 「합숙소의 밤」(1928), 「홍수」(1928), 「과도기」(1929), 「씨름」(1929) 등 순익의 마음을 흠뻑 빨아들인 작품들이 적지 않았다.

"쇠뿔도 단김에 뽑으라고 했네. 당장 내일이라도 찾아가 뵙게나."

K의 말이 복음처럼 들렸다. 숫기 없는 순익이었지만 그 순간은 친구를 붙잡고 키스라도 해 주고 싶을 정도였다.

노동계급 작가의 탄생

한설야는 순익의 방문을 반겼다.

"잘 와 주었습니다. 왜 진작 찾아오지 않았습니까? 동무처럼 노동계급 속에서 생활하면서 문학을 공부한다는 것은 반가운 일입니다. 양심 있는 작가가 되자면 그렇게 해야 합니다. 현실과 진실을 모르고 작품을 쓴다는 것은 거짓이니까요. 여하튼 동무는 길을 옳게 택하였습니다."

비록 허름한 초가삼간에 살지언정 작가의 눈빛은 형형했고 목소리는 부드러우면서도 당당했다. 무엇보다 일개 노동자를 대하는 그의 평민적인 태도가 마음에 다가왔다. 진작 찾아올 것을 하고 후회했다. 그날 밤부터 순익은 부쩍 힘이 났다. 그에게 보여 주기 위해 서둘러 작품을 마무리해야 했다. 그 얼마 전 써 두었던 「질소비료공장」이라는 작품을 다시 꺼내 손을 보기 시작했다.

그건 처음부터 끝까지 제가 보고 듣고 직접 경험한 현장의 이야기였다.

"아직 이십 분이나! …… 제기 시간도 안 간다."

문호는 소음같이 피곤한 육신을 기지개 펴면서 중얼거렸다.

아침 일곱 시부터 오후 다섯 시까지 쉴 새 없이 급속도로 돌아가는 분리기에서 흘러내리는 하얀 사탕가루 같은 유안硫安을 도록고에 받아서 엔드리스에 운반하는 일은 쉬운 일이 아니었다. 이층에서 가끔 낙숫물같이 떨어지는 유산은 문호(문호뿐 아니다)의 작업복을 벌집같이 구멍을 내어 주었다. 그리고 유안 결정이 마치 얼음이 얼어붙은 듯이 들러붙어서 걸을 때마다 와사삭 와사삭 쓰리었다. 짜개신발(지카다비)은 며칠 안 신어서 꺾이는 부분마다 칼로 엔 듯이 싹싹 끊어졌다. 그러나 유산과 유안이 묻은 데는 씻을 수가 없었다. 씻으면 몬작몬작 다 녹아 빠지는 까닭이다.

그러나 손이나 얼굴에 묻은 유산은 몇 번이고 수도에 달려가서 씻지 않으면 안 된다. 유일한 재산인 육신을 빵꾸 낼 수는 없으니까.

그러나 그는 불행히 요전번에 이층을 올려다보다가 위로부터 떨어지는 유안 결정이 눈에 들어가서 그때부터 눈이 텁텁하게 잘 보이지 않았다. 시력이 대번에 십 도나 나빠졌다는 말과 안경을 쓰라는 의사의 말을 들었으나 문호는 그대로 참고 있었다. '벌어먹자면 할 수 없는 일이지.'

하고 문호는 생각하였을 뿐이다.(이북명, 「질소비료공장」(《조선일보》판), 1932)

문호(문길이)는 오래도록 유안을 운반하다가 몸이 크게 상했다. 사실 질소비료공장은 겉에서 보기와 달리 속으로는 엄청나게 곪고 있었다. 우선 임금부터가 생각보다 훨씬 박했다. 엄청난 노동 강도에 비해 삯전은 겨우 40전 안팎이었다. 하루 열 시간 이상 심지어 열네 시간까지 잔업을 하지 않으면 도저히 생계를 꾸려 가기 힘들었다. 특히 줄줄이 딸린 입들이 있는 문호 같은 경우에는 몸에 무리가 가도록 일을 할 수밖에 없었다. 소설은 그의 몸을 갉아먹는 작업 환경을 생생하게 고발하는 데에도 많은 쪽을 바쳤다.

쇠 썩는 냄새, 빠르게 돌아가는 기계에서 타는 기름 냄새, 거미줄 같은 물색 칠한 파이프 짬으로 씨 씨 하며 새어 나오는 암모니아 냄새. 그것들이 서로 얽히어 마스크를 써 본들 아무 소용이 없게 그들의 코를 파고들었다. 식욕까지 빼앗아 가는 고약한 냄새였다. 그런 환경에서 오래도록 일을 해

온 문호는 작업 시간 내내 숨이 차고 선땀이 흘렀다. 그러나 감독의 얼굴이 사납게 다그칠 것을 생각하면 애써 기침을 누르고 땀은 또 흐르는 대로 내버려 두기 일쑤였다.

순익은 그 문호가 처음에는 겁이 나기도 하고 귀찮기도 해서 제게 다가와 친목회를 함께하자는 동료들의 권유를 뿌리치지만, 나중에는 자신의 현실을 각성하고 친목회에 동참하는 모습에 초점을 맞췄다. 하지만 문호는 건강검진 결과 말 한마디로 해고되고, 끝내는 숨을 거두고 만다. 구제금까지 걸어 그를 도와주었던 동료들은 그의 죽음을 계기로 한데 뭉쳐 메이데이 시위를 조직한다.

"해산해라. 해산! 해산!"
급보를 받고 동원한 기마경관대가 시퍼런 칼을 휘두르면서 군중을 헤치려고 말을 내몰았으나 그때뿐이지 벌어졌던 공간은 인차 군중으로 아물어 붙었다.
상여는 서서히 떠났다. 수백 명 노동자들이 그 뒤를 따랐다. 지하도가 차단되어 나오지 못하게 된 노동자들은 철조망 안에 진을 치고 있었다. 이때 상여의 뒤에서 누가 낮은 목소리로 노래를 선창했다. 노래는 삽시간에 군중 속에 퍼지더니 급기야 우렁찬 합창으로 변했다.

들어라 만국의 노동자

천지를 진동하는 메이데이를

철조망 안에 진을 친 노동자들이 일제히 다음을 받았다.

시위장에 맞추는 발걸음 소리

메이데이를 고하는 아우성 소리

(이북명, 「질소비료공장」(북한 판본), 1957)

한설야는 크게 기뻐했다. 그 자신이 단편 「과도기」(1929)
에 조질 공장이 들어서면서 농토를 잃고 노동자가 되는 가난
한 주인공을 그린 바 있었다. 그런데 순익의 작품은 말 그대
로 그것이 '과도기'적 단계라는 사실을 증명하는 셈이었다.
작가라면 이제 노동자들의 이야기를 직접 들려줘야 했다. 순
익이 그 일을 잘해 나갈 거라는 확신이 들었다. 한설야는 「질
소비료공장」이 제국주의와 자본가들에게 이중으로 억압받
는 식민지 노동자들의 비참한 현실을 잘 그려 냈을 뿐만 아
니라 계급의 단결을 통해 쟁취할 미래에 대한 전망까지 훌륭
하게 드러냈다며 극찬했다. 물론 작가는 순익의 작품에 군데
군데 손을 대 고쳐 주는 것도 잊지 않았다. 나중에는 백로지
에 어지럽게 쓴 글을 제가 손수 원고지에 깨끗이 정서해서

건네 주기까지 했다. 순익은 크게 감동을 받았다.

그렇게 작품이 완성되자 한설야가 말했다.

"동무. 이 작품을 카프에 보내서 곧 발표하겠는데, 작가의 이름을 어떻게 하겠습니까? 아무래도 펜네임이 좋을 성싶은데……."

순익은 심장이 쿵쿵 뛰어 어쩔 줄 몰랐다. 그래서 그저 고개를 몇 번이고 까딱이며 네네 하고 말았다. 그것이 바로 노동계급의 작가 '이북명李北鳴'이 탄생하는 순간이었다.

이북명은 「질소비료공장」을 시작으로 「암모니아 탱크」 (1932), 「출근정지」(1932), 「여공」(1933), 「만보의 생활표」 (1935), 「댑싸리」(1937) 등 주로 자신의 노동 경험과 주변 가난한 하층민들의 생활을 솔직하게, 그러면서도 힘차게 담아내는 작업을 이어 나갔다. 흥남질소비료공장을 그만둔 이후에는 개마고원으로 가 장진강 수력발전소 현장에 몸을 담았다.

그가 어쩌다 시간을 내서 한설야 선배의 집을 찾으면 대문에 들어서기 무섭게 아이들이 "바른쪽 굴뚝에서 연기 나는 선생!" 하면서 쪼르르 달려 나왔다. 한설야가 공장과 작업 과정에 대해 상세히 묻기에 이북명이 그림까지 그려 가며 설명을 해 준 적이 있었다. 그때 아이들이 곁에서 공장 그림을 보고 "바른쪽 굴뚝에서 연기가 나네?" 하고 저희들

끼리 깔깔거리던 일이 있었던 것이다.

아무튼 그런 과정을 거쳐 카프는 직접 현장에서 노동하는 한 사람의 훌륭한 작가를 보란 듯 선보일 수 있게 된다. 막심 고리키처럼, 이북명에게도 역시 공장은 그의 대학이었다.

• • •

일본인으로 함경북도 나남에서 군 복무 후 조선질소비료 공장에 다니던 이소가야 스에지磯谷季次는 1932년 5월 제2차 태평양노동조합 사건에 연루된다. 그로부터 그는 1941년 11월까지 전향을 거부하며 무려 10년 가까이를 조선의 감옥에서 지낸다. 그는 자기가 처음 '학습'을 할 때 한 조선인 동지의 방 책꽂이에 조선어 사전, 이기영의 소설, 그리고 바로 '신인 작가 이북명의 소설'이 꽂혀 있었노라 기억했다. 이북명이 그 무렵 갓 등단했을 즈음이니 아마 단행본이 아니라 그의 소설이 실린 잡지였을 것이다.

형수의 죽음을 쓰다

현진건

현진건(소설가, 1900~1943). 형수 윤덕경의 자살 소식은 〈동아일보〉 1933년 2월 12일자. 현진건의 소설은 『현진건 단편 전집』(가람기획, 2006). 현길언, 『현진건―식민지 시대와 작가정신』(건국대학교출판부, 1995). 김병익, 『한국문단사 1908~1970』(문학과지성사, 2001). 이상진, 『한국근대작가 12인의 초상』(옛오늘, 2004). 「문인의 유산, 가족 이야기 ① 현진건의 딸이자 박종화의 며느리 현화수」(『월간조선』 2014년 12월호) 참고. 이밖에 '일장기 말소 사건'에 대한 각종 기록 참고. 현정건에 대해서는 특히 김영범, 「현정건의 생애와 민족혁명운동」(『한국민족운동사연구』 70집, 한국민족운동사학회, 2012). 『백조』 동인에 관해서는 윤병로, 『박종화의 삶과 문학』(한국학술정보 2004). 현계옥에 대해서는 김희곤 외, 『대구여성 독립운동 인물사』(대구여성가족재단, 2019)와 「항일독립운동의 꽃 '사상기생' 현계옥」(《서울신문》, 2011. 8. 21) 등을 참고했다.

현진건의 형과 형수

1933년 2월 12일 동아일보사.

사진부와 학예부의 서너 명 기자가 머리를 싸매고 있을 뿐, 기자들이 대거 빠져나간 편집국 안은 한밤중처럼 고요했다.

빙허 현진건은 잉크가 채 마르지 않은 신문을 펼쳤다.

사회면은 도쿄에서 국민협회 수령 민원식을 살해하고 무기징역을 선고받고 복역중이던 양근환이 13년 만에 출옥했다는 소식을 앞세우고, 영흥경찰서에서 20여 명의 청소년을 검거했으나 내용은 비밀에 부친다는 소식을 보도했다. 또 황철환 등 중국공산당원들에게 신의주 법정이 최고 7년을 구형한 사실, 평양경찰서 고등계에서 경성 격문 사건의

용의자 변효식 외 3명을 검거하여 취조 중인 사실, 그밖에 나남 탄광 붕괴 사건, 겨울 가뭄으로 인한 해주의 식수 고갈 소식 등을 다루었다.

그리고 이제 현진건은 제가 책임져야 하는 또 하나의 '기사'에 눈길을 주었다. 주변엔 신문을 쥔 그의 도톰한 손끝이 살짝 떨린다는 사실을 눈치챌 사람도 없었다.

결연 20년에 동거는 반년
부군을 따라 필경 음독 / 고 현정건 씨 미망인 지난밤 자살
피눈물로 점철된 망명 가정

20여 성상을 불우한 망명의 생애에 보내다가 드디어 3년간 옥중 생활을 하고 나온 후 얼마 되지 아니하여 병으로 죽은 현정건 씨의 미망인 윤덕경(39) 씨는 현씨 사후 40일 만에 현씨의 뒤를 따라 음독자살하였다.

윤씨는 23년 전 16세 되던 해에 현씨와 혼인을 하였으나 풍운아로 태어난 현씨는 신혼 초정初情이 다하기 전에 집을 떠나 해외에 망명하여 버리었다. 그 후 윤씨는 20여 년을 하루와 같이 현씨의 돌아오기를 기다리다가 작년 7월에 평양형무소에서 출옥한 현씨를 맞아 불과 5개월 만에 현씨와 사별하여 버리었음으로 부질없는 운명을 슬퍼하고 당장에 현씨를 쫓아가려고 하

였으나 집안사람의 감시로 그도 뜻대로 하지 못하고 그날그날 조석상식을 현씨의 고현에 바쳐 오며 지나오면서 한편으로는 가산 정리를 하여 이것이 다 마쳐지매 현씨를 따라간다는 유서 한 장을 남기고 현씨의 고현 앞에서 약을 먹고 밤 12시에 고만 뜻대로 죽어 버렸다.

기사 밑에 3단으로 유서 전문과 유려한 한글로 세로쓰기를 한 유서 사진도 실려 있었다. 유서 제목은 "썩기나 같이 할 터, 그 묘에 묻으시오"였다.

쇠숙(시숙)이여 이 고적한 형수는 생각고 또 생각고 천만번 생각하여도 쇠숙 형님에게 대한 유감이 한두 가지가 아니오니 안해 된 나로서는 잊고저 하여도 잊을 수 없고 또 형수의 지나간 일을 회고하고 앞길을 생각하니 희망 없는 이 인생이 살아 무엇하리오. 차라리 죽어 남편의 뒤를 따라감만 같지 못합니다. 쓸쓸한 세상을 등지고 멀고 먼 저 나라로 끝없이 한없이 쇠숙 형님을 찾아서 영원히 갑니다. 쇠숙이여 많은 수고를 끼치오니 미안한 말삼 어찌 다 기록하리까. 용서하시고 죽은 몸이라도 형님과 함께 한자리에 있고자 하오니 같이 묻어 주시고 형편이 되는 대로 이 두 백골을 선산에 안장하여 주소서. 우리 내외 사십이 넘었으나 남긴 혈육이 없으니 백골인들 거두어 줄 이 없고 불쌍

히 생각할 이 없사오니 모든 것을 쇠숙에게 부탁드립니다. 할 말
삼 첩첩하오나 눈물이 앞을 가리어 흉상이 막어 이만 적나이다.

1933년 2월 8일 셋째 형수

진건은 기어이 또 눈물을 떨구고 말았다. 유서 내용도 내
용이려니와, 그 끝에 덧붙여 놓은 부탁이 가슴을 도려냈다.
"빚을 정리 못 하여 나날이 미루다가 지금 대강 정리하였습
니다. 나머지 빚은 살림 방매하여 갚아 주소서"라니!

죽는 마지막 순간에도 그토록 깔끔한 형수였다.

두 분이 결혼한 지 23년이라지만 함께 산 것은 채 5~6개
월을 넘지 못했다. 후사를 남길 시간 자체가 없었을 것이다.
그 긴 세월, 가회동 집은 그야말로 적막강산이요 무덤이었
다. 진건이 일을 수습하러 부지런히 달려갔더니 두 분이 살
던 집에는 형수의 문패만 남향 대문에 쓸쓸히 붙어 있었고,
역시 남향 대청에 있는 형의 상청에는 형이 출옥 후 쓰던 회
색 중절모가 때도 묻지 않은 채 걸려 있었다. 집 안 모든 공
간이 아무도 살지 않은 듯 깨끗하였다. 방바닥이며 마루는
눈이 부시도록 빛을 냈다.

진건은 새삼 형이 미웠다. 유서 첫머리에 "유감이 한두 가
지가 아니오니"라고 쓸 수밖에 없던 아내의 심정을 언제 한

번 헤아려 보기라도 했나 싶었다. 명절이며 제사 때마다 홀로 찾아와 다른 식구들 틈에 섞일 때 그분 심정이 무엇인지 알기나 하고 눈을 감으셨나.

허나, 형도 원래 그런 분은 아니었으리라. 원망을 해야 한다면 세상을 원망하고 세월을 원망해야 할 것을……

술 권하는 세상

형을 생각하면 제일 먼저 『백조』 시절이 떠올랐다.

노작 홍사용, 월탄 박종화 등 동인들하고 제2호 기획을 의논하던 차에, 마침 상하이에서 비밀리에 서신이 전해졌다.

한국의 꽃봉오리 같은 젊은 청년들이 발표하는 깨끗한 『백조』지에, '귀순장'을 쓰고 항복해 들어간 이광수가 동인이 되었다하니 놀랍기 그지없는 일이다. 빨리 동인에서 제거하라.

도쿄에서 〈2. 8 독립선언서〉를 쓰고 상하이로 건너간 이광수는 1921년 3월 주변의 만류를 뿌리치고 애인 허영숙이 기다리던 국내로 돌아왔다. 십 년 징역도 짧겠거니 하였더니 단 하루 만에 풀려났다. 스스로 민족의 미래를 위한답시고 〈민족개조론〉을 쓴 것은 그 얼마 후였다. 한때 상하이에서 〈독립신문〉의 사장까지 지낸 그가 조선총독부의 개가 되었다는 분노가 도처에서 터져 나왔다.

현정건의 편지에 동인들이 더 기겁했다. 제2호에는 이미 받아 놓은 원고가 있어서 어쩔 수 없었고, 제3호에 가서나 겨우 이광수의 이름을 지울 수 있었다.

만세운동 전 짧은 1년이었지만, 현진건은 상하이에서 형과 함께 지내던 때가 있었다. 그 시절이 눈앞에 삼삼했다. 황포탄이며 프랑스 조계, 공공조계의 여기저기를 돌아다니던 형에 비해 저는 다니던 후장대학과 하숙집만 다람쥐 쳇바퀴처럼 오가는 형편이었다. 그래도 어쩌다 만나면 형은 때로 부모처럼 때로 친구처럼 저를 대해 주었다. 그때 물론 소문도 들어 알고 있었다. 현계옥, 한창 시절에 소리와 가야금을 잘하기로 유명했던 그녀였다. 형은 고향인 대구에서부터 그녀를 알았다. 그 후, 세상에는 그녀가 형의 '붉은 연인'으로 알려졌다. 가야금을 집어치우고 표연히 상하이로 떠나 영어학교도 다닌다 했다. 들자니, 형의 권유로 의열단에 가입하여 육혈포 놓는 법까지 배워 맹활약을 한다고도 했다. 눈으로 보지 않은 다음에야 어디까지 믿을 수 있겠냐만, 그분들은 그분들대로 그런 인생을 선택한 것이었다. 언제부턴가는 형과도 헤어진 모양인데, 모스크바로 건너가 공산대학을 마쳤다는 소식이 들려온 것은 아마 형이 붙잡힌 후 최근의 일이지 싶었다.

그래도 진건에게는 혼인을 하자마자 남편을 잃어버린, 아니 처음부터 부당한 혼인의 희생자일 수밖에 없던 형수가 먼저였다. 그분만 생각하면 가슴이 미어지고 아려 왔다. 제발 눈 딱 감고 어디 재가를 하였으면 하고 바랄 때도 한두 번이 아니었다. 진건의 첫딸 경숙이와 둘째 딸 애경이가 자기들 이름조차 제대로 한번 불리지 못한 채 일찍 죽었을 때 누구보다 먼저 달려와 동서를 살핀 사람이 그분이었다. 그 애들을 낳았을 때 시숙 집이라고 들러 이제 겨우 세상 빛을 본 조카들을 끔찍이도 예뻐해 주어 외려 보는 이들의 눈시울을 붉게 만든 못난 사람이기도 하였다.

소설 「빈처」를 쓸 때 그 형수를 떠올렸다. 거기에서도 화자는 소설가 '나'였다. 꼭 집어 현진건 저는 아니겠지만, 꼭 저처럼 무능하기 짝이 없는.

집에 먹을 것이 없어서 잔칫날 처가에 가서 싸 온 음식으로 대접을 하는 아내라고 어찌 마음이 편하였으랴. 그런 아내를 언니가 찾아온다. 소설 속 처형은 바람을 피우는 것으로도 모자라 걸핏하면 사람을 패는 남편을 욕하고 싶을 때면 가끔 동생을 찾아왔다. 그날도 시내 나온 김에 그 남편에게 얻어터지고 타 낸 돈으로 사 왔다는 여러 가지 비단 옷감과 신을 보여 주며 자랑하더니 남편이 올 시각이라며 급급히 자리를 떴다. 언니가 우애는 있는 것인지, 동생에게 청목 당혜 한 켤레 선사하기를 잊지는 않았다.

현진건은 그 부분을 이렇게 썼다.

이때에 처형이 사 준 신이 그의 눈에 띄었는지(혹은 나를 꺼려 보고 싶은 것을 참았는지 모르나) 그것을 집어 들고 조심조심 펴 보려다가 말고 머뭇머뭇한다. 그 속에 그를 해치게 할 무슨 위험품이나 든 것같이.

"어서 펴 보구려."

아내가 하도 머뭇머뭇하기로 보다 못하여 내가 재촉을 하였다. 아내는 이 말을 듣더니, '작히 좋으랴' 하는 듯이 활발하게 싼 신문지를 헤친다.

"꽉 이쁜걸요."

그는 근일에 드문 기쁜 소리를 치며 방바닥 위에 사뿐 내려놓고 버선을 당이며 곱게 신어 본다.

"어쩌면 이렇게 맞어요!"

연해 감탄사를 부르짖는 그의 얼굴에 흔연한 희색이 넘쳐흐른다.

소설은 지지리 궁상 남편이 그런 아내에게 고마움을 표하는 장면으로 매듭을 짓는다. "내게는 위안을 주고 원조를 주는 천사여!" 이런 말과 함께 아내의 허리를 잡아채고, 그 순간 뜨거운 두 입술이…….

쓰고 나서도 얼굴이 얼마나 화끈거렸는지 모른다. 누구보다 소설 속 '처형'과 조금은 닮을 수밖에 없는 형수 때문이었다.

사실 진건은 형수가 그 소설을 읽었으리라 생각한 적은 한 번도 없었다. 시숙이 그저 소설가인 것을 알고는 있겠거니 하였을 뿐이었는데, 만일 읽었다면 소설의 그런 결말이 또 얼마나 가슴을 후려쳤을 텐가.

그 형수가 스스로 세상을 등졌다.

신혼 새색시와 다름없는 저를 버리고, 말이 좋아 독립운동이지 기약도 없이 국경을 넘은 남편. 그러더니 무려 강산이 두 번이나 바뀔 성상에 기어이 붙잡혀 오라에 묶여 그제야 다시 국경을 넘어온 그 무심한 남편의 무덤 앞에서!

그럴 바에야 붙잡히긴 왜 붙잡힐 것이었나. 아니, 형수는 그 체포와 압송 소식에 부지런히 시숙인 저를 찾아왔다. 사실 여부를 묻는 목소리에는 불안감보다는 무엇인가 설레는 흥분의 감정까지 슬쩍 묻어났었는데……. 그러했을까. 남편이 그렇게라도 돌아온 것이 차라리 고마웠을까.

아무튼 모든 것은 끝이 났다.

형수의 주검마저 묻고 난 지금, 당장 무엇을 어떻게 하리라 하는 생각은 없었다. 두 분의 유품도 치우고 태울 것은 이미 다 처리했으므로. 그리고 이제 저는 시숙이 아니라 한 사람의 신문사 사회부장으로서 그녀의 고단한 삶을 이렇듯 몇 줄 기사로 마감하고 있는 것이려니.

"부장님, 술이나 한잔 마십시다."

누군가 어두운 전등 아래 있는 그를 불러냈다. 진건은 기다렸다는 듯 훌쩍 몸을 일으켰다. 그 순간, 형이든 형수든, 소설 따위로 결코 두 분의 삶을 희롱하지는 않으리라 다짐했다. 사회는, 세상은, 그리고 문학은 여전히 술을 권할 뿐이었다.

· · ·

그로부터 3년 후 현진건은 베를린올림픽 마라톤 우승자 손기정의 이른바 일장기 말소 사건으로 구속된다. 체육부 주임 이길용은 쇠사슬로 묶인 채 몇 번이고 생사의 경계를 오갈 만큼 끔찍한 고문을 당했다. 밖에 있는 가족들은 면회 때마다 피로 떡칠이 된 옷가지를 받아 내야 했다. 〈동아일보〉는 무려 9개월의 정간 처분을 받았다. 현진건은 사회부장직도 내놔야 했다. 풀려난 후에는 자하문 밖 부암동으로 이사를 갔다. 그로부터 한동안 그는 펜을 잡던 손으로 대신

닭을 쳤다.

현정건의 '붉은 연인' 현계옥은 먼 훗날 영화 〈밀정〉에 나오는 의열단원 연계순의 모델로 다시 한 번 세간의 주목을 받는다. 물론 현정건의 아내 윤덕경을 기억하는 사람은 그다지 많지 않다.

현진건은 1943년 4월 25일 조용히 숨을 거둔다. 부암동 이후 다시 이사를 간 제기동 집에서. 공교롭게도 그날 동향의 벗이자 문우인 시인 이상화도 세상을 떠났다. 『백조』의 두 별이 한 날 함께 떨어진 셈이었다.

모던보이의 서울 산책

박태원

박태원(소설가, 1909~1986). 박태원, 「소설가 구보씨의 일일」, 『소설가 구보씨의 일일』(문학과지성사, 2005). 박태원, 「옹노만어」(《조선일보》, 1938. 1. 26). 특히 마지막 부분은 박태원, 「내 예술에 대한 항변 – 작품과 비평가의 책임」(《조선일보》, 1937. 10. 21~23). 박태원의 산문들은 모두 류보선 편, 『구보가 아즉 박태원일 때』(깊은샘, 2005)에 수록되어 있다.

소설가 구보, 식민지의 수도를 걷다

1934년, 경성.

스물여섯에, 따로 직업을 갖지 않은, 집에서는 둘째 아들인 소설가 구보는 정오 무렵 다옥정 집을 나선다. 곧 천변길을 따라 광교로 향한다. 집을 나설 때 일찍 들어오라는 어머니에게 대답을 제대로 안 한 게 슬쩍 마음에 걸린다. 그러나 대문을 나선 순간, 때마침 세 명의 여학생이 까르르 웃고 떠들며 지나갔기에 그걸 핑계 삼아 그냥 걸음을 떼었을 뿐이다. 이윽고 다리 모퉁이가 나타난다. 구보는 갑자기 격렬한 두통을 느끼고 걸음을 멈추는데 스스로 신경쇠약이겠거니 생각한다. 왼쪽 귀도 잘 들리지 않는다. 중이가답아, 즉 중이염이라고 생각한다. 따지고 들면 오른쪽 귀도 자신이 없다. 언제든 전문의를 찾아가 보리라 생각하면서도 차일피일 미뤘는데, 자칫 듄케르 청장관이나 전기 보청기의 힘을 빌리게 될지 모른다고도 생각한다.

생각, 생각, 생각……

그러다가 갑자기 구보는 걸음을 떼기로 한다. 별 뜻은 없다. 우두커니 다리 곁에 서 있는 것의 무의미함을 새삼스러이 깨달은 까닭이다. 이제 그는 종로 네거리를 향해 걷는데, 역시 별 뜻은 없다. 굳이 이유를 찾자면, 처음에 아무렇게나 내어놓았던 발이 공교롭게도 왼편으로 쏠렸기 때문이다. 오른편으로 쏠렸다면? 그러면 십중팔구 아마 남대문 쪽으로 갔을 것이다.

이런 식으로 별 뜻 없이 시작된 그의 하루였으나 동선은 꽤나 번잡하다. 전차 선로를 두 번 횡단해 화신상회로 간 그는 거기서 동대문행 전차에 뛰어올랐다. 그가 전차 안에서 본 어떤 여자를 두고 혼자 속으로 이런저런 공상을 하는 사이 여자는 동대문에서 내려 청량리행 전차를 기다린다. 그는 따라 내리지 못한 것을 후회한다. 그건 그가, 그리고 그의 어머니가 그토록 갈구해 마지않던 행복이 어쩌면 그 여자와 함께 영구히 사라져 버렸을지도 모르기 때문이다. 그 여자는 그가 좀 더 적극적으로 다가서 주기를 바랐는데, 왜 자기는 좀 더 대담하지 못했을까. 구보는 이렇게 생각하고 후회하는 것이다. 그러는 동안 전차는 방향판을 '한강교'로 갈고 여자가 가는 방향하고는 영영 멀어졌다. 훈련원을 지났다. 약초정을 지났다. 그동안에 그는 내내 여자 생각을 했다. 또 다른 여자. 그의 소년 시절 첫사랑이자 짝사랑이었던 연상의 여자. 그러나 벗의 누이였던 그 여자는 그가 열일곱 살 때 시집을 갔다. 3천 원을 들여 화려한 결혼식을 올렸고, 도쿄로 신혼여행을 갔고, 관수동에 신혼집을 마련했다. 그리고 이번 봄에 벗들과 함께 그 집을 찾았을 때, 구보는 더 이상 설레거나 얼굴을 붉히지 않았다. 여자는 이미 두 아이의 어머니였고, 그중 큰애는 일곱 살이나 먹었다. 전차 안에서 새삼 그 여자를 떠올리면서, 구보는 그 여자를 아내로 삼을 수 없었던 것이 결코 불행이 아니었으리라 생각했다. 그러면서 가만히 한숨지었다.

구보는 조선은행 앞에서 전차를 내렸다. 그런 다음 장곡천정(소공동)에서 다방을 두 개나 들르고, 경성역에 갔다가 다시 종로로 나가 다방과 설렁탕집 대창옥을 거쳐 마지막으로 종각 뒤 카페에 들른다.

그리하여 구보가 집으로 다시 돌아온 시각은 새벽 두 시. 하루 종일 풀 방구리 쥐 드나들듯 서울 시내를 돌아다니는 동안 그는 소설가라기보다 학자였다. 스스로 말하기를, 이른바 '모데로노로지오 modernology' 즉 고현학考現學을 연구하는 학자라 했다. 다른 작가들에 비해 상상력이 부족한 자신은 그렇게라도 부지런히 발품을 팔아야 결함을 얼마쯤이라도 보충할 수 있다고 생각했다. 그런데 고고학考古學이 낡은 골동품이나 옛 묘지를 뒤진다면, 고현학은 현대 사회의 모든 분야에 걸쳐서 그 유행의 변천을 연구하는 학문이다. 구보의 경우 그 대상이 서울인데, 서울에서 태어나 서울에서 둥지를 틀고 사는 그였지만 서울은 여전히 호기심의 대상이었다. 그리고 이제 그의 눈앞에 나타난 서울은 당연히 화려한 '모던'의 표상이었다.

화신상회의 승강기, 오찬을 즐길 젊은 내외, 전차, '뉴스', 창경원, 우아한 회중시계, '뱀베르구' 실로 짠 보이루 치마, 한 잔의 가배차, 양행비洋行費, '슈트케이스', 석천탁목石川啄木, 아동 유원지 유동의자, 세책貰册집, 맥고모자, 광무소鑛務所, 가루삐스, 끽다점, '스키퍼'의 〈아이 아이 아이〉를 들려주는 다방, 토스트를 먹고 있는 사내, 앙드레 지드의 말을 인용하고 있던 벗, 『율리시스』를 논하고 있는 벗의 탁설, 여사旅舍, 제비와 같이 경쾌하게 지나가는 전보 배달 자전차, 경성우편국 삼층 건물, 카페 여급······.

그러나 구보는 이미 알고 있었다.

'도회의 항구'나 다름없는 경성역 삼등 대합실에서 군중 속의 고독을 느끼고, 시내에 즐비한 광무소가 이른바 '황금광 시대'를 알려도, 그가 서 있는 곳은 결코 앙드레 지드와 레마르크의 프랑스가 아니었다. 하다못해 한 다리 건너 석천탁목과 개천용지개芥川龍之介의 도쿄도 아니었다. 아, 그리운 도쿄의 가을, 짐보오쪼오의 끽다점, 이슬비 내리던 어느 날 저녁 히비야 공원 앞에서의 여자……. 하지만 눈을 똑바로 뜨면, 그의 '근대'는 냉혹한 식민지의 근대였다. 예컨대 처음 집을 나설 때부터 머리가 아프고 귀가 아팠던 것도 그와 무관할 리 없었다. 식민지였으니 두루 아팠으리라. 또 경성역에서 그는 어느 아낙네가 복숭아를 떨어뜨린 '사건'을 흥미롭게 생각해서 대학노트를 꺼내 고현학적으로 묘사하려다가, 문득 캡 쓰고 린네르 쓰메에리 양복 입은 사내로부터 '감시의 눈초리'를 느끼고 그냥 그곳을 떠날 수밖에 없지 않았던가. 더욱 기막힌 것은, 같은 식민지라도 경성은 제임스 조이스의 더블린과도 도무지 견줄 수 없을 터였다. 그리하여 비록 『율리시스』의 새로운 시험에는 경의를 표해야 마땅하지만 "새롭다는, 오직 그 점만 가지고 과중 평가를 할 까닭이야 없지" 하며 짐짓 범상한 척해 본다. 어쨌든 구보는 자신이 대체 누구와 이 황혼을 지내야 할 것인가 망연해할 수밖에 없었다.

뒤늦게 만난 벗은 시인이었다. 그리고 그 역시 소설가 구보와 삶이, 그리고 생각이 크게 다르지 않았다.

석 달 밀린 집세, 총총하던 별이 자취를 감추고 하늘이 흐렸
다. 벗은 갑자기 휘파람을 분다. 가난한 소설가와, 가난한 시인
과……. 어느 틈엔가 구보는 그렇게도 구차한 내 나라를 생각하
고 마음이 어두웠다.

"혹시 노형은 새로운 애인을 갖고 싶다 생각 않소?"

그 벗은 필시 「날개」의 이상일 터이지만, 그나 구보나 '구
차한 내 나라'를 벗어나 어디 훨훨 날아갈 데가 없다는 것은
자명했다.

'새로운 애인' 따위 역시 어디에도 없다!

한밤중 카페에서 구보는 창밖에 은근히 내리는 비를 보다
가 문득 한 아낙네를 생각한다. 분명히 소복을 입은, 분명히
나이가 사십은 넘었을, 그러나 모르긴 몰라도 장성한 아들
은 없어서 제 자신 입에 풀칠하기를 꾀하지 않으면 안 되었
을 한 아낙네가 광교 모퉁이 카페 앞에서 마침 지나던 그를
불러 세웠다.

"이 집에서 모집한다는 것이 무엇이에요?"

구보는 새삼스러이 아낙네를 살펴보고 마음이 먼저 아팠
다. 거기에는 '여급 대모집'이라고 쓰여 있었다. 구보가 삼가
는 목소리로 "여급……" 하고 말했을 때, 다행인가, 아낙네
는 구보의 말을 끝까지 듣지도 않고, 핏기 없던 얼굴에 혐오

와 절망을 나타내고, 구보에게 목례한 다음 초연히 그의 앞을 떠났다.

구보는 고개를 돌려, 그의 시야에 든 온갖 여급을 보며, 대체 그 아낙네와 이 여자들과 누가 좀 더 불행할까, 누가 좀 더 삶의 괴로움을 맛보고 있는 걸까, 생각해 보고 한숨지었다. 그러나 그 좌석에서 그러한 생각을 하는 것은 옳지 않았을지도 모른다. 구보는 새로이 담배를 피워 물었다.

결국, 소설가 박태원은 새 소설을 쓰기 시작해 곧바로 청계천 천변의 풍경에 손을 대고야 만다. 그것은 그가 외면하고 싶어도 매일같이 볼 수밖에 없었던, 조선의 장삼이사, 갑남을녀들의 구차한 일상, 죽어라 일을 하지 않으면 먹고살 수 없던 현실에 다름 아니었다. 그리하여 마침내 1936년에는 한국 근대 문학사 최초의 '세태소설'로 이름을 얻는 장편 『천변풍경』을 펴내게 된다.

· · ·

「소설가 구보씨의 일일」을 발표하기 전 해인 1933년, 박태원은 단편 「오월의 훈풍」을 발표했다. 워낙 프로 문학이 득세하던 시절이라 그는 크게 기대를 하지는 않았으나, 아니나 다를까 이기영과 유진오 두 평자가 혹독한 평가를 내렸다. 한마디로 작품이 저열하고 경박하다는 것이었다. '위대한' 두 선배 작가가 특히 지적한 장면은 이러했다.

철수는 양말을 두 켤레 사서 그것을 아무렇게나 양복주머니에 처넣고 화신상회를 나왔다. 그러나 그곳을 나와서 집으로밖에는 어디라 갈 곳을 가지지 못한 철수였다. 양말을 살 것이 오늘의 사무였었고, 그 사무는 이미 끝났다. 그는 백화점 앞에 가 서서 물끄러미 종로 네거리를 오고가는 사람들을 바라보고 있었다.
(박태원, 「오월의 훈풍」, 1933)

비판인즉슨, 대체 어찌 이토록 무위한, 즉 할 일 없고 쓸데없는 청년을 주인공이랍시고 그려 놓았느냐는 것이었다. 아마 그들은 "아, 조선 천지에 참으로 곤궁한 처지에서도 씩씩하게 살아가는 청년들이 얼마든지 있는데⋯⋯" 하며 끌끌 혀를 찼을지도 몰랐다.

박태원은 대체 이게 비평인지 비난인지 화가 났다. 작가는 필요에 의해서 소설의 인물을 나름대로 책임감 있게 등장시킨 것인데 무기력한 룸펜 인텔리를 그렸다고 이토록 홀대를 받다니! 하지만 이듬해 박태원은 차라리 그때가 좋았다고 생각하게 된다. 즉, 그가 「소설가 구보씨의 일일」을 횟

수로 30회에 걸쳐 〈조선중앙일보〉에 연재하는 동안 독자는 그렇다 치고 어떤 평자도 단 한마디 의견을 밝힌 이가 없었던 것이다. 실은 편집국 안에서도 꽤 논란이 되었던 모양으로, "만약 (학예부 기자로 있던) 이태준 형의 지지가 없었더라면 나는 이 작품을 완성할 수 없었을지도 모른다"고 그는 썼다. 완벽한 무시보다야 차라리 완벽한 몰이해가 나은 것인지…….

아무튼 박태원은 폭압적인 식민지에는 어울리지 않게 너무 모던하고 댄디했던 것만큼은 사실이었다. 이런 점에서 그는 스스로 삶을 철저히 희롱한 이상과도 확연히 달랐다.

조선을 흔든 이혼 고백장

나혜석

나혜석(소설가, 1896~1948). 「이혼 고백장」(1934), 「모된 감상기」(1923), 「신생활에 들면서」(1935) 등 나혜석의 산문과 소설 「경희」(1918)는 모두 이상경, 『나혜석 전집』(태학사, 2000)을 참고했다. 나혜석의 「이혼 고백 장」을 둘러싼 기사들은 잡지 『개벽』(1934. 11)과 『삼천리』(1934. 8) 참고.

특종! 나혜석 씨가 이혼을 고백했소!

1934년 11월.

잡지 『개벽』이 신간 제1호라는 이름으로 다시 선을 보였다. 1926년 6. 10만세운동의 여파로 발매 금지된 지 실로 8년 만의 일이었다. 그런 만큼 특히 문단의 관심과 응원이 적지 않았다. 이를 입증하듯, 이광수, 염상섭, 김동인, 김기진, 주요한, 김억, 유진오, 이태준, 이기영, 김기림 등 당대를 주름잡는 필진이 대거 참여했다.

하지만 지면을 꼼꼼히 들여다본 독자들은 한 가지 이상한 점을 발견할 터였다. 파인 김동환 때문인데, 그는 '민요 3제'라는 제하에 짧은 시 세 편을 발표했다. 그런데 같은 잡지의 '백인백화'라는 인물 동정란에는 이런 내용의 기사도 실려 주목을 끌었다.

　김동환 씨는 나혜석 씨를 천사선녀로 아는지 뼈다귀를 게 먹듯
이 재탕삼탕으로 『삼천리』지 호마다 우려먹는다. 그러다가는
나 씨 사후 백골까지도 동환 씨가 차지하기 쉬울걸.

　한편에서는 시를 청탁해 싣더니, 다른 한편에서는 그 필
자를 노골적으로 비난하는 동정을 실은 셈이었다.
　『개벽』의 초조감이 잘 드러나는 대목이었다.
　사실, 다시 세상에 나온 『개벽』은 총독부의 검열제도뿐만
아니라 잡지의 안정적 경영이라는 난관도 돌파해야 했다.
그게 말처럼 쉬울 리 없었다. 이 점에서 『개벽』은 김동환이
운영하는 『삼천리』를 일종의 롤모델이자 실질적인 경쟁 상
대로 의식하지 않을 수 없었다. 『삼천리』는 판매 부수나 공
론화 기능에서 당대 최고의 위치를 구가하고 있었다. 그러
나 『개벽』이 보기에 그중 상당 부분은 대중의 저열한 호기심
을 채워 얻어 낸 허명이었다. 화가이자 소설가인 나혜석이
대표적이었다. "뼈다귀를 게 먹듯이 재탕삼탕으로 우려먹는
다"는 비난에도 충분히 근거가 있었다. 아닌 게 아니라, 『삼
천리』의 독자들은 거의 매호마다 크든 작든 많든 적든 나혜
석이라는 이름 석 자를 마주쳐야 했다.

이는 물론 나혜석이라는 한 인물이 지닌 폭발적 대중성 때문이었다. 시쳇말로 장사가 되는 '여류 명사'이거늘, 『삼천리』는 어떤 매체보다도 이 점을 잘 알고 '정직하게' 활용했을 뿐인지도 몰랐다.

그해 여름, 『삼천리』 8월호는 조선 사회를 뒤흔들 만한 특종을 내보냈다. 1930년 최린과의 염문으로 남편 김우영과 이혼한 나혜석이 그간의 전말을 밝힌 장문의 글로, 「이혼 고백장」이라는 전대미문의 제목부터 충격을 던져 주기에 충분했다. 내용은 더 파격이었다. 가령 다음과 같은 대목.

조선 남성 심사는 이상하외다. 자기는 정조 관념이 없으면서 처에게나 일반 여성에게 정조를 요구하고 또 남의 정조를 빼앗으려고 합니다. 서양에나 동경 사람쯤 하더라도 내가 정조 관념이 없으면 남의 정조 관념 없는 것을 이해하고 존경합니다. 남에게 정조를 유인하는 이상 그 정조를 고수하도록 애호해 주는 것도 보통 인정이 아닌가. 종종 방종한 여성이 있다면 자기가 직접 쾌락을 맛보면서 간접으로 말살시키고 저작咀嚼[9]시키는 일이 불소하외다. 이 어이한 미개명의 부도덕이냐.

---

9 '음식물을 입에 넣어 씹는다'는 뜻.

독자들 중에는 이쯤에서 벌어진 입을 다물지 못한 이들도 많았을 터였다. 책을 집어던진 이도 없지 않았을 것이고.

그만큼 나혜석의 주장은 당당했다. 여자에게 정조를 요구하려면 남자도 정조를 지켜야 한다. 만일 남자가 정조 관념이 없다면 여자가 정조 관념 없는 것도 이해하고 나아가 존경해야 한다. 그런데 조선은 얼마나 칠칠치 못한 사회이기에, 남자들은 방종한 여자를 데리고 온갖 쾌락을 다 누리면서 여자들더러는 정조를 지키라고 강요만 하느냐.

솔직히 그 무렵의 조선이 아무리 근대를 구가한다손 치더라도 이런 말까지 받아들일 수 있을지 편집진조차 장담하기 어려웠을 것이다.

그러나 이혼한 지 햇수로 4년 만에 발표한 「이혼 고백장」은 나혜석의 당당함보다는 오히려 그녀가 이혼으로 정신적으로나 물질적으로 얼마나 큰 곤경에 내몰렸는지를 더 많이 보여 주고 있었다. 특히 마지막 부분에서 "이혼은 내 본의가 아니요, 씨의 강청이었나이다. 나는 무저항적으로 양보한 것이니 천만번 생각해도 우리 처지로 우리 인격을 통일치 못하고 우리 생활을 통일치 못한 것은 부끄러운 일입니다" 하고 매듭짓는 대목은 '천하의 나혜석'으로서는 어울리지 않을 만큼 '비굴한' 자기고백이라 아니할 수 없었다.

어쨌든 「이혼 고백장」이라는 생소한 형식을 통해서나마,

나혜석은 한 사람의 개명한 조선 여자로서 자신이 걸어온 길을 남김없이 밝히고 있었다.

정조는 오직 취미다!

1920년 나혜석은 김우영과 결혼한다.

김우영은 명문 교토제대를 나온 변호사로, 나혜석의 둘째 오빠 나경석의 친구이기도 했다. 나혜석보다는 십 년 연상으로 한 번 결혼했으나 상처를 한 처지였다. 1916년, 그는 나경석을 보러 수원에 왔다가 마침 신풍동 집에 있던 나혜석을 보고 한눈에 반했다. 하지만 그때 나혜석의 가슴에 다른 남자가 들어찰 공간은 없었다. 그녀는 일본 유학 시절 사귄 연인 최승구의 갑작스러운 죽음으로 인해 거의 발광 상태에 있었기 때문이다. 둘의 관계가 진전된 데에는 중간에선 나경석의 힘이 컸다. 다시 도쿄로 돌아가 사립미술학교에 복학한 나혜석은 도쿄와 교토를 오가며 김우영을 만나는 가운데 마음의 안정을 되찾을 수 있었다.

그렇더라도 두 사람이 결혼에 이르기까지에는 무려 6년의 세월이 필요했다. 그동안 학교를 졸업하고 조선에 돌아온 나혜석은 모교에서 교편도 잡았고, 3. 1운동 때에는 이화학당 학생들의 만세운동에 참가했다가 투옥되기도 했다. 김우영은 변호사 자격을 얻자마자 귀국했지만 약혼녀의 공판에 날짜를 맞춰 변론할 기회를 얻지는 못했다. 이듬해 4월 10일, 두 사람은 마침내 혼인식을 올렸다. 〈동아일보〉는 두 사람의 사진과 함께 커다랗게 기사를 실었다.

아닌 게 아니라 두 사람의 결혼은 여러모로 화제를 불러일으켰다. 나혜석은 결혼을 재촉하던 김우영에게 세 가지 조건을 내세웠다.

1. 일생을 두고 지금과 같이 나를 사랑해 주시오.
1. 그림 그리는 것을 방해하지 마시오.
1. 시어머니와 전실 딸과는 별거케 하여 주시오.

김우영은 흔쾌히 승낙했다.

두 사람의 신혼여행이 다시 사람들의 호기심을 자아냈고 말밥에도 올랐다. 나혜석은 신랑을 데리고 전남 고흥으로 내려갔다. 거기 산골짜기에는 바로 최승구의 무덤이 있었던 것이다. 김우영은 옹졸하지 않았다. 그는 나혜석의 소원대로 아내의 전 애인을 위해 비석도 세워 주었다.

이후 두 사람의 혼인 생활은 서울과 만주 단둥, 그리고 시가인 부산 동래를 오가며 11년간이나 평탄하게 이어졌다. 그동안 나혜석은 화가로서 전시회도 열고 문필로도 여러 지면을 장식할 수 있었다. 김우영은 김우영대로 외교관으로서 나름의 입지를 굳혀 가고 있었다. 경제적으로도 윤택했다. 1921년에는 첫딸 나열을 낳았다. 김우영과 나혜석이 만든 기쁨$^\text{悅}$이라는 뜻이었다.

　나혜석은 아기를 낳던 때의 과정과 심정을 글로 발표해 또 한 번 화제를 모았다. 그녀는 임신 소식을 처음 알았을 때 기쁘기는커녕 자기들의 책임을 면하려고 시집가라고 강권하던 형제들의 소위가 괘씸했다. 나아가 감언이설로 "너 아니면 죽겠다" 하여 결국 제 성욕을 채우던 남편이 원망스러웠다. 아이를 낳는 순간 그간 자유롭게 품었던 꿈이 다 사라질 것은 더욱 두려웠다. 억울했다. 또 자신이 '사람'의 어머니가 될 자격이 있는지도 스스로 의심스러웠다. 아이가 배 속에 있는 동안 좋은 태교는 커녕 온갖 못된 생각만 잔뜩 했으니 아이가 제대로 꼴을 갖추고 나올지도 불안했다. 그러나 마지막 분만의 순간이 다가오자 그녀는 돌연 기쁨에 휩싸였다. 임신 후 한 번도 그런 적이 없었고, 분만 후에도 한 번도 그런 적이 없는, 참으로 기막힌 희열의 감정이었다. 하지만 산통이 시작되자 그런 희열은 온데간데없이 사라졌다. 오직 끔찍한 고통뿐이었다.

　"박박 뼈를 긁는 듯, 좍좍 살을 찢는 듯, 빠짝빠짝 힘줄을 옥죄는 듯, 쪽쪽 핏줄을 뽑아내는 듯, 살금살금 살점을 저미

는 듯, 오장이 뒤집혀 쏟아지는 듯, 도끼로 머리를 바수는
듯" 아팠다. 아니, 그 한참 이상이었다. 그리하여 그녀는 소
리를 질렀다.

어머님 나 죽겠소.
여보 그대 나 살려 주오.
내 심히 애걸하니
옆에 팔짱끼고 섰던 부군
"참으시오" 하는 말에
"이놈아, 듣기 싫다"
내 악쓰고 통곡하니
이 내 몸 어이타가
이다지 되었던고

그렇게 낳은 자식을 또 몇 개월 잠도 못 자 가며 젖을 먹이
며 키우는 것 또한 견디기 힘든 고통의 연속이었다. 오죽했
으면 "자식이란 모체의 살점을 떼어 가는 악마"라고 썼으랴.
어쨌든 두 사람 사이에 그런 '악마'가 넷까지 늘어났다.
문제는 1927년 6월 아이들을 칠순이 지난 시어머니에게
맡기고 둘만 떠난 구미 여행 때 일어났다. 나혜석은 남편이
벽지 근무에 대한 위로 차원에서 받은 그 드문 기회를 마음

껏 즐겼다. 파리에서는 하고 싶었던 미술 공부도 실컷 할 수 있었다. 그러나 김우영이 법률 공부차 베를린에 가 있던 동안 나혜석은 마침 외교관 신분으로 파리에 체류하던 최린과 정분을 나누게 되었다. 최린은 천도교 인사로 3. 1운동 당시 33인에도 포함되었을 만큼 저명인사였고, 당시 유부남이었다.

나혜석은 이렇게 말했다.

"나는 공을 사랑합니다. 그러나 내 남편과 이혼은 아니 하렵니다."

최린은 답했다.

"과연 당신의 할 말이오. 나는 그 말에 만족하오."

나혜석은 훗날 그때를 회고하며 "나를 정말 여성으로 만들어 준 곳도 파리"라고 말할 정도였다. 수십 차례 만남이 이어지자 나혜석이 최린의 작은댁이라는 소문이 파리 시내에 다 퍼졌다. 나중에는 남편 김우영의 귀에도 들어갔다.

김우영은 남들의 눈을 의식해 그 문제를 쉬쉬한 채 덮으려 했다. 하지만 또 다른 사건이 터졌다. 1년여의 세계일주 이후 집안의 경제가 급격히 기울었다. 2만여 원을 여행에 지출한 타격이 결정적이었다. 나혜석은 생각 끝에 최린에게 손을 벌렸다. 그러나 중간에 선 호기심 많은 이들 때문에 나혜석이 다시 최린에게 사랑을 구걸한다는 소문이 퍼졌다. 김우영도 더 이상 참을 수 없었다. 그는 이혼을 요구했다. 그 무렵 김우영도 외도를 하고 있었다. 나혜석은 이혼만은 할 수 없다고 버텼지만 소용없었다. 결국 논 문서 한 장에 돈 5백 원만 받고 도장을 찍어 줄 수밖에 없었다.

얼마 후, 나혜석은 온갖 사람들의 집요한 관심과 시선 속에서 악착같이 버텨야 하는 자신의 근황에 대해 한 편의 글(「신생활에 들면서」)을 썼다. 거기서 18세 때부터 20년간을 두고 어지간히 남의 입에 오르내린 자신의 과거에 대해 솔직한 심회를 밝혔다. 그 글이 다시 한 번 풍파를 일으켰다.

가장 논란이 된 부분은 다음이었다.

정조는 도덕도 법률도 아무것도 아니요, 오직 취미다. 밥 먹고 싶을 때 밥 먹고, 떡 먹고 싶을 때 떡 먹는 거와 같이 임의용지任意用志로 할 것이요, 결코 마음의 구속을 받을 것이 아니다. (중략) 왕왕 우리는 이 정조를 고수하기 위하여 나오는 웃음을 참고 끓는 피를 누르고 하고 싶은 말을 다 못 한다. 이 어이한 모순이냐. 그러므로 우리 해방은 정조의 해방부터 할 것이니 좀 더 정조가 극도로 문란해 가지고 다시 정조를 고수하려는 자가 있어야 한다. 저 파리와 같이 정조가 문란한 곳에도 정조를 고수하는 남자 여자가 있나니 그들은 이것저것 다 맛보고 난 다음에 다시 뒷걸음치는 것이다. 우리도 이것저것 다 맛보아 가지고 고정固定해지는 것이 위험성이 없고, 순서가 아닌가 한다.

정조가 누가 누구에게 강요하고 말고 할 수 없는 하나의 '취미'라는 말이다. 밥이든 떡이든 먹고 싶은 이가 먹는 것이라는 말이다. 자유로운 선택의 문제로 맡겨야지 이래라저래라 해라 말라 강제한다고 되는 문제가 아니라는 말이다. 나아가 사실 불륜이며 혼외정사가 나쁘다면 왜 나쁜지 우선 좀 해 보고 나서야 비판을 해도 해야 하지 않겠느냐, 이렇게도 주장하는 것이다.

세상에! 아직 완강한 봉건의 굴레에 갇혀 있던 조선 사회였다. 그런데 이토록 놀라운 주장이 버젓이 활자로 발표되었으니, 아무리 '노라의 자유'를 운운하는 지식인 사회에서조차 충격은 엄청났다. 그리고 여성이든 남성이든 무릇 성인이라면 자신의 성적 욕망에 대한 결정권은 자기가 가져야 한다는 이런 주장 때문에 나혜석이 감당해야 할 역경은 앞으로도 한참 더 많이 남아 있었다.

그것은 어쩌면 그녀가 일찍이 자신의 초기 소설 「경희」(1918)에서 주인공의 입을 빌려 이렇게 주장했을 때부터 이미 예정되어 있었던 고난일지 몰랐다.

경희도 사람이다. 그 다음에는 여자다. 그러면 여자라는 것보다 먼저 사람이다. 또 조선 사회의 여자보다 먼저 우주 안 전 인류의 여성이다. 이철원 김부인의 딸보다 먼저 하나님의 딸이다. 여하튼 두말할 것 없이 사람의 형상이다. 그 형상은 잠간 들쐰운 가죽뿐 아니라 내장의 구조도 확실히 금수가 아니라 사람이다. 오냐, 사람이다. 사람으로 보이지 않는 험한 길을 찾지 않으면 누구더러 찾으라 하리! 산정에 올라서서 내려다보는 것도 사람이 할 것이다. 오냐, 이 팔은 무엇 하자는 팔이고 이 다리는 어디 쓰자는 다리냐?

이런 주장만으로도 '경희'는 거의 같은 무렵 발표되면서 엄청난 화제를 모은 춘원 이광수의 『무정』에 등장하는, 거죽만 문명개화의 탈을 쓰고 속은 의연히 봉건의 낡은 인습을 그대로 간직한 이런저런 지식인들보다 훨씬 분명하게 시대적 자각을 하고 있던 셈이다.

북쪽 나라 시인의 어떤 사랑

백석

백석(시인, 1912~1996). 안도현의 『백석 평전』(다산책방, 2014)에 크게 기댔다. 아울러 백석, 「편지」(〈조선일보〉, 1936. 2. 21), 백석, 「소월의 생애」(『여성』, 1936. 6)도 참고. 이 글에 대해서는 최동호, 「백석이 필록한 '소월의 생애'에 대하여」(『서정시학』, 2017년 봄호)를 참고했다. 백석의 또 다른 산문들은 김재용 편, 『백석전집』(실천문학사, 1997). 백석의 시는 고형진 편, 『정본 백석 시집』(문학동네, 2007)을 참고했다.

수선화 같은 통영 여자

1936년 음력 정월 16일.

창을 열자, 둥근 달이 크고 환했다.

서울에서도 여적 그 달이구나 싶어 마음이 기뻤다. 이 밤이제 조금만 있으면 닭이 울어서 귀신이 제집으로 가고 육보름날이 오는 것이지만, 이 번다한 도회에서 그것까지 바라지는 않으려 했다. 아무튼 이 좋은 밤에 시꺼면 잠을 자면 하얗게 눈썹이 센다는 건 얼마나 무서운 말일 터인지. 허나 백석은 날밤을 고스란히 새우라고 해도 충분히 자신이 있었다.

책상머리에 한 폭의 수선화가 맑고 고왔다. 물론 실제 눈에는 보이지 않는, 멀리 전라도 부안에서 신석정 시인이 보내 준 시 한 수였다.

수선화는

어린 연잎처럼 오므라진 흰 수반에 있다

수선화는

암탉 모양하고 흰 수반이 안고 있다

수선화는

솜병아리 주둥이같이 연약한 움이 자라난다

수선화는

아직 햇볕과 은하수를 구경한 적이 없다

수선화는

돌과 물에서 자라도 그렇게 냉정한 식물이 아니다

수선화는

그러기에 파아란 혀끝으로 봄을 핥으려고 애쓴다

(신석정, 「수선화」 전문, 1936)

백석이 바로 얼마 전 100부 한정판으로 찍어 낸 첫 시집
『사슴』을 보내 준 데 대해 감사의 뜻으로 보내 온 시였다.

"눈 속에 『사슴』을 보내 주신 백석 님께 드리는 수선화 한 폭"이라는 마음 씀씀이가 몹시 살가웠다.

그「수선화」를 들여다보노라니 그윽한 향기와 새파란 꿈이 안개같이 오르고 또 노란 슬픔이 냇내같이 올랐다. 실은 신석정 시인에게 진작 그 노란 슬픔의 이야기를 들려주고 싶었는지도 몰랐다.

남쪽 바닷가 어떤 낡은 항구의 처녀 하나를 나는 좋아하였습니다. 머리가 까맣고 눈이 크고 코가 높고 목이 패고 키가 호리낭창하였습니다. 그가 열 살이 못 되어 젊디젊은 그 아버지는 가슴을 앓아 죽고, 그는 아름다운 젊은 홀어머니와 둘이 동지섣달에도 눈이 오지 않는 따뜻한 이 낡은 항구의 크나큰 기와집에서 그늘진 풀같이 살아왔습니다. 어느 해 유월이 저물게 실비 오는 무더운 밤에 처음으로 그를 안 나는 여러 아름다운 것에 그를 견주어 보았습니다. 당신께서 좋아하시는 산새에도 해오라비에도 또 진달래에도 그리고 산호에도……. 그러나 나는 어리석어서 아름다움이 닮은 것을 골라 낼 수 없었습니다.

총명한 내 친구 하나가 그를 비겨서 수선이라고 하였습니다. 그제는 나도 기뻐서 그를 비겨 수선이라고 하였습니다. 그러한 나의 수선이 시들어 갑니다. 그는 스물을 넘지 못하고 또 가슴의 병을 얻었습니다…….(백석, 「편지」, 1936)

백석은 그쯤에서 일단 펜을 멈췄다.

'사내 사외 신춘 단문 리레(릴레이)'에 석정의 그 시 「수선화」를 실은 뜻이 너무 훤히 드러나지 않나 싶어서였다. 하지만 지금 서촌 통의동 하숙방에서 이제 막 육보름날을 맞이하는 청년 시인 백석의 마음속엔 온통 그 수선화뿐인 것도 사실이었다. 이 글이 나가 혹시 당자가 읽는다면 어떤 반응일지 조금은 두렵기도 했지만, 어떻게든 제 마음에 가득 들어찬 그 감정의 속을 드러내 보이지 않고는 더 견디기가 힘들 것만 같았다.

그녀의 이름은 박경련.

통영 출신으로 백석보다는 다섯 살 아래였다. 가정사는 '편지'에 쓴 그대로였다. 아버지는 일찍이 폐결핵으로 돌아가시고 홀어머니와 둘이 살았다. 지금은 서울에서 이화여고보에 다니고 있었다. 안타깝게도 그녀 역시 아버지를 닮아 몸이 약하고 폐가 부실해 학교를 한 해 쉰 적도 있었다.

백석이 그녀를 처음 본 것은 그 지난해 여름 친구 허준의 결혼 축하연에서였다. 그때 또 다른 친구이자 신문사 동료인 신현중하고 함께 회식 자리를 찾아가는데, 신이 환히 웃으며 말했다.

"통영 여자들이 얼마나 이쁜지 보게 될 테야."

"오, 기대가 되네그려."

백석은 역시 통영 출신 신의 말에 은근히 기대를 걸었다. 과연 기대가 어긋나지 않았다. 더 솔직히 말하자면, 백석은 이제껏 살아오면서 그렇게 아름다운 여자는 처음이었다. 그림엽서에 박아 세상에 선보일 조선 여자의 전형을 고르라면 박경련이 딱 거기 어울리겠다 싶었다. 백석은 그날 박경련을 마음 깊이 담았다.

말도 변변히 나눠 보지 못했지만 상관없었다. 그때부터는 겨울이면 온통 눈에 덮여 사는 저 북쪽 나라 평안도 정주에서 온 사내가 겨울 삼동에도 눈이 오지 않는다는 저 남쪽 나라 통영의 처녀와 만나는 꿈을 꾸고 또 꾸었다.

마침 총명한 친구 신현중이 그녀를 일러 수선화 같은 여자라고 했다. 그 말이 딱 어울리는 여자였다. 그러므로 신석정의 시 「수선화」에 답신 형태로 쓰는 이 편지글은 실은 통영 출신의 그 수선화에게 보내는 답신인 셈이었다.

북쪽 나라의 육보름날

백석은 이제 남쪽 나라의 수선화에게 제 살던 고향의 이야기를 들려주고 싶었다.

……제 살던 고향은 저 북쪽 나라 시골입니다. 깜깜한 시

골입니다. 얼마나 깜깜한가 하면, 한 시인이 있어 이렇게 읊기도 했지요.

물로 사흘 배 사흘
먼 삼천리
더더구나 걸어 넘는 먼 삼천리
삭주구성朔州龜城은 산을 넘은 육천 리요

물 맞아 함빡이 젖은 제비도
가다가 비에 걸려 오노랍니다
저녁에는 높은 산
밤에 높은 산

삭주구성은 산 넘어
먼 육천 리
가끔가끔 꿈에는 사오천 리
가다오다 돌아오는 길이겠지요
(김소월, 「삭주구성」 부분, 1923)

겁먹지 마세요. 물론 지금은 달라졌으니까요. 게다가 제가 살던 정주는 북쪽으로 더 깊은 삭주 구성보다야 차라리 영변의 약산 진달래꽃하고 더 가깝다고 해야겠지요.

그렇습니다. 바로 그 소월이 제 고향의 자랑입니다. 안타깝게도 얼마 전(1934년 12월 24일) 비운의 죽음을 선택하셨지만, 제게는 여전히 생생히 살아 계신 전설이랍니다. 저 역시 그분이 다니신 오산학교 출신입니다. 물론 나이는 층하가 져 학창 시절에는 한 번도 뵙지 못했지만요.

우리 오산이야 남강 이승훈 선생의 정신으로 세운 학교인 것을 잘 아시겠지요. 이 자리에선 군이 말을 보태지 않으렵니다. 참, 소월의 스승으로 안서 김억 선생님도 제 모교 동문입니다. 그분이 소월을 일러 "술에 취하지 않는 것이 아니라 술에 취하지 못할 사람"이라고 하셨습니다. 술자리에서도 몸가짐이며 술잔을 주고받는 태도 같은 것이 모두 도독하니 높고 틀을 벗어나지 아니하고, 그리고 쉬이 질탕한 데빠지지 않았다고도 하셨습니다. 그런데 가슴에 무슨 한이 그토록 많으셨기에 우리에게 아우래비 접동새 같은 울음만 잔뜩 남겨 주고 서둘러 가신 것인지⋯⋯.

닭이 울지 않아도 이제 육보름날입니다.

제 고향 시골에서 보낸 육보름날 이야기를 들려드리지요. 남쪽 나라 바닷가 풍습하고는 무엇이 얼마나 다른지 슬쩍 한번 견주어 보십시오.

육보름으로 넘어서는 밤은 집집이 안간으로 사랑으로 웃간에도 만웃간에도 누방에도 허청에도 고방(광)에도 부엌에도 대문간에도 외양간에도 모두 쩨듯하니 불을 켜 놓고 복을 맞이하는 밤입니다. 달 밝은 마을의 행길 어디로는 복덩이가 돌아다닐 것도 같은 밤입니다. 닭이 수잠을 자고 개가 밥물을 먹고 도야지 깃을 들썩이는 밤입니다.

새악시 처녀들은 새옷을 입고 복물을 긴다고 벌을 건너기도 하고 고개를 넘기도 하여 부잣집 우물로 가서 반동이에 옹패기에 찰락찰락 물을 길어 오며 별 같은 이야기를 재깔재깔하는 밤입니다. 새악시 처녀들은 또 복을 가져오느라고 달을 보고 웃어 가며 살기같이 여우같이 부잣집으로 가서는 날쌔기도 하게 기왓골의 기왓장을 벗겨 오고 부엌의 솥뚜껑을 들어 오고 곱새담의 짚날을 뽑아 오고……. 이렇게 허물없는 즐거움 속에 끼득깨득하는 그들은 산에서 내린 무슨 암짐승들이 되어 버리는 밤입니다.

그러다는 집으로 들어가서 마음 고요히 세 마디 달린 수숫대에 마디마다 콩 한 알씩을 박아 물독 안에 넣는 밤인데, 밝은 날 산 끝이라는 웃마디, 중산이라는 가운뎃마디, 해변이라는 밑마디의 그 어느 마디의 콩이 붙는가를 보고 그 어느 고장에 풍년이 들 것을 점칠 것입니다. 그러다는 닭이 울어서 새날이 되면 아홉 가지 나물에 아홉 그릇 밥을 먹으며, 먹으면 몸 솔쮀기가 쏜다는 김치와, 먹으면 김 맬 때 비가 온다는 물을 자꾸 먹고 싶어 하는 밤입니다.

이렇게 해서 육보름의 아침이 됩니다. 새악시 처녀들은 해뜨기 전에 동리 국수당의 스무 나뭇가지를 쪄 오래서 가시가시에 하이얀 솜을 피우고, 그 솜밭 속에 며칠 앞서부터 스물이고 서른이고 만들어 놓은 울긋불긋한 각시와 새하얀 할미를 세워서는 굴통담에 곱새담에 장독담에 꽂아 놓는데, 이렇게 하면 이 해에는 하루같이 목화밭에서 천근 목화가 난다고 믿는 그들의 새옷 스척이는 소리도 좋게 의좋은 짝패들끼리 끼리끼리 밀려다니며 담장마다 머물러서는 목화 따는 할미며 각시와 무슨 이야기나 하는 듯이 즐거워하는 것입니다.

닭이 우나? 아, 닭이 웁니다.

나는 그만 이야기를 그치고 복밥을 기다리는 얼마 아닌 동안 신선과 고사리와 수선화와 병든 내 사람이나 생각하겠습니다.(백석, 「편지」, 1936)

언제 한번 이런 내 고향을 보여 드릴 날이 있을런지요. 그런 날을 마음으로 기다리며 오늘은 여기서 펜을 거둡니다.

이만 총총.

. . .

박경련은 그녀를 처음 백석에게 소개해 준 동향의 신현중과 결혼한다. 1937년의 일이었고, 백석은 함흥에서 교사로지낼 때 그 소식을 듣고 큰 충격을 받는다. 신현중은 경성제대 출신으로 당시 유력한 사회주의 운동가 중 한 사람이었다. 1931년 만주사변이 일어나자 전쟁에 반대하는 격문4,800매를 작성하여 뿌린 혐의로 체포당해 3년형을 살고 나온 전력이 있었다.

백석이 할 수 있는 일은 없었다. 그는 그저 이렇게 「내가생각하는 것은」이라는 제목의 시를 한 편 썼을 뿐이다.

밖은 봄철날 따디기의 누굿하니 푹석한 밤이다
거리에는 사람두 많이 나서 흥성흥성할 것이다
어쩐지 이 사람들과 친하니 싸단니고 싶은 밤이다

그렇것만 나는 하이얀 자리 우에서 마른 팔뚝의
새파란 핏대를 바라보며 나는 가난한 아버지를
가진 것과 내가 오래 그려오든 처녀가 시집을 간 것과
그렇게도 살틀하든 동무가 나를 버린 일을 생각한다

또 내가 아는 그 몸이 성하고 돈도 있는 사람들이

즐거이 술을 먹으려 단닐 것과

내 손에는 신간서新刊書 하나도 없는 것과

그리고 그 〈아서라 세상사世上事〉라도 들을

류성기도 없는 것을 생각한다

그리고 이러한 생각이 내 눈가를 내 가슴가를

뜨겁게 하는 것도 생각한다

(백석, 「내가 생각하는 것은」 전문, 1938)

눈 속에 난향을 맡다

이태준

이태준(소설가, 1904~?). 이태준, 「설중방란기」(『시와 소설』 창간호, 1936). 이태준, 「일분어—分語」와 「고완품과 생활」은 『무서록』(범우사, 1993)과 『남행열차』(태학사, 2001) 참고. 이 산문들은 상허학회 편, 『이태준 전집 5』(소명출판, 2015)에도 수록되어 있다. 단, 정지용이 보낸 엽서 내용은 이태준, 『서간문 강화』(깊은샘, 2004)에 부록으로 수록된 것을 인용. 가람 일기는 정병욱, 최승범 편, 『가람 일기(2)』(신구문화사, 1976). 마지막 부분은 김현, 김윤식, 『한국 문학사』(민음사, 1973)와 김현, 김주현 공편, 『문학이란 무엇인가』(문학과지성사, 1976)를 참고했다.

설중방란기雪中訪蘭記

1936년 1월 22일.

이날, 서울의 날은 춥고 맑았다. 개울 건너 언덕바지에 며칠 전 내려 쌓인 눈이 하루 종일 반짝거렸다.

겨울해가 일찍 기울자 상허 이태준은 마음이 바빠졌다. 성북동[10] 집을 빠져나가 계동까지 까짓 얼마나 걸리겠냐만, 문을 나서자마자 얼어붙은 코끝에 벌써 난초 방향이 가득 들어차는 것이었다. 이것도 병이지 싶지만, 적어도 가람 이병기 선생만큼은 되어야 내놓고 내게 이런 병이 있소 할 자격

---

10 정확히는 경기도 고양군 숭인면 성북리였다. 그해 4월 1일부터 행정구역이 경기도 경성부 성북정으로 바뀌어, 말하자면 서울로 편입된다. 사실 성북정이 성북동이 되는 것은 해방 이후의 일이다.

도 있겠거니 했다. 그래도 남들은 상허가 성북동에 집을 지은 이후로 한층 상고 취미가 깊어졌다고 말들을 퍼 날랐다.

사실 그는 더러 퉁을 받기도 했다.

"저 그릇이 글쎄 어디가 그리 좋소? 내 보기엔 천지에 지천으로 굴러다닐 흔하디흔한 접시에 불과하거늘."

언젠가 집에 들른 벗이 문갑 위에 올려놓은 낡은 제기를 가리키며 물은 적이 있었다. 명색이 조선 그릇이라도 연륜이 그리 오랜 것은 아니었고, 바깥에는 한눈에도 들어올 만큼 거미줄 같은 금이 죽죽 나 있는 물건이었다. 그래도 제 눈에는 그만한 게 달리 없었다. 날카롭게 어여낸 여덟 모 굽이 우뚝 자리 잡은 위에 얇고 우긋하고 매끄럽게 연잎처럼 자연스럽게 변두리가 피였다. 고려자기 같은 비췻빛을 얇게 띤 그 맑음은 민물에서 자란 물고기 같고, 그 넓음은 하늘이 온통 내려앉아도 능히 다 담을 성싶고 또 고요했다. 상허는 매일같이 보고 또 봐도 제 앞에 그런 영물이 놓여 있다는 게 그저 신통할 따름이었다.

그러니 그런 기분을 뉘에게 제대로 설명하랴. 그저 제나라 환공이 "십분심사일분어十分心思一分語"[11]라 했다더니, 옳거니, 품은 사랑은 가슴이 벅차건만 어찌 그걸 말로 다 꾸미겠

---

11 "마음에 품은 뜻은 많아도 정작 말로 하자면 그 십분의 일밖에 표현하지 못한다"라는 뜻.

는가. 그 사랑의 대상도 참으로 다양했다. 이런저런 자기에
서화, 문방사우는 물론이고, 부녀자들이 주로 쓰던 분기^{粉器}
라든지 심지어 소금 단지, 수저통 따위 부엌세간까지 옛사
람들의 손때가 묻은 것이라면 어느 것 하나 허투루 보아 넘
기지 못했다. 그것들을 골동품이라 부르면 마음이 조금 언
짢아지는 것도 새로 생긴 버릇이었다. 필시 고동^{古董}에서 나
왔을 골동^{骨董}이라는 말은 추사도 즐겨 쓰던 고^古 자의 은은
한 여운을 깡그리 날려 버리고, 마치 화장장에서나 추려 낸
것 같은 앙상한 뼈다귀만 훌쩍 들이미는 느낌이 아니던가.
저로서 언제부턴가 골동품이라는 말 대신 고완품^{古翫品}이라
는 말을 즐겨 쓰는 것도 그런 까닭이었다.

그러나 오늘은 주인이 오로지 난^蘭이었다. 그것도 스승
가람의 난.

엊그제 정지용이 편지를 보내 왔다.

수일 못 뵈었습니다. 가람 선생께서 난초를 뵈어 주시겠다고 22
일(수) 오후 5시에 그 댁으로 형을 오시게 좀 알려 드리라 하십
니다. 그날 그 시에 모든 일 제쳐 놓고 오시오. 청향복욱^{淸香馥郁}
한 망년회가 될 듯하니 즐겁지 않으리까.

과연 즐거운 편지였다. "동지섣달 꽃 본 듯이" 하는 노래

도 있거니와, 이 영하 20도라는 엄동설한 속에 꽃이 피었으니 어찌 혼자만 즐길 수 있겠는가, 스승은 그렇게 제자들을 청한 것이었다.

이날 저녁 이태준이 계동 홍술햇골 가람 댁에 제일 먼저 들어섰다. 디근자형 집 가운데에 마당이 있는데, 흔히 '매화옥'이라는 당호로 불리지만 실은 마당이라고 손바닥만 해서 변변하게 매화 심을 데도 없었다. 대문 안쪽 들머리에 있는 방이 가람의 서재였다. 이태준은 짐짓 숨을 가다듬었다. 미닫이를 열기도 전인데 어느덧 호흡 속에 훅 끼쳐 드는 것이 분명 난향이었다. 마치 나 여기 있소 작은 소리로 속삭이는 것도 같았다. 옛사람들이 문향십리聞香十里라 했던 그 향기였다. 크고 작은 십여 개 분 중에서 제일 어린 사란絲蘭, 그것도 딱 세 송이가 핀 것이 그러했다. 꽃대 하나에 꽃 하나씩 핀 것인데, 그 모양이 흡사 다리를 옴츠리고 막 날아오르는 나나니와 같은 자세였다. 그 세 송이만으로도 방 안은 말할 것도 없고, 창호지와 문틈을 새어 나가 마당 바깥까지 그윽한 향기를 풍겨 내는 것이었다.

가람은 몸이 여러 개처럼 바빠 살았다. 휘문중학교에서 교편을 잡는 한편, 독서와 시작도 게을리할 수 없었고, 그런 가운데서도 옛 서책들을 사들인다, 난을 기른다 해서 여간 분주한 게 아니었다. 어쩌면 한가롭고 자유로운 맛은 그렇게 몹시 바쁜 가운데에서 깨닫는 것인지도 몰랐다. 가람 역시 원고를 쓰며 밤을 새우는 적도 왕왕 있었다. 그럴 때 난은 크나큰 위안이 되었다. 난의 푸른 잎을 보고 또 짙은 향을 맡는 순간에는 피곤함은 싹 사라지고 어느새 별유천지에 들어선 듯한 기분이 들게 마련이었다.

사람들은 그런 가람을 일러 세 가지 복이 있다고들 했다. 두주불사 호주가의 집에서도 술은 늘 떨어지지 않았으니 첫째가 술복이요, 남들이 모두 "조선에는 시에 지용, 산문에 상허" 하고 입을 모으는 이상 둘째가 제자복이었다. 지용과 상허는 둘 다 휘문고보 출신으로 지용은 월탄 박종화, 영랑 김윤식 등과 함께 상허의 상급반이었다.

셋째가 바로 난복이었다. 사실 화초 가운데에 난이 가장 기르기 어렵다. 난을 달라는 사람은 많아도, 난을 나누어 가면 대개 죽이지 않으면 병을 낸다. 난은 모래와 물로 산다. 거름을 잘못하면 죽든지 병이 나든지 한다. 조금만 찬 기운이 닿아도 감기에 들고 뿌리가 얼면 바로 죽는다. 하지만 볕도 아침저녁 외에는 아니 쬐어야 한다. 이러구러 적어도 10년 이상은 길러 봐야 겨우 미립이 난다 할 수 있는 게 바로 난이었고, 가람은 벌써 그 경지에 가 닿아 있었다.

뒤늦게 정지용과 노천명이 합세하여 이날의 난 완상회는 성황을 이루었다.

이태준은 그날 자신들이 맡은 난향이 얼마나 짙고 그윽했는지를 이렇게 묘사했다.

우리는 옷깃을 여미고 가까이 나아가서 잎의 푸름을 보고 뒤로 물러나 횡일폭의 묵화와 같이 백천획으로 벽에 어리인 그림자를 바라보았다. 그리고 가람께 양란법을 들으며 이 방에서 눌러 일탁의 성찬을 받았으니 술이면 난주요 고기면 난육인 듯 입마다 향기였었다. (이태준, 「설중방란기」, 1936)

가람은 가람대로 그날 일기에 "정지용, 이태준, 노천명과 석반夕飯. 매화, 난초는 방향芳香, 복욱馥郁." 이렇게 적었다. 추운 겨울날에도 꽃들은 은은하고 그윽한 향기를 실컷 풍겼다는 뜻이다.

• • •

1930년대 우리 문학사는 시에서 정지용이 차지하는 만큼의 위계를 소설에서 이태준에게도 내주고 있다. 덧붙여『무서록』이라든지『문장강화』등을 통해 그가 보여 준 맛깔스러운 산문에 대해서도 평가가 꽤 높은 편이다. 하지만 훗날 자신이 쓴 문학사에서 김현은 그에 대해 매우 박한 평가를 내린다. 무엇보다 그를 가리켜, "봉건주의적인 풍속과 악랄

한 식민지 수탈 정책이라는 이중의 중하를 감당한 폐쇄 사회에서, 그곳을 극복하려는 아무런 의지도 내보이지 못한 패배주의적인 인물을 즐겨 그린 작가"로 규정한다. 문장에 대해서도 평가는 마찬가지다. 특히 좋은 문장의 표본으로 알려진 이태준의 간결체 문장에 대해서도 그것의 세련됨은 인정하면서도, 문장의 시적 분위기를 지나치게 강조해서 문장의 힘을 오히려 죽여 버리는 약점도 크다고 비판한다. 나아가 그의 고완 취미 또한 선비 기질하고는 전혀 다른 딜레탕티슴에 불과하다고 비판하는데, 왜냐하면 그건 지조나 이념을 기반으로 하는 대신 "개인의 안위와 골동품에 대한 기호심의 소산"에 불과하기 때문이라고.

평생 문학의 사회적 실천보다는 문학의 자율성에 훨씬 많이 공감한 비평가의 태도답지 않아 적잖이 당혹스럽다. 그렇더라도 새겨들을 구석이 없지는 않겠다. 하지만 오직 난향 한번 맡을 일념으로 계동 가회동 추운 거리를 바삐 걷던 작가 한 명쯤은 있어도 괜찮지 않을까. 그래야 우리 문학사도 식민지의 우울에서 아주 잠시라도 벗어나는 여유를 챙기게 될 것이다.

그 봄은 괴물과 함께 오리라

신채호

신채호(소설가, 언론인, 1880~1936). 경성역 노제 장면은 〈동아일보〉(1936. 2. 24) 참고. 홍명희, 「상해 시대의 단재」(『조광』 2권 3호, 1936년 4월호)도 참고. 홍명희, 「곡 단재」(〈조선일보〉, 1936. 2. 28). 신채호, 「차라리 괴물을 취하리라」, 「홍벽초 씨에게」 등 모두 단재 신채호선생 기념사업회, 『개정판 단재 신채호 전집』(전2권, 1988). 아울러 강영주, 『벽초 홍명희 연구』(창작과비평사, 1999), 임형택, 강영주 편, 『벽초 홍명희와 임꺽정의 연구자료』(사계절, 1996)를 참고했다.

단재, 풍찬노숙의 삶을 마감하다

1936년 2월 24일 경성역 앞.

이날, 날은 추웠다.

이틀 전에는 봄답지 않게 많은 눈이 내렸다. 특히 경상도 대구 일대에는 하룻밤 새 20센티미터 넘게 쌓여 측후소가 생긴 이래 2월 하순으로는 최대 강설을 기록했다. 도회가 그렇다는 것이지, 산중인 합천 해인사 같은 경우에는 두 척(약 60cm) 넘는 눈이 보고되기도 했다.

서울의 경우, 큰길가의 눈은 거의 녹았다. 그래도 건물 뒤쪽 응달이며 엔간한 골목에는 채 치우지 못한 눈이 발자국에 더러워질 때를 기다렸다. 총독부 뒤 북악산과 인왕산도 군데군데 여전히 잔설을 내비치고 있었다.

날이 춥다고 해도 수은주가 실제 뚝 떨어진 건 아니었다. 바람도 특별히 매운 날이 아니었다. 그러나 정오 사이렌이 울린 뒤부터 경성역에 모여들기 시작한 사람들의 마음은 지난겨울 여느 때보다도 춥고 또 쓸쓸했다. 누구라서 선뜻 입을 여는 사람은 보이지 않았다. 유난히 삼엄한 경비 때문만은 아니었다. 콜록콜록 터져 나오는 기침 소리가 이따금 불편한 적막을 깨뜨렸다. 하릴없이 뻐끔뻐끔 피워 대는 담배 연기는 입김과 함께 찬 공기에 얼어붙었다. 뒤늦게 전보를 받고 허겁지겁 뛰어온 몇몇 지인들도 눈치만 살필 뿐 쉽게 말문을 트지 못했다. 기차를 타고 내린 승객들이며 출영객들도 때아닌 분위기에 서둘러 발길을 피했다.

수십 인 중에 여운형, 신석우, 서춘, 안재홍, 신상우, 이관구, 원세훈, 김약수, 서정희 등의 면면이 보였다. 위당 정인보와 파인 김동환 같은 문사들도 더러 얼굴을 드러냈다. 다들 옛 벗을 기다리고 있는 중이었다. 벗이라고는 해도 그들 중에는 지난 십 년 이십 년 귀밑 살쩍이 허예지도록 얼굴 한번 맞댈 기회조차 없던 이들이 수두룩했다.

벽초 홍명희도 그중 한 사람이었다.

단재!

신채호, 이 사람!

그의 꾹 다문 입술 새로 기어이 벗의 이름이 새 나왔다.

"참자니 가슴이 아픕니다마는 말하련즉 뼈가 저립니다" 했거늘, 몇 번이고 읽고 또 읽어 입에 붙은 구절을 절로 또 되뇌었다. 아득하고 비통했다.

산같이 쌓였던 말이 붓을 잡고 보니 물같이 새어 버리는 것 같습니다. 무슨 말부터 써야 할는지요. 세歲 전인가 언제 졸형拙荊[12]의 서書 중에 "홍 선생은 검사국으로 넘어갔습니다" 한, 두미頭尾 모르는 소식을 들었더니 지금도 형이 그곳에 계신지요. 제弟 불원간 아마 십 년 역소役所로 향하여 발정發程할 것이니, 아, 이 세상에서 다시 면목으로 상봉하게 될는지가 의문입니다. 형에게 한마디 말을 올리려고 이 붓이 뗍니다. 그러나 억지로 참습니다. 참자니 가슴이 아픕니다마는 말하련즉 뼈가 저립니다. 그래서 아픈 가슴을 부둥키어 쥐고 운명이 정한 길로 갑니다.[13]

그 편지를 받은 게 벌써 어느 고릿적이던가.

1932년 1월 22일 홍명희는 감옥 문을 나섰다. 1929년 광주학생운동이 일어나자 신간회 주도로 민중대회를 열었는데, 그 때문에 보안법 위반 혐의로 영어囹圄[14]의 몸이 된 지 근

---

12 편지 등에서 자기 아내를 이르는 말.
13 단재가 벽초에게 보낸 옥중 서신 「홍벽초 씨에게」에서.
14 죄인을 가두어 두는 곳.

이태 만이었다. 옥에서 형편없이 망가진 몸을 어느 정도 추스르고 나자, 아우 성희가 조심스럽게 편지 한 장을 건네주었다.

"형님이 징역 사실 적에는 차마 전해 드릴 수 없었어요."

홍명희는 편지를 읽었다. 곧 침을 꿀꺽 삼키며 애써 침착함을 꾸몄다. 그러나 아우는 편지지를 쥔 형의 손이 가볍게 떨리는 것을 알아챌 수 있었다. 홍명희는 한참 후에야 겨우 입을 떼어 아우에게 말했다.

"잘했다. 그때 전해 줬으면 내가 차마 견디기 어려웠을 게야."

편지에 적힌 대로 그때 신채호는 막 10년 징역형이 확정된 뒤였다. 1928년 무정부주의 동방연맹 사건으로 대만에서 체포되어 중국 다롄(대련)으로 압송된 일은 홍명희도 밖에 있을 때여서 신문을 통해 알고 있었다. 그렇지만 신채호의 재판이 진행되는 동안, 공교롭게도 홍명희 또한 앞서 말한 대로 철창 신세를 지고 말았다. 신채호가 편지에 밝혔듯이 그의 아내가 밑도 끝도 없이 쓴, "홍 선생은 검사국으로 넘어갔습니다"고 한 뜬금없는 소식이 바로 그 사실을 가리켰다. 기막힌 일이었다. 두 벗이 강 천 리 산 천 리 까마득한 거리를 두고 똑같이 외적의 포로가 되다니!

홍명희는 새삼 단재 신채호의 얼굴이 삼삼했다.

그러나 그건 이미 스무 성상이나 이전의 얼굴이었다. 나라를 빼앗긴 이후 홍명희는 제 땅에서는 도무지 마음을 못 붙이고 기어이 압록강을 건넜다. 그 후 상하이에 터를 잡고 지내다가 다시 남양으로 가 한 3년 지내고 돌아온 직후, 아마 만세운동이 일어나기 전해였을 텐데, 그때 베이징으로 가 신채호를 다시 만났다. 둘은 그때 달포 동안 한 방에서 지내며 둘도 없는 막역지우가 되었다. 그리하여 홍명희는 훗날 신채호의 꼬장꼬장한 성품을 두고 수다 떠는 주변에 대고 이렇게 말할 근거도 챙기게 되었다.

"거 모르는 말들 마시게. 나도 처음엔 그렇게 생각했네. 단재가 성질이 울뚝불뚝하고 제 고집을 좀처럼 굽힐 줄 모르지. 무슨 일을 하더라도 때론 앞뒤가 꽉 막힌 사람처럼 행동하는 것도 사실일세. 자네들도 그런 것들을 괴팍스럽다고 똥 보듯 흉보지 않나. 허나 내가 베이징에서 더불어 지내 보니 전혀 달랐다네. 자네들도 단재의 인물됨을 잘 알면 고집이 맘에 걸리지 않고 괴팍함이 눈에 거슬리지 않을 거라네. 나로 말할 것 같으면, 그의 목소리가 큰 건 정열이 있다 싶어 좋았고, 앞뒤가 막힌 건 약삭빠르지 않아서 좋았네."[15]

그 단재가 죽다니!

---

15 홍명희, 「상해 시대의 단재」, 『조광』, 1936.

죽고 사는 것이 어떠한 큰일인데 기별도 미리 안 하고 슬그머니 죽는 법이 있는가. 죽지 못한다. 죽지 못한다. 살아서 귀신이 되는 사람이 허다한데, 단재는 살아서도 사람이고 죽어서도 사람이거늘.[16]

단재!

홍명희는 다시금 속으로 느껴 가며 그를 불렀지만 아무런 대답을 들을 수 없었다.

기차가 도착했다. 신의주를 거쳐 오는 급행 노조미 열차였다. 주변이 소란스러워지더니, 이윽고 유족들이 모습을 드러냈다. 지인 대표로 직접 뤼순(여순)에 건너가 유해를 수습한 서세충이 앞장섰고, 그 뒤를 미망인 박자혜 여사와 수범과 두범 두 아들이 하얀 보자기에 싼 유골함을 들고 나타났다. 마중 나온 무리에서 "아!" 하고 나지막한 탄식만 흘러나올 뿐, 아무도 쉽게 입을 열지 못했다.

시간이 많지 않았다.

유족은 타고 온 기차 편으로 망자의 고향인 청주까지 내처 가야 했다. 향 하나 못 피우고 절조차 제대로 못 드릴 형편이었다. 더욱 마음이 스산할 뿐인데, 서세충이 나서서 짧게나마 저간의 상황을 들려주었다.

---

16 홍명희, 「곡 단재」, 〈조선일보〉, 1936.

"무엇보다도 선생이 유골이 되어 조선 땅을 밟게 되니 감개무량합니다. 우리가 여순에 도착하였을 때는 선생은 벌써 의식을 잃고 말 한마디도 못 하고 병으로 고통하는 소리만이 간간이 났었습니다. 형무소에서도 할 수 있는 수단은 다한 모양인데 아츰 일하러 나가실 때 갑자기 뇌일혈을 일으키어 세멘트 바닥 위에 방석을 깔고 그대로 그 자리에서 임종을 하였습니다."

"단재!"

"신채호 선생!"

그제야 그의 이름을 부르는 소리가 터져 나왔다. 여기저기 흐느끼는 소리도 들려왔다. 미망인이 참고 참았던 통곡을 터뜨리며 주저앉았다. 평소 의젓한 홍명희라서 흐르는 눈물을 감출 재주는 없었다.

기적이 울렸다. 사람들은 부산히 몸을 움직였다.

이 사람, 단재! 무엇이 그리 급하신가!

벗의 마지막을 함께할 수 없는 홍명희는 서울역 광장에 남아 다만 그렇게 벗을 나무랄 따름이었다. 살아서 산하를 등졌고 죽어서 고국에 돌아온 신채호는 그렇게 황망히 다시 길을 재촉했다. 그것이 그가 진즉 말한 바 운명이 정한 길이었을까.

신채호는「차라리 괴물을 취하리라」라는 글에 이렇게 썼다.

어떤 선사가 명종命終할 때 제자를 불러 가로되,

"누워 죽은 사람은 있지만 앉아 죽은 사람도 있느냐?"

"있습니다."

"앉아 죽은 사람은 있지만 서서 죽은 사람도 있느냐?"

"있습니다."

"바로 서서 죽은 사람은 있으려니와 거꾸로 서서 죽은 사람도 있느냐?"

"없습니다. 인류가 생긴 지가 몇만 년인지 모르지만 거꾸로 서서 죽은 사람이 있단 말은 듣지 못하였습니다."

그 선사가 이에 머리를 땅에 박고 거꾸로 서서 죽으니라.

이는 죽을 때까지도 남이 하는 노릇을 안 하는 괴물이라, 괴물은 괴물이 될지언정 노예는 아니 된다. 하도 뇌동부화雷同附和를 좋아하는 사회니 괴물이라도 보았으면 하니라.(신채호,「차라리 괴물을 취하리라」, 1924년경)

홍명희는 저만큼 남산 꼭대기 위로 문득 어떤 '괴물'을 보았다. 입가에 절로 미소를 머금었다. 다음 순간, 옳거니, 이 동토에 봄이 온다면 필시 그 괴물과 함께 오리라 생각했다.

대동강변의 두 친구

김남천

김남천(소설가, 1911~1953). 임화, 「설천야의 대동강반」(『조광』, 1936. 7).
임화, 「사랑의 진리」(『조광』, 1937. 7). 임화의 산문은 박정선 편, 『언제나
지상은 아름답다-임화 산문선집』(역락, 2012) 참고. 김남천의 죽은 노
동자 동지 이야기는 김남천, 「봄이면 생각하는 이」(『조광』, 1938. 4). 김
남천의 면회 이야기는 김남천, 「어린 두 딸에게」(『우리들』, 1934)를 참고
했다.

벗이여, 모든 게 죽은 그 밤

그건 무서운 밤, 사람이 죽은 밤이었다. 그것도 그가 가장 아끼고 사랑하는 동지의 아내가 죽은 밤이었다. 그것도 고작 스물셋의 나이로 허망하게 죽은 밤이었다. 그것도 아직 제 어미도 모르는 두 아이를 남겨 놓고 홀로 죽은 밤이었다.

모든 게 죽은 밤, 그 밤.

임화는 전보를 받자마자 역으로 달려갔다. 평양에 어떻게 도착했고 어떻게 조문했는지도 몰랐다. 김남천은 이미 그 전날 아내를 차가운 땅에 묻은 뒤였다. 그리고 저는 아내가 살아서 자던 그 단칸방에 지쳐 누워 있었다. 몇몇 동지들을 만나 황망히 남천을 끌고 나왔다. 술을 마셨다. 어리석은 술자리였다. 이윽고 임화 자기와 남천 둘만 남았다.

대동강 강가로 나왔다.

어둡고 찬 밤이었다. 눈발이 눈으로 자꾸 스며들어 따뜻한 눈물이 되었다. 그래도 밤이기를 다행이었다. 둘은 몇 걸음 아니 가서 사시나무 떨듯 몸을 떨었다. 바람은 점점 맵고 강해졌다. 아무것도 보이지 않고 오직 눈만 꽉 찬 시커먼 하늘은 마치 죽음과 같이 생각되었다. 세상이 무덤이었다.

임화는 차마 돌아가자고 말을 하지 못했다. 한참을 말없이 걸었다. 얼마쯤 가니 대동문의 각 벌림이 얼마나 무서웠던지 절로 몸이 움츠러들었다. 서울 남대문이나 동대문의 성문하고 달라서 아랫도리가 짧고 윗도리가 긴 수문이 꼭 도깨비 같았다.

"추운가?"

남천이 물었다.

"괜찮네."

임화는 간단히 부정하였다.

"참, 아무려나 내가 문학적 실천의 범위를 좁게만 생각하는 것은 아닐세. 나로선 어쨌든 문학자의 정치적 실천을 강조하다 보니 그렇게 된 것이기도 하고, 또……"

남천의 갑작스러운 말에 임화는 꽤 당황했다. 전 같으면 늘 그런 식으로 이야기를 주고받았을 터였다. 하지만 이날은 예삿날이 아니지 않은가.

"그만, 그만두세."

임화는 서둘러 말을 끊었다. 남천도 그 주제로는 더 이상 말을 잇지 않았다. 아무렴 저라고 무어 그런 대화를 하고 싶었겠는가.

"실은……. 두렵네. 아내의 얼굴을 똑바로 보지 못했네."

동안이 뜬 침묵 끝에 남천이 속엣말을 꺼냈다.

"죽음이란 게 말일세, 생각하는 것의 정지, 영원한 정지일 게지?"

"일체 감각하는 것을 그만두는 게다."

"그렇겠지?"

"뭐 그러나 낸들 어찌 알겠나? 죽음이야 죽는 인간만이 알 터인즉."

임화는 자신 없이 말끝을 흐렸다.

"그래, 그렇겠지……. 그곳에 있을 때, 함경도 명천 출신의 노동자 동지가 있었네."

1931년의 카프 사건 때, 그러니까 만주사변 이후 대대적인 검거 사건이 벌어졌을 때, 70여 명이 붙잡히고 구속자만 17명이었다. 하지만 기소가 된 건 김남천이 유일했다. 때마침 카프의 전위를 자처하며 일본에서 잡지 『무산자』를 가지고 들어와 배포하다가 사건의 빌미를 제공한 격인 임화 저도 3개월 만에 풀려나왔다.

남천은 그때의 일을 말하는 것이었다.

"원산 부두에 있었다지. 오래도록 햇볕에 그을리고 노동에 단련된 몸이 무쇠처럼 단단해 보이던 동지였네. 몸을 닦을 때 보면, 가슴과 엉덩이에 구릉 같은 살이 펄떡펄떡 뛰고 있었지. 나는 그와 친하게 지냈네. 긴 겨울이 가고 마침내 봄이 왔네. 그래, 어느 날 기척 없는 고양이처럼 봄이 우리 방을 찾아왔지. 그날, 봄비로 말미암아 사흘 동안이나 바깥 구경을 못 했다가 모처럼 하늘이 맑게 개었네. 그 하늘에 희고 가벼운 구름이 두서너 뭉치 뭉게뭉게 피어나던 오후였어. 해가 남쪽으로 비스듬히 기울어질 무렵, 단 3분간이지만 운동을 하려고 안뜰에 나가니 뜨락에는 무궁화 다섯 포기와 벚꽃 큰 것이 하나 서 있었지. 얼굴을 다 가리는 용수를 쓰고 긴 복도를 걸으면서도 사흘간 내린 비에 벚꽃 망울이 얼마나 커졌을까 상상하였다네. 하지만 밖에 나가니 정작 따가운 햇살에 눈이 부시어 한동안은 그저 아찔할 따름이었네. 머리를 겨우 가누고 쳐다보니 분홍을 흠뻑 머금은 벚꽃이 활짝 피어 있질 않겠나? 아, 생명 그 자체였다네, 그건. 우리는 다시 어떻게 들어왔는지 몰랐네. 그런데 아무도 그 놀라운 봄에 대해 말하는 이가 없었네. 그러다가 훌쩍 그 동지를 봤다네. 아, 그랬더니, 이보게, 그이가 어느새 가슴에서 꽃 한 송이를 꺼내어 손바닥에 놓고는 가만히 들여다보는 게 아닌가!"

"그 단련된 노동계급 친구가 말인가?"

임화가 물었다.

"그래. 그 친구 말일세. 그리고 어떻게 됐는지 아나? 이튿
날, 그는 변기통에 대고 무럭무럭 시뻘건 피를 쏟았다네. 일
주일 만에 병감으로 전방을 했지. 그 후 거기서는 더 그의
소식을 듣지 못했다네. 내가 보석으로 나온 후, 어느 날 신
문에서 그를 발견했네. 그 친구들의 예심이 종결되었다는
기사였는데, 그의 이름 밑에는 '사망'이라는 두 글자가 선명
히 박혀 있었네."

임화는 섬뜩했다.

갑자기 죽음과 같은 어둠이 바람처럼 휙 둘의 몸으로 불
어왔다. 뼛속까지 얼고 내장의 가장 조그만 부분까지 파르
르 떨었다. 어느 결에 둘의 어깨가 꼭 붙었다. 임화는 깜짝
놀랐다. 제 몸에 누가 손가락 하나라도 기대는 것을 극도로
싫어하는 기질임을 스스로 잘 알기 때문이었다. 그러나 그
순간 임화는 남천에게서 몸을 뺄 수 없었다. 그런 채로 둘은
걸었다.

바람은 자꾸 불고 눈은 자꾸 왔다. 이따금 대동강의 얼음
트는 소리가 쩡쩡 울렸다. 임화는 그 강 두꺼운 얼음장 밑에
곧 지옥의 무서운 세계가 들여다보일 듯하였다.

아내와 두 딸

김남천의 아내 김진해가 죽은 것은 1934년 1월 17일이었다.

기막힌 일이었다. 둘째를 해산한 지 겨우 열흘 만이었다. 산후에도 별다른 병상을 보이지 않았는데, 말 그대로 졸지에 배를 부여잡고 쓰러진 것이었다.

생각하면 얼마나 황망한 일이던가.

두 사람이 고향인 평안남도 성천에서 중학 시절 처음 만났다니 햇수로는 십 년이었다. 하지만 사랑의 감정은 열일곱에야 싹이 텄고, 그러고도 정작 얼굴을 마주 보고 이야기할 기회는 열아홉 살이 되어서야 가능했다. 둘은 서울서 만나 장래를 약속했다. 하지만 방학을 맞이하여 귀향한 김진해는 집에 감금당했다. 김해 김씨 동성동본이라는 이유 때문이었다. 하지만 둘은 사랑으로써 그 난관을 극복했다.

1931년, 두 사람은 마침내 반역을 꾀했다. 감시의 눈들을 피해 서울로 달아난 것이었다. 신혼여행도 따로 없었으니 그게 둘이 함께한 첫 번째 여행이자 곧 마지막 여행이 된 셈이었다. 두 사람은 동대문 밖에 방을 구해 소꿉장난 같은 생활을 시작하였다. 김진해는 경성약학전문을 나온 약제사였는데 나이가 어려서 아직 면허증은 나오지 않았다. 자연히 생활고에 시달렸다. 양가에서 다 반대하는 결혼이었으니 어디 맘 놓고 손을 벌리지도 못했다. 그래도 둘은 행복한 미래를 설계했다.

큰아이를 낳은 게 그해 12월 21일이었다. 하지만 남천은 그때 진작 구속 중이었기에 아내 혼자 몸을 풀어야 했다. 그 소식조차 한 달이나 뒤늦게 들었다.

김진해는 아이를 데리고 면회를 왔다. 간수가 처음에는 완강히 손사래를 쳤다. 규정상 14세 이하의 어린이에게는 면회가 안 된다는 것이었다. 하지만 김진해가 거듭 간절히 애원하자 결국 아주 잠깐의 '비공식적인 면회'가 허용되었다.

남천이 면회실에 미리 나와 앉아 있는데, 이윽고 아내가 들어왔다. 아니, 둘이었다. 엄마 품에 안긴 갓난쟁이도 저를 쳐다보았다.

남천은 아무 말도 할 수 없었다. 그저 울타리에 다리를 걸치고 고풀고풀 뛰어오르는 어린것의 재롱을 멍하니 바라볼 뿐이었다.

"너의 아버지다. 안녕하슈 하고 악수해라!"

엄마가 된 아내가 아이의 손을 잡아서 그에게 내밀었다. 남천은 언뜻 그 손을 잡으려고 하다가 문득 감옥의 규칙을 생각하고 그대로 묵묵히 서 있었다. 한참 동안 물끄러미 어린것의 재롱을 지켜보았다. 그러다가 짐짓 아버지다운 위엄을 지키고서 "됐다! 이젠 가라! 엄마에게 너무 성화시키면 안 돼" 하고 마치 아이가 말귀를 알아듣는 것과 같이 훈계를 하였다. 그때 남천은 기쁨보다도 '내가 아빠가 되었구나' 하는 사실을 처음 느끼면서 어쩐지 갑자기 늙은 것 같은 마음이 앞섰다. 이윽고 면회가 끝났다. 헤어져 혼자 제 방으로 돌아오면서 남천은 어린 딸에게 처음 한 말이 하도 부자연스러워서 쓴웃음을 금치 못하였다. 그래도 속으로는 이렇게 중얼거렸다.

'어서 커라! 어서 커라!'

. . .

임화와 김남천은 1929년 처음 만난 이래 평생을 가장 친한 벗이자 문학과 이념의 동지로 살았다. 김남천의 소설 「물」(1933)을 둘러싼 논쟁에서처럼 때로 서로 간에 신랄한 비판을 주고받기도 했지만, 그것조차 그들이 서로를 아끼고 사랑하는 방식이었다. 카프를 통해 시작된 그들의 우정과 동지애는 해방 이후에도 이어졌다. 월북 후에는 해주 제일 인쇄소에서 함께 일했다. 그리고 마침내 한국전쟁 직후 미제의 스파이로 몰려 처형당하는 '운명' 또한 공유했다.

비참과 찬란, 그 사이

김유정

김유정(소설가, 1908~1937). 김유정의 수필, 특히 「나와 귀뚜라미」「길-아무도 모를 내 비밀」「행복을 등진 정열」「병상영춘기」 등은 『김유정 전집』(전2권, 가람기획, 2003). 김유정이 안회남(안필승)에게 보낸 편지 는 이태준의 『서간문강화』(1943)에 부록으로 수록된 것을 참고. 안회 남, 「겸허-김유정전」(『문장』 1939. 10). 안회남, 「악동-회우수필」(《조선 일보》, 1936. 6. 8~9). 안회남, 「작가 유정론-그 일주기를 당하여」(《조선 일보》, 1938. 3. 29~31). 아울러 김윤식 편, 『이상문학전집(2)』(문학사상 사, 1991)에 실린 이상, 「김유정-소설체로 쓴 김유정론」(『청색지』, 1939. 5) 등을 참고했다.

저 무시무시한 파락호의 동생

1937년 3월 18일.

김유정은 경기도 광주 다섯째 누이 집에서 커튼을 치고 촛불을 켜 놓은 채 친한 벗 안필승에게 편지를 쓴다. 필승은 소설가 안회남의 본명이다.

필승아.

나는 날로 몸이 꺼진다. 이제는 자리에서 일어나기조차 자유롭지 못하다. 밤에는 불면증으로 하여 괴로운 시간을 원망하고 누워 있다. 그리고 맹렬이다. 아무리 생각하여도 딱한 일이다. 이러다가는 안 되겠다. 달리 도리를 채리지 않으면 이 몸을 일으키기 어렵겠다.

필승아.

나는 참말로 일어나고 싶다. 지금 나는 병마와 최후 담판이다. 흥패興敗가 이 고비에 달려 있음을 내가 잘 안다. 나에게는 돈이 시급히 필요하다. 그 돈이 없는 것이다.

필승아.

내가 돈 백 원을 만들어 볼 작정이다. 동무를 사랑하는 마음으로 네가 조력하여 주기 바란다. 또다시 탐정소설을 번역하여 보고 싶다. 그 외에는 다른 길이 없는 것이다. 허니 네가 보던 중 아주 대중화되고 흥미 있는 걸로 한 되 권 보내 주기 바란다. 그러면 내 50일 이내로 번역해서 너의 손으로 가게 하여 주마. 허거든 네가 극력 주선하여 돈으로 바꿔서 보내 다오.

필승아.

물론 이것이 무리임을 잘 안다. 무리를 하면 병을 더친다. 그러나 그 병을 위하여 업집어 무리를 하지 않으면 안 되는 나의 몸이다. 그 돈이 되면 우선 닭을 한 30마리 고아 먹겠다. 그리고 땅군을 디려, 살모사 구렁이를 십여 못 먹어 보겠다. 그래야 내가 다시 살아날 것이다. 그리고 궁둥이가 쏙쏙구리 돈을 잡아먹는다. 돈, 돈, 슬픈 일이다.

필승아.

나는 지금 막다른 골목에 맞닥뜨렸다. 나로 하여금 너의 팔에 의지하여 광명을 찾게 하여다우. 나는 요즘 가끔 울고 누워 있다. 모두가 답답한 사정이다.

반가운 소식 전해다우. 기다리마.

이것이 김유정의 마지막 편지였다. 편지를 쓴 김유정 자신도, 편지를 받는 안회남도 꿈엔들 그렇게 생각하지 못했다.

김유정의 병이 중하다는 사실이야 김유정도 안회남도 잘 알았다. 아니, 온 문단이 알았고, 온 장안이 알았다. 당사자인 유정도 "병은 널리 알려야 한다"는 옛말을 충실히 따랐다. 스스로 이 글에도 쓰고 저 글에도 썼다. 야심한 밤 홀로 잠 못 이루며 한참이나 콜록거리면, 벽 하나 사이에 둔 이웃집에서도 끙 하고 돌아눕는 인기척을 느낀다고 썼다. 한 달포 몹시 앓고 나서 병원을 찾아가니 의사 왈, 돌아오는 가을을 넘기기 어렵다는, 말하자면 요양을 잘한대도 어렵다는 말을 들었다고 썼다. 그러면서 그때 술을 맘껏 먹고, 연일 주야로 원고와 다투었다고도 썼다. 남들이 그런 글을 읽으면 유정이 끝내 자포자기했다 생각할 수도 있겠지만, 당사자는 또 다른 글에서 "오냐, 봄만 되거라! 봄이 오면!" 하고 마치 다가오는 봄에는 자리를 활활 털고 일어나게끔 되어 있다는 듯이 쓰기도 했다.

발병한 지 어언 3년, 그때부터는 늘 그런 식이었다. 하더라도 설마 일이 그런 식의 맹랑한 소식 하나로 툭 끝나 버릴 줄이야 누구라서 짐작이나 했겠는가. 학창 시절, 투포환에 얻어맞아도 아무렇지 않게 툭툭 털고 일어섰다던 유정이 아니던가.

유정의 활기에 대해서는 무엇보다 글벗 이상이 쓴 촌철살인의 인상기가 있다.

모자를 휙 벗어 던지고, 두루마기도 마고자도 민첩하게 턱 벗어 던지고, 두 팔 훌떡 부르걷고, 주먹으로는 적의 볼따구니를, 발길로는 적의 사타구니를 격파하고도 오히려 행유여력行有餘力, 일을 다하고도 외려 힘이 남는다에 엉덩방아를 찧고야 그치는 희유稀有의 투사가 있으니 김유정이다.(이상, 「김유정-소설체로 쓴 김유정론」, 1939)

이상의 말마따나 유정은 투사였다. 그건 함께 잘 어울리던 다른 벗들에 대한 이상의 평과 비교하면 금세 확인된다. 이상이 보기에, 시인 김기림은 암만 해도 성을 내지 않는 무골호인이요, 소설가 박태원은 누가 자신에게 못난 소리라도 하면 속으로만 꿀걱 분을 삼키고 오히려 제 쪽에서 상대방을 업신여기는 것으로 상황을 정리하는 '위험 인물'이고, 시인 정지용은 상대방이 덤비면 전혀 물러서지 않고 "이놈! 네

까진 놈이, 어디 덤벼 봐라!" 하고 뻗대지만 그건 어디까지나 말뿐이다. 그들 문약한 문사들에 비하면 유정은 얼마나 활달한 무장武將이런가!

하지만 병 앞에 장사가 없는 법인데, 유정은 밤새 기침에 시달리면서도 돈 때문에 어쩔 수 없이 글까지 써야 했다. 몸을 아끼기 전에 우선 그만큼이나 몇 원의 돈이 긴요했던 것이다.

사실 그의 어린 시절을 돌이켜보면 그건 도무지 말로는 설명이 안 되는 처참한 몰락이었다. 그의 조부는 고향인 춘천 실레마을에서 가을이면 6천 석을 실하게 거둬들였고, 아버지는 춘천 땅은 그대로 둔 채 서울 운니동에 일백 칸이나 되는 대저택을 마련했다. 그러나 삼대 가는 만석꾼이 없다더니 옛말이 하나도 그르지 않았다. 행세깨나 하는 집안에는 꼭 집의 재산을 들어먹는 자손이 있게 마련이다. 유정의 형 유근이 바로 말 그대로의 파락호破落戶였다. 부모로부터 물려받은 그 많은 재산을 털어먹는 데에는 십 년이 채 걸리지 않았다. 1923년 유정이 휘문고보에 입학할 때만 해도 학적부에 재산이 5만 원으로 적혀 있었다. 학교에서 사귄 안회남이 유정의 집을 찾아갔을 때에도 삼십 칸이나 되는 대저택을 유지했다. 하지만 형 유근은 주색잡기에 빠져 물 뿌리듯 돈을 쓰고 다녔다. 그리하여 유정이 휘문의 상급 학년이 되었을 때에는 더는 서울에서 버티지 못하고 낙향하고 말았다. 유정은 그런 형으로부터 학비 한 푼 지원받지 못했으니, 그때부터는 누나들의 집을 전전하며 눈칫밥을 먹어야 했다. 엎친 데 덮친 격으로 유정은 몸까지 급속도로 나빠졌다. 치질이 심해 수술까지 했고, 늑막염으로 가슴의 통증을 호소했다. 그런 몸으로는 학업도 제대로 수행할 수 없었다. 1930년에는 연희전문 문과에 입학했으나 불과 두 달 만에 그만두고 말았다. 그 후 그는 한동안 고향에서 야학을 운영했다. 하지만 형의 음주 횡포는 날이 갈수록 심해졌다.

유정의 소설 「생의 반려」(1936)에는 이런 장면이 나온다.

그는 한 달씩 두 달씩 곡기도 끊고 주야로 술을 마시었다. 그리고 집 안으로 기생들을 홀몰아들이어 가족 앞에 드러내놓고 음탕한 장난을 하였다. 한 집으로 첩을 두셋씩 끌어들이어 풍파도 일으키었다. 물론 그럴 돈이 없는 것은 아니나 치가를 하고 어쩌고 하기가 성이 가신 까닭이었다. 그는 오로지 술을 마시었고 계집과 같이 누웠다. 그것밖에는 아무것도 귀치 않았다.(중략)

그는 술을 마시면 집 안 세간을 부수고 도끼를 들고 기둥을 패었다. 그리고 가족들을 일일이 잡아 가지고 폭행을 하였다. 비녀쪽을 두 발로 잡고 그 모가지를 밟고 서서는 머리를 뽑았다. 또는 식칼을 들고는, 피해 달아나는 가족을 죽인다고 쫓아서 행길까지 맨발로 나오기도 하였다. 젖먹이는 마당으로 내팽개쳐서 소동을 일으켰다. 혹은 아이를 우물 속으로 집어던져서 까무러친 송장이 병원엘 갔다.

이렇게 가정에는 매일같이 아우성과 아울러 피가 흘렀다. 가족을 치다 치다 이내 물리면 때로는 제 팔까지 이로 물어뜯어서 피를 흘렸다.

이러길 1년이 열두 달이면 한 달은 계속되었다.

이것은 물론 허구의 소설(미완)이다. 하지만 실제로도 그런 일들은 얼마든지 가능했으니, 한 예로 안회남은 유정이 형 유근에게 당하는 장면을 직접 목격한 바 있었다. 언젠가 그의 집을 찾아갔는데 별안간 추상같은 호령이 들려왔다. 안회남이 중문에 들어서서 엿들으니, 유정이 대청 가운데 가만히 서서 술이 얼큰히 취한 형의 터무니없는 질타를 받고 있던 참이었다.

"너 이놈 유정아, 칼을 받을 테냐, 아니면 주먹을 받을 테냐?"

유정은 물론 칼을 사양하고 주먹을 받았는데, 다음 날 안회남은 그 가엾은 친구를 위로해 준 기억이 생생했다.

어쨌거나 유정은 춘천을 떠나 다시 서울로 올라올 수밖에 없었는데, 그때부터는 동가숙 서가식의 비참한 생활을 꾸려

가야 했다. 홀로 된 누나 집에서도 구박을 받았다. 평소에는
착하디착한 누나가 이따금 히스테리를 부렸다. 그럴라치면
하루 종일 방구들을 베고 있어야 하는 다 큰 남동생을 향해
고약한 말을 퍼부었다.

"이놈아 ! 내 살을 긁어 먹어라."

"그래도 덜 뜯어 먹었니? 어서 내 뼈까지 긁어 먹어라!"

"아들 낳는 자식은 개아들이야!"

그러다가도 뜬금없이 "유정아, 안선생도 계신데 술이나
받아 줄까? 안주론 쇠불알이나 사다 줘 줄까?" 하는 적도 한
두 번이 아니었다.

인간 유정의 비참, 작가 유정의 찬란함

이럴진대 유정은 늘 벼랑 끝에 서 있었다. 소설도 마찬가
지. 예술이고 뭐고 우선 살아야 했다. 지긋지긋한 궁핍에서
든, 피붙이들이 안겨 주는 말도 안 되는 수모에서든 벗어나
제가 우선 살기 위해서라도 글을 써야 했다. 곁에서 벗 안회
남이 그를 격려했다. 마침내 1933년 1월 유정은 단편「산골
나그네」를 탈고하여 잡지『제1선』에 발표할 수 있었다. 말하
자면 그것이 그의 등단작인 셈이었다. 그러나 그때는 이미
결핵균이 그의 가슴을 깊이 갉아먹은 뒤였다.

놀라운 것은 그런 병마에도 유정의 창작열은 활활 불타올랐다는 사실이다. 그는 밤마다 온몸이 흥건히 식은땀으로 젖은 채로 일어나 책상맡에 다가앉았다. 그가 〈조선일보〉 신춘문예에 「소낙비」로 당선되어 촉망받는 문인으로 화려하게 재등장하는 게 1935년이니, 「산골나그네」로부터 따지면 햇수로도 불과 3년밖에 되지 않는 짧은 시간에 그는 장편 한 편을 포함하여 무려 30여 편의 소설을 쉴 새 없이 써냈던 것이다.

더욱 놀라운 사실은 그는 쉽게 제 신변잡사를 쓰는 대신 오직 엄격한 예술성만 목적으로 집필을 이어 나갔다는 점이다. 예를 들어 「산골나그네」, 「만무방」, 「봄봄」, 「동백꽃」, 「금 따는 콩밭」 등 유정의 걸작으로 꼽히는 소설 작품들 중에서 결핵에 걸린 창백한 지식인이 주인공으로 등장하는 작품이 거의 없는 점도 이를 증명한다.

그리하여 훗날 한국 문학사는 소설가 김유정 편을 이렇게 기록한다.

"인간 유정은 말할 수 없이 비참하였고, 작가 유정은 말할 수 없이 찬란하였다."(안회남)

그가 신변잡사를 글로 옮길 때는 오직 이런 때뿐이니, 유정은 병든 몸을 꾸물꾸물 일으켜 앉아 다시 펜을 쥐는 자신의 모습을 스스로 이렇게 그려 낸다.

밤, 밤, 밤이 좋다. 별이 좋은 것도 아니요, 달이 좋은 것도 아니다. 그믐칠야의 캄캄한 밤 그것만이 소용된다. 자정으로 석 점까지 그 시간에야 비로소 원고를 쓸 수 있는 것이 나의 버릇이었다. 그때에는 주위의 모든 것이 잠이 들어 있다. 두 주먹 외의 아무것도 없고, 게다 몸에 병들어 건강마저 잃은 나에게 이 시간만은 극히 귀중한 나의 소유였다. 자정을 넘어서면 비로소 정신을 얻어 아직도 살아 있는 자신을 깨닫는다. 이만하면 원고를 써도 되겠지, 원고를 책상 앞에 끌어다 놓고 강제로 펜을 들린다. 홀홀히 부탁을 받고, 몇 장을 쓰다 두었던 원고였다. 한 서너 장 계속하여 쓰고 나면 두 어깨가 앞으로 휘여 든다. 그리고 가슴속이 힘없이 먼지가 끼인 듯이 매캐하고 답답하여 들어온다. 기침 발작의 전조. 미리 예방하고자 펜을 가만히 놓고 냉수를 마시어 본다. 심호흡을 하여 본다. 궐련을 피워 본다. 그러나 황망히 터져 나오는 기침을 어쩔 수 없어, 쿨룩거리다가는, 결국에는 그 자리에 가루 늘어지고 만다. 어구머니 가슴이야, 이 가슴속에 무엇이 들었는가. 날카로운 칼로 한번 벗겨나 볼는지. 몸이 아프면 아플수록 나느니 어머니의 생각. 하나 없기는 다행이다. 그는 당신이 낳아 놓은 자식이 이토록 못생기게스레 될 줄은 꿈에도 생각지 못하고 편히 잠드셨나. 만일에 이 꼴을 보신다면 응당 그는 슬프려니, 하면 없기를 불행 중 다행이다. 한숨을 휘, 돌리고 눈에 고였던 눈물을 씻을 때에는 기침에 욕을

볼 대로 본 뒤였다.(김유정, 「병상영춘기」, 1937)

이 글 「병상영춘기」는 말 그대로 병상에서 봄을 기다리며 쓴 글이다. 그게 1937년 1월 29일자 〈조선일보〉에 실렸다. 그렇지만 봄은 끝내 오지 않았다. 3월 18일, 그는 앞서의 편지를 안회남에게 보냈는데, 그로부터 11일 후인 3월 29일 오전 6시 30분, 서른의 나이도 다 채우지 못한 채 영영 세상을 등지고 말았다.

유정의 편지를 받은 안회남이 병문안을 위해 광주로 가보려고 대문을 나설 때였다. 이때는 아직 소설로는 데뷔 전이던 동화작가 현덕이 막 들어오며 아무 소리 없이 안회남의 두 손을 꼭 쥐었다. 안회남이 영문을 몰라 하는데, 현덕이 이윽고 목멘 소리로 소식을 전해 주었다.

"영원히 눈을 감았소. 조카 영수 군이 바로 서울로 모셔다가 곱게 빻아 한강에 뿌렸다 하오."

"에, 벌써?"

안회남은 그 이상 아무 말도 할 수 없었다. 그의 감은 눈꺼풀 속으로 벗의 허연 뼛가루가 퍼런 한강물에 둥둥 떠 가는 광경이 아른거릴 뿐이었다.

해서, 유정은 죽어서도 무덤도 없다.

• • •

김유정은 병상에서 안회남에게 추리소설을 번역해서라도 돈을 마련하겠다는 의지를 보였다. 실제로 김유정이 죽은 직후 『조광』은 6회에 걸쳐 그가 번역한 추리소설 「잃어버린 보석」을 연재했다.

『조광』은 연재를 시작하며 다음과 같은 편집자의 말을 앞세웠다.

이 소설은 원작도 재미있는 것이지만 고 김유정 군이 병상에서 번역한 것으로 이 번역은 작가가 심혈을 경주하여 흥미 있게 개편한 것으로 독자의 흥미는 더 클 줄 안다.

참고로, 안회남은 신소설 『금수회의록』으로 유명한 작가 안국선의 아들이다.

실로 치사스러운 동경

이상

이상(소설가, 시인, 1910~1937). 김윤식 편, 『이상문학전집 2, 3』(문학사상사, 1993)과 고은, 『이상평전』(민음사, 1974)에 크게 기댔다. 도쿄 부분은 특히 이상, 「동경」(유고)(『문장』, 1939. 5), 김기림, 「고 이상의 추억」(『조광』 3권 6호, 1937. 6) 참고. 따로 『이상 전집』(전2권, 가람기획, 2004)도 참고했다.

이 너무나 엄청난 거짓

1936년.
이상이 김기림에게 편지를 썼다.

고황을 든, 이 문학병을―이 익애溺愛의, 이 도취의……. 이 굴
레를 제발 좀 벗고 표연할 수 있는 제법 근량 나가는 인간이 되
고 싶소. 여기서 같은 환경에서는 자기 부패 작용을 일으켜서
그대로 연화煙化할 것 같소. 동경이라는 곳에 오직 나를 매질할
빈고貧苦가 있을 뿐인 것을 너무 잘 알고 있지만 컨디슌이 필요
하단 말이오. 컨디슌, 사표師表, 시야, 아니 안계眼界, 구속, 어째
적당한 어휘가 발견되지 않소만그려!

서울에 계속 있다가는 스스로 썩어 문드러질 것 같으니 도쿄에 건너가려 한다. 그곳이라고 고생이 뻗치지 않을 리 없겠지만, 그래도 컨디션이든 뭐든 변화의 계기가 필요하기에 가려 한다는 것. 그러니 가거든 한번 만나자고 썼다.

앞뒤를 따져 보자.

'제비'의 문을 닫고, '쓰루(학)'를 폐업하고, 이제 다시 '69'라는 해괴한 이름의 간판을 해 단 다방도 불과 두 달을 채우지 못하고 남에게 넘긴 이상이었다. 수중에는 고작 얼마의 푼돈만 남아 있었다.

이상은 카페 쓰루의 여종업원이었던 권순옥과 어떤 밀약을 나누었다. 그런데 돌연 가장 가까운 벗 정인택이 그녀에게 사랑을 고백하더니 심지어 자살 소동까지 벌였다. 다행히 미수에 그쳤지만, 이상은 아로나르 정 36알을 먹고 경기의전부속병원으로 실려 간 친구를 위하여 권순옥을 포기했다. 너털웃음 한 번으로 상황을 정리했다. 두 사람, 권순옥과 정인택은 곧 결혼식을 올렸다.

그날 밤, 이상은 구보 박태원에게 제 속을 처음으로 털어놓았다.

"여보, 참 이제는 쓰루도 남에게 넘기고, 참, 내가 설계한 69도 이미 남의 것이 되었고, 참, 그리고 순옥이도 정군에게 가고 말았소. 이제는 모든 것이 남에게 가고 말았소. 이제부터는, 아하, 내가 제일 좋아하는 노래를 생각하고 휘파람이나 실컷 불 수밖에 없소."

그렇게 말하는 이상의 얼굴에 눈물 자국이 번졌다.

그날 이후 이상은 서울에서 종적을 감추었다. 벗들이 그의 생사를 걱정할 정도였다. 그렇게 얼마나 지났을까, 난데없이 평안남도 성천에서 한 장의 엽서가 날아왔다. 인천을 거쳐서 거기 갔다고 했다. 원래는 경의선을 타고 평양이든 신의주, 아니면 아예 만주까지 가자는 심산이었다. 그러나 만주행 기차는 긴박한 군국주의로 인해 검색이 극심했다. 식민지 조선의 지식인들은 이럴 때 '여수旅愁'의 자유조차 없었다. 결국 그는 평양에서 내려 다시 평원선을 타고 아무렇게나 성천의 간이역에 내려섰다는 것이었다. 알고 본 즉, 경성고등공업학교 동창생 원용석의 고향이 그곳이었다. 이상 스스로 그 이야기를 덧붙였다. 벗들은 가슴을 쓸어내렸지만, 최첨단 도회인인 이상이 그 갑갑한 시골에서 오래 견디기는 어렵다는 데 내기를 걸었다. 그들의 판단이 옳았다. 이상은 한 달 만에 털레털레 서울로 돌아왔다.

이상은 죽지도 못할 바에야 '동경'을 찾으리라 마음먹었다. 그리하여 일본에 가 있는 시인 김기림에게 저도 건너가겠다는 뜻을 밝힌 것이었다.

그러던 중 이상에게 구원의 여인이 나타났다. 변동림이었다. 이석순의 다방 '낙랑'에 갔다가 우연히 그곳에 들른 그녀를 보았다. 보자마자 이상의 오만함은 온데간데없이 사라졌다. 수전증이 있는 사람처럼 각설탕을 자꾸 주무르는 바람에 레지에게 야단까지 맞았다. 다행인지 불행인지 이화여전 출신의 그녀는 봉두난발의 이상을 알고 있었고, 또 속으로는 꽤나 존경의 생각을 품고 있었다.

이상은 낭떠러지 끝에서 새삼 움켜쥘 나무 줄기를 잡은 셈이었다. 죽음의 캄캄한 빛이 일순 사라지고 도무지 불가능할 것 같은 재생의 환한 빛이 그를 찾아왔다.

1936년 6월, 두 사람은 이렇다 할 혼인식도 없이 서울 변두리 신흥사 여관에서 첫날밤을 보냈다. 신방을 꾸린 곳은 황금정(을지로3가)의 작은 셋방이었다. 그러나 두 사람은 어쩌면 알고 있었을지도 모른다. 자신들의 행복이 소중하면 할수록 불행 또한 서둘러 올 채비를 하고 있다는 것을. 사실, 이상은 아무런 생활 능력이 없었다. 변동림은 결국 생계를 위해서 명치정의 카페에 나가지 않으면 안 되었다.

그때 이미 이상은 어떤 희망도 없음을 절감했다. 가능한 유일한 답은 그러나 꿈에도 그리던 도쿄가 아니었다. 마지막을 함께할 '벗'이었다. 더 좋은 최후라면, 그 벗과 함께 도쿄를 가는 것이었다. 그 벗이 소설가 김유정이었다. 그와 함께 신주쿠를 간다? 이상의 두 눈에 반짝 불꽃이 일었다.

유정을 찾아가자 그는 앉지도 서지도 못하면서 오직 이상이 오기만을 기다렸다며 울기부터 했다.[17]

이상이 물었다.

"각혈이 여전하십니까?"

"네, 그저 그날이 그날 같습니다."

이상은 마코 담배 두 갑을 꺼냈다. 그러나 그 방에는 이미 유정의 유령 같은 풍모를 숨기고 가리기 위하여 무성한 꽃으로 장식한 화병에서까지 석탄산 내음이 풍겨 나고 있었다. 그것을 느꼈을 때, 이상은 자기가 무엇 하러 여기 왔나 하고 따져 볼 기력조차 사라졌다. 그래서 나오는 대로 말했다.

"신념을 빼앗긴 것은 건강이 없어진 것처럼 죽음의 꼬임을 받기 마치 쉬운 경우더군요."

"이상 형! 형은 오늘이야 그것을 빼앗기셨습니까? 인제, 겨우, 오늘이야, 겨우, 인제……."

더 이상 무슨 말을 하랴.

이상은 속으로 생각했다.

'유정! 유정만 싫다지 않으면 나는 오늘 밤으로 치러 버리고 말 작정이외다. 한 개 요물에게 부상해서 죽는 것이 아니라 27세를 일기로 하는 불우의 천재가 되기 위하여. 그러나

---

17 이상, 「실화」, 『문장』, 1939. 여기에는 김유정이 '유정俞政'이라는 이름으로 등장한다.

유정! 유정과 이상, 우리 둘이 이 신성불가침의 찬란한 정사
情死, 이 너무나 엄청난 거짓을 어떻게 다 주체할 작정인지!'

그리고 입을 열어 이렇게 말했다.

"그렇지만 나는 임종할 때 유언까지도 거짓말을 해 줄 결
심입니다."

그러자 유정이 갑자기 제 가슴을 펼쳐 보였다.

"이것 좀 보십시오."

풀어 헤치는 유정의 젖가슴은 초롱보다도 앙상했다. 그
앙상한 가슴이 부풀었다 구겼다 하면서 내는 단말마의 호흡
이 서글펐다. 그리고 운다. 우는 것밖에 다른 모든 표정일랑
잊어버렸기 때문이리라.

이상이 짐짓 씩씩한 듯 말했다.

"유정! 저는 내일 아침 차로 동경 가겠습니다."

그게 마지막이었다. 이상에게나 유정에게나.

이상은 유정을 찾은 것을 몇 번이고 후회하면서 유정과
하직하였다.

도쿄의 '깨솔링' 냄새

그렇게 찾은 도쿄.

하지만 어렵사리 도항증을 손에 넣어 간신히 건너온 이상

을 맞이한 것은 큰 배반감이었다. 도쿄역 앞의 마루노우치 빌딩은 생각했던 것보다 4분의 1 크기에 지나지 않았는데, 무엇보다 그는 도시 전체를 덮고 있는 '깨솔링(가솔린)' 냄새 때문에 죽을 지경이었다.

우리같이 폐가 칠칠치 못한 인간은 우선 이 도시에 살 자격이 없다. 입을 다물어도 벌려도 척 '깨솔링' 내가 침투되어 버렸으니 무슨 음식이고 간에 얼마간의 '깨솔링' 맛을 면할 수 없다. 그러면 도쿄 시민의 체취는 자동차와 비슷해 갈 것이로다. 이것이 그의 첫인상이었다.

그는 구인회 동인 김기림에게 첫 편지를 보냈다. 간단히 썼다. "기어코 동경 왔소. 와 보니 실망이오. 실로 동경이라는 데는 치사스러운 데로구려!" 하고 썼다. 11월 14일자였다.

두 번째 편지는 11월 29일자였다.

그러나저러나 동경 오기는 왔는데 나는 지금 누워 있소그려. 매일 오후면 똑 기동 못 할 정도로 열이 나서 성가셔서 죽겠소 그려.

동경이란 참 치사스러운 도십디다. 예다 대면 경성이란 얼마나 인심 좋고 살기 좋은 한적한 농촌인지 모르겠습니다. 어디를 가도 구미가 땡기는 것이 없소그려! キザナ(마음에 걸리게도) 표피적인 서구적 악취의 말하자면 그나마도 그저 분자식分子式이 겨우 여기 수입이 되어서 ホンモノ(진짜) 행세를 하는 꼴이란 참 구역질이 날 일이오.

나는 참 동경이 이따위 비속卑俗 그것과 같은 シナモノ(물건)인 줄은 그래도 몰랐소. 그래도 뭣이 있겠거니 했더니 과연 속 빈 강정 그것이오.

이상이 도쿄에 대해 실망한 데에는 그만큼 기대가 컸기 때문이다. 그런데 그 기대 속에는 이상 스스로 품었던 일종의 환상이 있었다. 가령 자기가 도쿄에 가면 이른바 도쿄 문단에 화려하게 등장할 수 있으리라 믿었다. 사실 조선에서는 도쿄제대 출신의 수재로 경성제대의 강사로 있는 최재서가 그를 옹호했고, 특히 조선 시단의 챔피언 정지용이 든든하게 뒷배를 봐 주었다. 이상은 그런 평가가 도쿄에서도 이어지리라 믿었다. 그러나 현실은 실망을 넘어 참혹했다. 아무도 그에게 달려오지 않았다. 환멸이 먼저 찾아왔다. 어쨌든 도쿄에서 그는 부지런히 글을 썼다. 「권태」를 비롯해 성천에 관한 일련의 산문들을 썼고, 소설 「종생기」와 「환시기」, 「공포의 기록」, 「실화」를 썼다. 그중 하나만이라도 일본의 문예지에 실리기만 한다면……

이상은 김기림에게 한 번 더 편지를 보냈다. 3월에는 도쿄도 따뜻해지리니 그때는 꼭 만나자고 썼다. 그리고 그를 진정 기다렸다.

　사실 이상과 김기림이 아주 친한 사이는 아니었다. 그 둘의 관계는 이상과 박태원, 이상과 김유정, 이상과 화가 구본웅의 관계하고도 달랐다. 그러나 어쨌든 김기림도 마음이 급한 것은 마찬가지였다. 학기 중이라 센다이를 떠나기가 쉽지 않았을 뿐이었다. 그 지난해 동북제대 영문과에 들어간 기림은 마침내 3월 중순 도쿄로 와 이상을 만날 수 있었다. 그는 그 '날개' 돋친 시인과 더불어 도쿄 거리를 느릿느릿 걸으면 얼마나 유쾌할까 하고 생각했다. 그러나 그가 진보쵸의 꼬부라진 뒷골목 2층 골방으로 찾아갔을 때, 이상은 날개가 아주 부러진 채 제대로 앉지도 못하고 이불을 뒤집어쓰고 있었다. 전등불에 비친 그의 얼굴은 상아보다도 더 창백하고 검은 수염이 코밑과 턱에 참혹하리만치 무성했다.

　김기림은 애써 명랑한 표정을 지으며 말했다.

　"당신 얼굴이 아주 피디아스의 제우스 신상 같구려."

　그 말에 이상도 예의 정열 빠진 웃음을 껄껄 웃었다. 사실 김기림은 듀비에의 〈골고다〉에 나오는 예수의 얼굴을 연상했던 것이다.

　이상은 벗이 너무나 반가웠다. 그래서 김기림이 암만 누우라고 해도 듣지 않고 장장 두 시간이나 앉은 채 거의 혼자서 그동안 쌓인 이야기를 풀어놓았다. 그러다가도 말이 그

의 작품에 대한 월평에 미치자 이상은 몹시 흥분해서 속견(俗
見)을 꾸짖었다. 김기림은 벗이 세평에 대해 너무 민감한 것
이 건강을 더욱 해칠까 걱정이었다. 그래서 세상이야 알아
주든 말든 시인이 값있는 일만 정성껏 하다가 가면 그만 아
니냐 하고 어색하게나마 위로해 주었다.

  김기림은 물론 이상이 난데없이 체포되어 니시간다 경찰
서에 들어가 한 달이나 있었다는 사실도 들을 수 있었다. 2월
12일 무작정 체포되었다는 것이다. 이상은 당시의 정치적
상황에 대해 전혀 무지했다. 일본은 그 지난해 세상을 떠들
썩하게 한 황도파 청년 장교들의 쿠데타인 2. 26 사건을 가
까스로 진압한 후 군국주의 파시즘의 절정을 향해 치닫고
있던 중이었다. 그 과정에서 내각이 몇 번이나 바뀌는 불안
정한 정국이 이어졌다. 반전론이 고개를 들자 재야 정치인
과 지식인들은 물론이고 민중운동 전반에 걸쳐 대대적인 탄
압이 가해졌다.

  집주인이 그런 상황을 들어 이상의 외출을 만류했다. 그
럼에도 봉두난발의 창백한 조선 청년은 가까운 오뎅집을 찾
았다. 러일전쟁에서 아들을 잃은 한 미망인이 홀로 운영하
는 가게였다. 거기서 따끈한 정종 한잔을 기울이는데 갑자
기 경관들이 들이닥쳤고 그들로부터 검속을 받았다.

  "그렇게 끌려갔구려. 아무 말도 할 수 없었소. 뭐, 그 안에

서 죽지 않은 것만도 다행이오만……. 들어 보시오. 내가 그래도 거기서 독자들까지 만들어 놓고 왔지 않겠소, 하하."

실은, 그때 압수해 간 공책의 글을 보며 경찰서 계원들도 명문이라며 칭찬했다나? 그러니 저는 이제 경찰서에도 애독자를 지닌 셈이라고 낄낄거렸다. 어쨌거나 이상은 그때 완전히 몸이 상해서 자동차에 실려 나왔던 것이다.

김기림은 일단 센다이로 돌아가야 했다. 가기 전에 그가 서울에 있는 이상의 아내 변동림에게 연락을 취했더니, 벌써 도쿄로 오고 있다는 전갈이었다. 김기림은 뼈만 남은 이상의 손을 잡고 4월 20일경 다시 돌아오마고 약속했다.

"그럼 다녀오오. 내 죽지는 않소."

그게 김기림이 들은 이상의 마지막 말이었다.

3월 16일, 시인이자 번역가인 김소운이 그를 도쿄제대 부속병원에 입원시켰다. 아내 변동림이 달려와 곁을 지켰다. 3월 29일, 고국에서는 김유정이 숨을 거두었다. 물론 이상에게는 그 소식을 알려 주지 않았다. 그리고 입원한 지 근한 달 만인 4월 17일 새벽, 하얀 한복을 입은 채 이상 김해경은 짧은 생을 마감했다.

1936년 11월 20일 집필을 마친 소설 「종생기」에서 그는 자신의 명목瞑目, 즉 죽음을 1937년 정축 3월 3일이라고 날짜까지 박아 놓았으니, 그보다는 한 달여를 더 버틴 셈이었다.

그러나 지금 나는 이 철천의 원한에서 슬그머니 좀 비켜서고 싶다. 내 마음의 따뜻한 평화 따위가 다 그리워졌다.

즉, 나는 시체다. 시체는 생존하여 계신 만물의 영장을 향하여 질투할 자격도 능력도 없는 것이리라는 것을 나는 깨닫는다.(이상,『종생기』, 1937)

마침내 집을 팔다

이광수

특히 이광수의 두 산문, 「성조기」(『삼천리』, 1936. 1)와 「육장기」(『문장』, 1939. 9)에 기댔다. 「육장기」는 『이광수 중단편선집-소년의 비애』(애플북스, 2014)에 소설로 수록되어 있다. 단편 「무명」(1939)과 「난제오」(1940)도 이광수의 후반기 생을 파악하는 데 아주 중요하다. 아울러 저간의 상황에 대해서는 김윤식, 『이광수와 그의 시대(2)』(솔, 1999) 참고. 김윤식 편역, 『이광수의 일어 창작 및 산문선』(역락, 2007)에는 식민지 말기 이광수의 심정과 행동을 추적할 수 있는 소설과 산문들이 수록되어 있다. 이 글의 마지막 부분은 방민호, 『서울 문학 기행』(아르테, 2017)과 박계주, 곽학송, 『춘원 이광수』(삼중당, 1962)를 참고했다.

집을 짓다

1939년 5월.

마침내 춘원 이광수가 집을 팔았다.

정확히는 자하문 밖 홍지동의 산장이었다. 집이건 산장이건 그것 하나 파는 게 무어 그리 대단하기에 '마침내'라는 표현까지 써야 할까.

훗날 많은 연구자들이 이광수의 일생과 문학에서 홍지동 산장을 짓고 파는 일이 어떤 의미를 지니는지 따졌다. 이광수 스스로 여러 편의 글로써 소회를 밝혔다. 「성조기成造記」(1936)가 그 집을 지을 때의 벅찬 감격을 말한다면, 「육장기鬻庄記」(1939)는 어쩔 수 없이 그 집을 팔고 이사 가는 안타까움을 드러냈다. 말하자면 이광수에게 홍지동 집의 건축은 그의 일생에서 어떤 절정을 뜻하지만, 마찬가지로 그 집을 파는 건 그 절정에서 어떻게든 물러섬을 뜻했다. 물론 그 스스로는 그 물러섬을 외려 새로운 법화 세상으로 나아감이라 꾸미고는 있었지만.

홍지동 집이 그와 관계를 맺게 되는 것은 대략 1934년 7월경이었다.

그때 이광수 부부는 두 아이가 연달아 홍역을 치르고는 몸을 잘 추스르지 못하는 바람에 걱정이 많았다. 더하여 이웃집에 백일해를 앓는 아이도 있어, 겸사겸사 원산 해수욕장에나 가서 여름을 나리라 작정했다. 하지만 밤차를 타기도 전에 부부는 제법 다투었다. 이광수는 홧김에 원산행을 그만두었고, 그 길로 창의문(자하문) 밖 가까운 소림사로 떠났다. 그는 거기서 칠팔월 두 달을 머물렀다. 올연선사가 권하는 대로 법화경도 읽었다. 틈을 만들어서는 주변을 돌아다녔다. 그런 그에게 한 터가 확 눈에 띄었다. 감나무가 박힌 150여 평 나가는 밭이었다.

앞에 세검정 개천이 흘러 물소리가 들리고, 뒤로 몇 걸음 산꼭대기에 오르면 북으로 북한산의 여러 연봉이 두루 보였다. 맞은쪽 정면으로는 백악이 안산이 되고, 남으로는 인왕의 뒤태가 웅장하고도 신비로운 모양으로 앉았다. 또 창의문 밖에서는 아마 가장 아름다울 백사슬의 폭포가 날아드는 듯한 풍경마저 꾸며 냈다.

말을 내자 한 거간이 나서서 땅을 구할 수 있었다. 그로부터 무수한 이들이 이광수의 그 집짓기에 힘을 보탰다. 그들이야 저마다 먹고살기 위하여 일을 하는 바였지만, 그저 방에 앉아 글만 쓰는 이광수로서는 새삼 그들의 노고가 고마웠다. 총감독으로부터 그가 부리는 목수, 미장이, 도배장, 유리장, 차양장 등 모든 장색匠色에 이르기까지, 이광수는 아침부터 저녁까지 그들이 일하는 모습을 보고, 이야기를 듣고, 함께 막걸리를 나누었다. 그 바람에 모처럼 사람들이 살아가는 참으로 다양한 내력을 들을 수 있었다.

힘을 잘 쓰기로는 전라도 임실 출신의 김서방이 제일로, 그는 다른 이들의 세 배 일을 거뜬히 해냈다. 그는 힘만 잘 쓰는 게 아니라 광과 뒷간도 제 손으로 짓고, 흙일도 어지간한 미장이에 뒤지지 않았으며, 석축이며 뭐든 궁리해 내기를 좋아했다. 정서방은 마르고 뼈도 가늘며 어깨도 굽어서 보기엔 약하게 생겼어도 누구 못지않게 힘든 일을 잘했다. 목소리는 그다지 좋지 않았지만 간혹 소리도 잘 먹여 사람들의 흥을 돋곤 하였다.

특히 석수 박선달이 관심을 끌었다. 그는 "우리가 젊었을 적에는"을 입에 달고 살았다. 그때는 궁정동에 있는 다리의 돌난간을 혼자서 지고 자하문을 넘었노라 했다. 그만큼 힘이 장사였다. 평양, 강서, 삼화, 용강, 울진, 삼척, 평해 등 조선 팔도를 무른 메주 밟도록 하였다고도 했는데, 그게 크게 허풍만은 아닌 것 같았다. 불행히도 그에게 큰 비애가 있었다. 어느 날 그가 이광수 앞에서 훌러덩 홑바지를 벗었다. 이광수는 깜짝 놀랐다. 그토록 건장한 사내의 샅 한복판에 자라다 말고 한여름 땡볕에 쪼그라든 가지 같은 게 힘없이 붙어 있었다.

"이것이 철천지한이올시다. 이러니 마누라를 얻으면 사흘이 길다고 달아나지 않겠어요?"

박선달의 표정은 참으로 비감하였다.

"글쎄 이런 복통을 할 노릇이 있습니까? 내 인제 염라대왕을 만나면, 아, 놈아, 이 오라질 놈아, 백주에 사람을 요 모양으로 만들어 낸단 말이냐, 하고 바지를 벗고 대듭니다."

그밖에도 많은 사람이 있었다. 이광수는 일을 잘하거나 못하거나, 성품이 듬직하거나 반지빠르거나 다들 제 몫의 일을 백 날이나 하여 자기 집을 이루게 한 것이라고 생각했다. 그는 그들과 맺은 인연을 두루 귀하게 여겼다.

마침내 홍지동 산장이 완성되었다.

'내게 복을 주오. 나를 고해에서 건져 주오.'

그는 이렇게 기도를 드렸다.

'나는 이 집에서 새사람이 되지 아니하면 아니 되고 참사

람이 되지 아니하면 아니 된다. 그렇지 못하면 나는 인생을 허송하는 것이리라.'

이렇게도 다짐했다.

이광수는 새집에서 새벽같이 일어났다. 이번 집은 높아서 지금까지 살던 어느 집에서보다도 하늘이 많이 보였다. 서울 성안에서 사는 동안 눈에 보이지 아니하던 별자리들도 보였다. 그는 새벽의 별들이 어젯밤 자기 전에 볼 때보다 위치를 바꾼 걸 보았다. 밤새 잊고 있었던 천지의 공사, 천지의 자취를 보는 것이었다. 그러나 북극성만은 변함이 없이 그 자리에 있는 것도 보았다. 움직임 속의 정靜이요, 변화 속의 항恒이요, 많은 것 중의 일一이었다. 이광수는 새삼 우주의 신비와 숭엄한 섭리에 고개를 깊이 조아리지 않을 수 없었다.

그런 다음 한 시간이나 책을 읽고 경을 읽고 나야 비로소 동편에 해가 떴다.

모든 게 분에 넘치도록 완벽하였다. 마치 삼종제 운허법사가 가져다준 『법화경』 한 질처럼!

그러나 사실 홍지산장을 짓던 해야말로 이광수의 일생에서 가장 어둡고 힘든 시기 중 하나였다. 그 스스로 「육장기」의 첫머리 부분에 "내가 사랑하고 믿던 이들까지 다 나를 뿌리치고 가 버린 듯하여서 나는 음침한 죽음의 근로에 혼자

버림이 된 혼령과 같이 붙일 곳이 없었소"라고 쓸 정도였다.

허영숙과의 사이에서 결혼 5년 만에 난 아이가 차남 봉근이었다. 그 아이를 1934년 2월 패혈증으로 잃고 말았다. 유치원에 다니며 깔깔거리던 아이를 잃고 나자 부부의 상심은 이루 말할 수 없었다. 이광수는 다니던 조선일보에 사직서를 내고 산수를 방랑하고자 했다. 그러나 뜻을 이루지 못하고 내금강에서 돌아왔다. 여름부터는 앞서 밝힌 대로 소림사에 칩거하며 불경을 탐독했다.

그보다 앞서 도산 안창호의 체포와 수감이 있었다. 상하이에 있던 도산은 1932년 4월 29일 윤봉길 의사의 의거에 연루되었다는 혐의로 체포되어 그해 6월 인천으로 압송되었다. 일제는 도산에게 4년형을 선고했다. 도산은 공소를 포기한 채 서대문형무소와 대전형무소에서 복역했다. 서울에 있을 때 이광수는 자주 면회를 갔지만, 마음이 크게 비는 것만큼은 어쩔 수 없었다. 도산이 누구인가. 일찍이 고아가 되어 서러운 생을 산 이광수에게 그는 허망하게 일찍 죽은 아비를 대신했고, 인생의 도정에서 만난 가장 큰 스승이기도 했다. 그에게 도산은 그저 한 사람의 또 다른 민족 지사요 독립운동가가 아니었다. 그는 둘도 없이 완벽한 인격의 구현자이기도 했다.

이광수는 도쿄에서 2. 8 독립선언서를 쓴 이후 상하이로 건너가 임시정부에서 〈독립신문〉 발간의 책임을 맡았다. 그런 그가 1921년 말리던 도산의 손을 뿌리치며 기어이 압록강을 건너 귀국했다. 그때 그는 나름대로 의연했다. 도산이 있었기에, 도산을 믿었기에, 변절자라는 비난을 감수하면서도 도산 그의 뜻을 국내에 펼친다는 자부심이 있었기에. 실제로 그는 귀국 후 변절자라는 손가락질을 면할 수 없었다. 사람들은 총독부가 뒤를 봐주어 단 하룻밤의 형식적인 조사만 받고 풀려난 게라고 믿었다. 그 역시 세간의 비난을 잘 알았다. 그리하여 한동안 숨을 죽여 지냈다. 나중에야 차차 제 뜻을 펼 수 있었다. 훨씬 훗날에는 도산의 뜻을 받들 수양동맹회를 만들어 동지를 규합하기도 했다. 하지만 도산의 체포는 그에게 엄청난 시련이었다. 착실히 힘을 길러 독립을 앞당긴다는 기왕의 포부가 한갓 새벽 는개처럼 아스라했다.

그때 갑자기 구름처럼 집이 나타난 것이니, 홍지동 산장은 외롭던 이광수에게 큰 위안이면서도 그의 후반생과 문학에도 충분히 어떤 이정표가 될 터였다.

집을 팔다

그러나 이제 그 집을 팔아야 했다.

집을 사기로 한 이의 부인이 처음 와서 물었다.

"여기 뱀 없어요? 지네 같은 것?"

이광수는 빙그레 웃고 말했다. 그런 것들, 온 데 투성이였다. 그는 속으로 생각했다. 뱀, 지네, 그리마, 노래기, 쥐며느리, 거미, 송충이, 빈대, 바퀴, 벼룩, 모기, 파리, 하다못해 길 가다가 하루살이까지 좋아하는 사람이 어디 있어요? 또 우리 몸을 파먹는 모든 벌레와 미생물들, 회충, 촌백충이, 십이지장충, 요충, 결핵균, 임질균, 매독균, 기타 파상풍균, 옴, 무좀 따위까지 이런 것 다 좋아하는 사람이 어디 있어요? 하지만 인생에 태어난 것 자체가 고해가 아니오? 우리가 태어난 곳은 사바세계요. 참고 견디는 세계란 말이외다. 내가 받는 것은 모두 다 내가 받을 것을 받는 것이오. 이것을 안 받으려고 앙탈하는 것은 마치 나이를 안 먹으려고 뻗대는 것과 다르지 않지요. 그건 어리석음이오. 그뿐인가요? 앞날의 악업을 더 저지르는 일도 되는 것이겠구요.

확실히 집을 팔 즈음 이광수는 불교의 세계, 그것도 법화경의 세계에 흠씬 빠져 있었다. 애써 지은 집, 그 아까운 것을 어찌 파느냐고 거드는 이웃들에게 그는 빙그레 선승 같은 웃음만 지어 보였다.

어느 날은 이런 생각도 들었다.

'지금, 내 창밖에 와서 울고 간 새가 어느 생에 내 아버지였는가 내 어머니였는가?'

300

이웃들, 친구들, 집을 짓는 데 공력을 기울였던 인부들까지 모두가 고마웠다. 그들은 다 같이 우주의 한 권속이었다. 그러니 정다웠다. 서로 불쌍히 여기고 서로 도와야 할 존재였다. 그 생각은 점점 자라 전혀 생뚱맞게 이렇게까지 발전했다.

마침 일본 관동군이 중국 대륙에서 산터우汕頭를 점령했다는 소식이 전해진 날이었다.

우리가 이렇게 차별 세계에서 생각하면 파리나 모기는 하나 죽일 수 없단 말요. 내 나라를 침범하는 적국과는 아니 싸울 수가 없단 말요. 신문에서 보는 바와 같이, 우리 군사가 적군의 시체를 향하여서 합장하고 나무아미타불을 부른다는 것이 차별 세계에서 무차별 세계에 올라간 경지야. 차별 세계에서 적이요, 내 편이어서 서로 싸우고 죽이지마는, 한번 마음을 무차별 세계에 달릴 때에 우리는 오직 동포감으로 연민을 느끼는 것이오.
(중략)
내가 이 집을 팔고 떠나는 따위, 그대가 여러 가지 괴로움이 있는 따위, 그까짓 것이 다 무엇이오? 이 몸과 이 나라와 이 사바세계와 이 온 우주를(온 우주는 사바세계 따위를 수억 억만 헤아릴 수 없이 가지고 있었고 있고 있을 것이오) 사랑의 것으로 만드는 일이야말로 그대나 내나가 할 일이 아니오? 저 뱀과 모기와 파리

와 송충이, 지네, 그리마, 거미, 참새, 물, 나무, 결핵균, 이런 것
들이 모두 상극이 되지 말고, 총친화總親和가 될 날을 위하여서
준비하는 것이 우리 일이 아니오? 이 성전에 참여하는 용사가
되지 못하면 생명을 가지고 났던 보람이 없지 아니하오?(이광
수, 「육장기」, 1939)

춘원은 바야흐로 불제자의 길을 선택한 듯 보였다. 만물
을 고루 동정했고, 만인을 한 동포로 섬기고자 하였다. 개인
적으로는 세상만사를 다 잊고 번뇌마저 초탈한 부처의 길을
가고자 하였다. 그의 생각에, 필연의 외길이었다. 물론 그는
성서도 손에서 놓지 않았다. 누가복음도 읽었고, 시편도 즐
겨 음송했다. 그 모든 행위가 자신의 안팎을 향하여 다가서
는 무엇인가에 대한 피 말리는 응전이라고 여겼다.

나름대로 그는 그만큼 절박했다.

홍지동 산장에 머무는 동안 그 역시 동우회 사건에 연루
되어 구속되었고, 고초를 피할 수 없었다. 1937년의 일이었
다. 그는 신병이 재발하여 생사의 고비도 수시로 넘나들었
다. 아내 허영숙이 총독부고 어디고 백방으로 뛰어다니며
목숨을 빌었다. 그 결과 병보석으로 출감하여 간신히 목숨
을 부지할 수 있었다. 하지만 그 이듬해 도산이 숨을 거두었
다는 비보가 날아들었다. 춘원으로선 하늘이 무너지는 궂김

이었다. 홍지동 산장이 가까스로 그를 버티게 해 주었다. 법화경을 읽으며 마음을 다스렸다. 하늘과 별과 해와 달을 보고 또 보았다. 꽃과 나무를 보고 또 보았다. 저를 도와준 많은 사람들을 생각했다. 먼저 떠나간 아들 봉근이를 생각했다. 제가 버린 아내 백혜련을 생각했다. 홍지동 집을 지어준 고마운 인부들을 생각했다, 인因과 연緣, 그리고 업보를 생각했다. 색이 공이었다. 공이 색이었다. 분별이 우스웠다. 너와 내가 무엇이란 말인가. 모두가 하나였다. 내지와 외지가 따로 없고, 식민종주국과 식민지가 따로 없었다. 오족협화五族協和라 했으니 한민족, 만주족, 한족, 몽골족이 야마토 민족과 하나였다. 그렇게 아시아가 '대동아'로 하나였고, 장차는 팔굉八紘이 일우一宇, 곧 온 세상이 모두 한 지붕을 이고 살 터였다.

그러기에 이광수는 산터우를 점령한 일본군을 일러 스스럼없이 '우리 군사'라고 하였다. 제 민족 제 땅을 지키기 위해 피를 흘리는 중국 인민들의 군대를 일러 '적국'이라 하였다. 물론 그는 우리 군사든 적국의 군사든 전장에서 피를 흘리며 쓰러진 모든 병사들의 명복을 빌기는 했다.

춘원 이광수는 1939년 3월 14일에 '황군위문작가단' 결성에 참여했다. 그의 입을 빌리면, "이것이 내가 이른바 일본에 협력하는 일에 참예한 시초"였다. 물론 그건 그의 일방적 주장이었다. 그의 변절은 1921년 도산의 손을 뿌리친 채 허영숙의 뒤를 쫓아 귀국하던 그때부터 시작했다고 보아야 했다. 그때 쓴 〈민족개조론〉(1922)이 이를 뒷받침했다. 어쨌든 그는 곧 김동인, 박영희, 임학수가 그 황군위문작가단의 대표로 파견되고 하는 와중에서 조선문인협회 회장에 추대되었고 그 직을 수락하였다. 그는 10월 29일 부민관에서 열린 결성식에서 만세 삼창을 외쳤다. '천황 폐하'를 위한 만세였다. 이어 그는 동우회 사건과 관련하여 온 책임을 자신이 뒤집어쓰고 스스로 잘못을 통감한다는 성명을 재판정에 제출했다. 천황의 충용한 적자가 되겠노라고 남산의 조선 신궁에 가 허리 굽혀 절도 했다. 그 '덕'인지, 어쨌든 전원이 무죄였다. 그러나 도산은 이미 병으로 죽고, 이윤기와 최윤호도 고문으로 옥사한 뒤였다.

허나, 어느 어름인들 춘원의 펜은 멈추지 않았다.

『무정』, 『흙』과 더불어 그의 대표 장편으로 꼽히곤 하는 『사랑』과 『원효대사』, 그리고 그의 단편 중 탁월한 작품들로 꼽는 「무명」, 「꿈」, 「만영감의 죽음」, 「난제오」 등이 그 무렵, 그가 홍지동 산장을 팔아 버릴 무렵, 그리고 그의 말마따나 일본에 '처음'으로 협력할 무렵에 연달아 쏟아져 나왔다.

말하자면 생은 점점 구차하고 비루해지는데 그의 문학은 점점 깊고 또 유려해진 셈이랄까. 이 또한 한국 문학의 참담한 비극이었다.

. . .

사실 홍지동 산장에는 모종의 스캔들이 숨어 있었다.

홍미로운 점은, 이광수의 이 금강산행에 모윤숙이 몰래 동행했다는 사실입니다. 이는 두 사람 사이에 이미 돌이킬 수 없는 관계가 성립되어 있음을 시사하는 것 아닐까요? 하지만 금강산까지 찾아간 아내의 설득으로 이광수는 다시 서울로 돌아옵니다. 그 후 짓기 시작한 것이 바로 이 세검정의 홍지동 산장이지요.

(방민호, 『서울 문학 기행』, 2017)

홍지동 산장이 법화 세상을 구하는 춘원의 '선한 의지'만 반영한다고 보기 어려운 게 이 때문이다. 어느 날 아내 허영숙이 남편이 어찌 사나 궁금해서 들렀더니 마침 거기 모윤숙이 와 있었다나.

참, 홍지동 산장을 방문했던 벗들은 언제부턴가 그의 서재에서 커다란 일장기가 걸려 있던 것을 목격했다고 한다. 하루는 아내 허영숙이 기가 막혀 문득 이렇게 대답했다나.

"세상 사람들이 이광수를 친일파라고 하지 않소. 그럴 바에야 뚜렷이 표적을 내는 것이 오히려 낫지 않겠소. 당신이나 나나 우리 아이들이나 모두 한국 사람이 고생하는 것이 저것 때문이 아니겠소. 매일 저렇게 바라보고 있으면 울화가 다소 풀리는 거요. 원수진 사람도 늘 곁에 있으면 미운 정이라도 드는 법이오."

그가 없이는 부끄러움이 크리라

이육사

이육사(시인, 1904~1944). 연보는 기본적으로 이육사문학관 홈페이지를 참고했다. 김용직, 손병희 편저, 『이육사 전집』(깊은샘, 2004). 특히 이병희의 진술은 김은실, 「발굴−여성독립운동가 이병희 씨−내가 이육사의 '청포도' 세상에 알렸소」(《여성신문》 733호, 2003. 7. 4). 단, 「청포도」를 알렸다는 말은 기억 착오. 「청포도」는 『문장』(1939. 8)에 실려 이미 소개된 바 있었다. 이병희와 이재유에 대해서는, 안재성, 「독립군 할머니와 이육사」(전태일기념사업회 홈페이지) 참고. 아울러 이육사의 딸 이옥비 여사의 여러 증언 참고(예: 〈뉴스페이퍼〉, 2018. 5. 29). 장진홍 의사의 조선은행 대구지점 폭파 사건에 대해서는, 지중세 역편, 『조선 사상범 검거 실화집』(돌베개, 1984), 125쪽.

청량리역의 마지막 밤

　이육사는 평생 고작 서른여섯 편의 시만 남겼다. 그마저 대여섯 편의 절창을 빼고는 평범한 소품들이니, 그가 없이도 한국의 근대 문학사는 성립될지 모른다. 그러나 그가 없이는 부끄러움이 너무 크리라. 그보다 일 년 후에 숨을 거둔 윤동주 없는 한국 문학사를 생각할 수 없듯이.

　이육사, 그는 늘 '하늘도 그만 지쳐 끝난 고원'을 걸었고, 그러므로 늘 '한 발 재겨 디딜 곳조차 없'는 생을 살았다. 하지만 이 자리에서 우리는 할 말이 많지 않다. 아는 게 많지 않기 때문이다. 대체 저 엄혹한 식민지 시대에 허다하게 체포와 구금을 거듭했다는 이력 이외에는. 그러나 사실 우리는 그가 대체 몇 번이나 일제에 붙잡혔는지조차 정확히 추산하지 못한다.

분명히 밝혀진 바만 해도 이러하다.

1927년 경북 경찰부의 조선인 경부 최 아무개란 자가 '영맹한 흉귀'라고까지 부른 장진홍 의사의 조선은행 대구지점 폭파 사건에 연루되어 처음으로 붙들려 갔다. 이때 그의 다른 형제들(원기, 원일, 원조)도 함께 체포되어 모진 고문을 받았다. 뼈가 으스러지고 살점이 튀기도록 패는 것은 고문도 아니었다. 저들은 불에 달군 쇠꼬챙이로 살을 함부로 지졌고, 대침으로 손톱 밑을 사정없이 훑었고, 거꾸로 매단 채 코에 고춧가루 물을 마구 들이부었다. 맏형 원일의 경우, 의자를 겹쳐서 높이 쌓아 놓고 그 위에 올려놓은 뒤 맨 밑의 의자를 갑자기 뺐다. 원일은 곤두박질쳐서 바닥에 나뒹굴었다. 형제는 수도 없이 까무러쳤다. 옷을 들여보낼 때마다 밖에 있는 가족들 역시 피울음을 삼켜야 했다. 형제들이 내놓는 옷들은 피와 고름으로 범벅이 된 걸레처럼 너무나 생생하게 고문의 흔적을 남기고 있었다. 이 사건으로 이원록은 2년 7개월을 감옥에서 보냈고, 수형 번호 264번은 그대로 그의 필명이 된다.

1929년 10월, 광주학생 사건으로 예비검속을 당했다.

1930년 11월, 대구 격문 사건에 연루되어 맏형 원일과 함께 대구경찰서로 연행되었다. 원일은 2개월 만에 병보석으로 풀려나고, 육사는 6개월간 구금되었다.

1934년 5월, 서울에서 헌병에게 체포되었다. 조선군관학교(조선혁명군사정치간부학교) 출신자에 대한 일제 검거였다. 육사는 1932년 베이징에서 김원봉이 이끄는 조선군관학교 간부훈련반에 입교한 경력을 숨긴 채 국내에서 활약 중이었다.

1936년 초, 만주 목단강 쪽에서 활동하다 귀국 도중 체포당했고, 서울형무소에 구금되었다.

이육사는 우리 독립운동 사상 가장 치열한 활동을 전개한 것으로 유명한 의열단의 단원이었다. 따라서 그의 주요 활동 무대는 중국이었다. 1943년 모친과 백형 원일의 1주기 소상 때에도 그는 중국에 있다가 귀국해서 제사에 참례했다. 그 후 얼마간 안동 원촌에서 지내던 그는 서울에 올라갔다가 동대문경찰서 형사대와 헌병대에 체포되어 곧 베이징으로 압송되었다. 만주 자무쓰 주둔 일본 헌병대 막사 폭파 사건의 주범으로 지명수배가 내려져 있었던 터였다.

이육사는 용수를 쓰고 온몸이 꽁꽁 묶인 채 청량리역으로 끌려갔다. 거기서 아내 안일양이 아직 세 살밖에 되지 않은 딸 옥비를 업고 서 있는 모습을 보았다. 한때 그는 아내를 보지 않으려 한 적이 있었다. 베이징에서 함께 군관학교를 다녔던 처남 안병철이 붙잡혔는데 그때 고문을 못 이겨 동지들의 이름을 분 탓이었다. 이육사는 크게 노했다. 그 후 감옥 문을 나선 이육사는 장인에게 "당신의 이런 더러운 피를 물려받은 자녀를 내가 아내로 맞이할 수 없다"는 내용의 장장 여덟 장 분량의 편지를 보냈다. 안일양은 그런 상황이 너무나 수치스러워 스스로 목숨을 끊을 생각마저 한 적도 있었다.

그 아내가 소리 없이 울면서 허랑한 남편인 저를 보고 있는 것이었다. 삯바느질을 하면서, 하숙을 치면서, 건어물상을 하면서 저 대신 집안을 꾸린 아내였다. 그 아내가, 어두컴컴한 청량리역 광장 한 귀퉁이에 그림자처럼 서서, 또다시 용수를 얻어 쓴 남편을 바라보고 있는 것이었다.[18] 엄마 등에 업힌 옥비가 아빠를 기억하는지 방긋 웃었다.

이육사의 두 뺨에 저도 모르게 주르륵 눈물이 흘러내렸다.

그게 마지막이었다.

"아버지 다녀오마."

딸 옥비는 아버지의 그 말을 생생히 기억했다. 어디를 다녀온다는 말이었을까. 다만 옥비는 그런 걸 따지기에는 아직 너무 어렸다.

이육사는 가서, 돌아오지 못했다.

---

18 이육사문학관 홈페이지에서는 마지막 본 장소가 동대문경찰서라고 기록하고 있다.

전사의 최후

1944년 1월 16일, 베이징.

이병희의 집에 누군가가 찾아왔다. 바로 닷새 전까지 베이징 감옥에서 낯이 익었던 간수였다. 그는 이육사가 숨졌으니 시체를 가져가라는 말만 던지고 돌아섰다. 그 말이 너무 무미건조해서 당장 죽음을 실감할 수 없었다.

이병희가 누구인가.

그녀의 아버지 이경식은 1925년 대구에서 결성된 비밀결사 암살단의 단원이었다. 1927년에는 이육사 형제들처럼 장진홍 의사의 조선은행 대구지점 폭파 거사에 연루되어 해외로 몸을 피해야 했다. 그때부터 중국과 몽골 등지를 무대로 활약했다.

이병희는 경성여자상업학교(현 서울여상)를 중퇴한 후 동대문 밖에 있는 종연방직에 취직해 노동자로 일했다. 종연방직은 노동자가 5백여 명이나 되는, 서울에서 제일 큰 방직공장이었다. 거기서 사촌 이병기를 통해 빼어난 운동가인 이재유를 만났고, 그로부터 사회주의를 배웠다. 1933년, 이병희는 열여섯의 나이로 파업을 이끌었다. 나이가 너무 어리다는 이유로 구속은 면했지만, 현장에 돌아가 활동을 계속하다가 다시 체포되었다. 이번에는 '조선공산당 재건설

경성준비그룹 사건'이라는 혐의로 4년 징역형을 선고받았다. 심문 도중 그녀는 지독한 고문을 받았다. 차라리 죽는게 낫겠다고 생각한 적이 한두 번이 아니었다.

긴 옥살이를 하고 나온 이병희는 이른바 '경성트로이카'(김삼룡, 이현상, 이재유)의 동지이며 1933년 별표고무공장의 파업을 주도했던 이종희를 따라 베이징에 갔다. 먼 친척 할아버지뻘인 이육사를 만난 것도 거기에서였다. 이병희는 이육사를 도와 여러 가지 심부름을 했다. 말이 심부름이지 그것들이 대개 다 생명을 건 모험들이었다.

"이육사가 체포되고 내 방으로 경찰이 날 잡으러 온 거야. 평소에 잘 아는 일본 형사야. 방문을 쾅쾅 두드리다가 강제로 벌컥 열고 들어서는데 큰일 났어. 동지들 주소하고 이름을 적은 명부를 없애야 하는데 시간이 없는 거야. 나는 옷을 홀랑 벗어 버렸어. 옷 갈아입는다고. 그랬더니 일본 형사가 깜짝 놀라 다시 나가 버리는 거야. 차마 못 들어오고 기다려 주는 거야. 명부를 입에 넣고 씹어 삼켜 버렸지. 일본 형사라도 참 점잖은 사람이었어. 나중에 해방되고 만나는 조선 형사 놈들은 인간이 아니야. 여자 옷 홀랑 벗겨 놓고 아랫도리로 피가 줄줄 흐르도록 때리는 건 예사고 우리 조카 효정이는 매 맞다가 팔까지 부러졌잖아?[19] 짐승도 그보다는 낫지. 일제 밑에서 충성을 다하던 조선인들이 해방 후에 좌익 잡는 걸 보면 지금도 치가 떨려."

그 이병희가 부랴부랴 달려갔다. 둥창 후통. 겉으로 일제
의 문화특무공작기관인 동방문화사업위원회 간판을 달고
있었지만 실제로는 일본 영사관의 감옥이었다. 육사는 흘러
나온 붉은 피가 떡칠이 된 참혹한 얼굴이었다. 아무리 강심
장이라도 이병희는 가슴이 덜컹 주저앉았고 두 다리가 휘청
거렸다.

"지하실에서 관을. 떡 뚜껑을 여니깐 인제 얼굴이 새파래지면서
하얘지더니 코에서 핏물이 촤르륵 쏟아지대. 죽은 사람이. 그래
'할배, 뒷일은 내가 다 처리할게, 눈감고 곱게 가' 이래 놓고, 신
발두 없어, 안경두 없고, 있는 거라고는 그 시집 한 권밖에는 없
어. 그리고 만년필 한 개하고. 그걸 날 내주더라고."

'내가 나올 때만 해도 멀쩡하던 분을……'
이병희는 입술을 깨물 수밖에 없었다.
그날 밤, 이병희는 급히 돈을 빌려 육사의 시체를 한 줌
재로 태웠다. 유골함을 고국으로 모셔 간 것은 연락을 받고

---

19 이효정은 이병희보다 나이가 다섯 살 많은 조카로 그녀 역시 노동운동가
　　였다.

달려온 육사의 막내아우 이원창이었다. 이병희는 이육사가 생전에 사용하던 만년필과 마분지에 써내려 간 「광야」를 비롯한 시 몇 편을 함께 건넸다.

이육사, 그는 시인이고 싶었으되 살아서 시인을 자처할 여유가 없었다. 그에게 시인이 되는 것은 급하지 않았다. 더 급한 것, 그것을 이루지 못한 채 그는 쓰러졌다. 그러니, 전사였다.

해방 이후 육사의 아우로 문학평론가이던 이원조가 유고 시집을 펴냈다. 그의 문우들인 신석초, 김광균, 오장환, 이용악 등이 서문을 지어 비로소 '시인'의 이름을 얻은 육사의 넋을 기렸다.

매운 계절의 채찍에 갈겨
마침내 북방으로 휩쓸려오다.

하늘도 그만 지쳐 끝난 고원
서릿발 칼날진 그 위에 서다.

어디다 무릎을 꿇어야 하나
한 발 재겨 디딜 곳조차 없다.

이러매 눈 감아 생각해 볼밖에

겨울은 강철로 된 무지갠가 보다.

(이육사, 「절정」 전문, 1940)

양서 동물의 반성문

채만식

채만식(소설가, 1902~1950). 이 글은 채만식이 해방 이후에 쓴 참회 성격의 단편 「민족의 죄인」(1946)에 크게 기댔다. 뒷부분 지인태 대위에 관한 글은 「위대한 아버지 감화」(《매일신보》, 1943. 1. 18), 「추모되는 지인태 대위의 자폭」(『춘추』, 1943. 1). 마지막 부분의 인용문은 「홍대하옵신 성은」(《매일신보》, 1943. 8. 3). 채만식의 소설과 산문은 『채만식전집』(제10권, 창작과비평사, 1989).

오욕의 시대

1945년, B29가 처음으로 서울 하늘에 나타나던 날.

채만식은 때마침 시내에 들어가지 않고 광나루 집에 있었다. 그 무렵 울적하고 삭막한 기분을 지우는 데 언덕 솔숲을 거니는 것만큼 위안이 되는 일은 많지 않았다. 언덕 꼭대기에는 당집이 있고 그 주위로 솔과 참나무가 울창하여 그늘이 제법 깊었다. 잔디도 좋았다. 그런 그늘에 앉아 저 아래 도도히 흐르는 한강을 내려다보거나, 혹은 잔디에 누워서 창창한 푸른 하늘을 올려다보는 것이 다 그 산책에 포함된 일과였다.

그날은 또 마침 옛 역사책을 읽다가 병자호란의 대목에 이르렀던 참이기도 했다. 임금이 청병의 군문에 무릎을 꿇은 치욕의 나루 삼전도며, 수없이 많은 병졸들이 그런 임금의 나라를 위하여 헛되이 목숨을 잃은 풍납리의 토성 따위를 멀리 헤아려 보는 마음이 깊고 또 쓸쓸했다.

나라를 창업할 때의 영광은 어디로 갔단 말인가. 남은 것은 오로지 욕과 슬픔과 처연함뿐이려니……. 기어이 화살은 다시 제 가슴을 향하여 날아오고야 말았다. 얼굴이 먼저 화끈 달아올랐다. 심장이 발랑발랑 뛰었다.

1943년 2월이 시작이었다.

총독부와 국민총력연맹이 경향 각지의 지식인들을 2백여 명 그러모아 전 조선 각 군으로 내려가 시국 강연회를 하도록 만들었다. 말이 강연회였지, 미영귀축[20]을 격멸하자고 다 함께 외치자는 궐기대회요, 손 있고 발 있는 자 모두 총후봉공[21]의 자세를 잊지 말자는 다짐의 자리였다. 채만식도 마침내 사람들 앞에 나서지 않으면 안 되었다. 그때는 개성에 살던 때여서 황해도가 그의 '전선'이었다. 송화, 풍천 등지를 돌아다니며 평생 해 보지도 못한 강연이란 것을 해야 했다.

물론 병을 칭하든지 어떻게든 방 안에 누워서 나아가지

---

20 미영귀축米英鬼畜. 일제가 대동아전쟁의 적국인 미국과 영국을 귀신과 개돼지처럼 취급한다는 뜻.

21 총후봉공銃後奉公. 전쟁에 직접 나가지 못하더라도 후방에서 열심히 전쟁에 협력하고 봉사하자는 뜻.

아니하는 이들도 있었다. 나중에야 앙화가 닥치겠지만 당장은 새끼줄로 목을 얽어 끌어내지는 못하였다. 하지만 채만식은 제 발로 걸어 나간 것이었다. 명령이 두려웠다. 그걸 어겼을 때 저와 가족에게 닥칠 미움과 화가 뻗대는 마음을 열 배 백 배 눌러 이겼다.

강연장마다 특히 청년들의 눈빛을 마주하는 일이 큰 고역이었다. 그런 눈빛들을 버젓이 바라보면서, 미영귀축과 맞서 싸우는 황군의 영용함을 칭찬하고, 전쟁은 이제 한 고패이려니 우리 조선 사람들은 대동아공영권의 조속한 구축을 위하여 어서 바삐 증산을 하고 저축을 많이 하여야 함을 역설했다. 물론 뒤로는 따로 찾아온 청년들에게 제 속마음을 슬며시 드러내기도 했다.

"아무리 그래도 일인과 조선인의 차별 대우가 너무 심하지 않습니까?"

"개인으로는 우리가 일본 사람보다 나을 사람이 있다지만, 전체로야 어디 그렇습니까? 우리 전체가 일본 사람 전체보다 나은, 적어도 같은 수준에 이르도록 실력을 가져야 하고, 그때를 기대려야 하겠지요."

그 말을 하는 채만식은 그게 총독부의 총아로 내선일체를 앞장서 부르짖는 춘원 이광수 일파가 입만 열면 내뱉는 주장임을 모르지 않았다. 그러나 그도 그렇게 말할 수밖에 없었다. 징병이며 학병에 대해서 목소리를 더욱 낮춰 어떤 수를 써서라도 나가지 말라고 권고하기는 했다. 그러나 보통은 그저 저도 장담하지 못하는 뜬구름 같은 희망을 되는 대로 늘어놓는 경우가 대부분이었다.

"시방 이 야만스러운 폭력주의가 아무래도 인류 역사의 정상적인 현상은 아닐 것입니다. 정녕 한때의 변조 같습니다. 과히 암담해하거나 실망은 하지 마십시오. 언제고 정상 상태로 돌아갈 날이 올 듯도 합니다."

그날이 온다고?

당장 소집영장을 받아 든 청년들더러 그 말을 믿으라고?

채만식은 그런 말을 하고 숙소로 돌아오는 자신이 한없이 부끄러웠다. 보기 싫은 양서 동물 혹은 새와 짐승 사이를 오가는 박쥐와 무엇이 다르단 말인가.

목구멍이 포도청이라서?

그 이후, 그는 다시 총력연맹의 부름에 응했다. 소설가와 화가가 한 짝을 이루어 다섯 패를 묶어 가지고 전국 다섯 곳의 증산 현장에 대해 쓰는 일이었다. 그는 그중 양시의 알루미늄 공장을 방문했다. 다녀와 원고지 스무 장인가를 써서 보냈지만, 번역을 한다 만다 하더니 정작 발표되지는 않았다.

하지만 생계를 유일하게 기대는 것이 구차한 매문賣文일진
대 그런저런 요구에 수시로 응하지 않으면 안 되었다. 그렇
게 해야 2합 2작의 배급 쌀이라도 팔 수 있었다. 육군 항공
병으로 외몽골 상공에서 소련군과 싸우다가 전사한 지인태
대위에 대한 글들도 당연히 거기 속했다.

나라를 위하여 피를 흘리지 못하는 백성은 국민될 참다운 자격
을 가지지 못한 백성일 것이다. 그런 의미에서 저 '노몬한' 사건
당시 외몽고의 쌍패자雙貝子 부근 상공에서 장렬한 전사를 하여
지금은 정국신사靖國神社. 야스쿠니 신사에 그 영령이 뫼시어 있는
고 지인태 육군항공병 대위(전사 당시는 중위)야말로 조선 2천 4
백만 민중이 비로소 제국 신민으로서의 의무와 자랑을 누리기
시작하게 된 최초의 영광을 차지한 용사라고 할 것이다. 반도
출신의 제국 군인으로서 동 '노몬한' 사건은 물론이요, 지나사
변과 대동아전쟁을 통하여 장병 간 맨 처음으로 천황 폐하께 가
벼운 일명을 바치어 나라를 지키는 귀중한 주춧돌이 된 이가 곧
지인태 대위였던 것이다.(채만식, 「추모되는 지인태 대위의 자폭」,
1943)

이렇게 남의 눈에 띄는 '문학 활동'도 했건만, 그것으로도

부족했는지 한번은 끔찍한 '문학 강습'도 받아야 했다. 강사는 퇴직 순사였다.

그는 눈알을 부라리며 짯짯이 따졌다.

"이렇게 하면 뉘 모를 줄 아오? 이런 정신으로 감히 뉘를 가르친단 말이오. 씨알도 먹힐 리 없는 술수일랑 아예 관두시오. 전시의 국민문학이란 게 어떠해야 하는지 정녕 몰라서 이런다면 내가 가르쳐 주리까?"

어쩌면 그런 치욕을 당해도 싼지 몰랐다.

그는 이미 정강이까지 미끄러져 들어가 있었다. 그러나 지금이라도 빠져나가려면 못 빠져나갈 일은 아니었다. 만일 이때에 빠져나가지 않는다면, 정강이에서 그 다음 허벅다리로, 허벅다리에서 배꼽으로, 배꼽에서 가슴패기로, 모가지로, 이마로, 그러고는 영영 퐁당……. 몸의 터럭이 있는 대로 죄다 곤두설 노릇이었다.

채만식은 아무렇게나 뽑아 든 풀을 부실한 이빨로 질겅질겅 씹다가 퉤하고 내뱉었다.

그때였다. 위잉 하며 사이렌이 울렸다.

그는 꿈에서 깨어난 것처럼 퍼뜩 정신이 들었다. 하늘을 쳐다보니 잠자리보다도 더 작게 비행기 한 대가 하얀 가스 두 줄로 꼬리를 길게 끌면서 까마득한 창공을 유유히 날고 있었다. 저 호젓하고 초연함이라니. 저 고요하고 의젓함이라니.

털끝만큼도 적의를 내비치지 않는 비행이었다.

덕분에 은근히 섭섭함마저 없지 않았다. 내려오는 길에 공습경보가 해제되었다. 신작로에 들어섰을 때였다. 갑자기 군용 화물차 한 대가 달려오더니 한복판에 우뚝 멈춰 섰다. 그러더니 경기관총을 든 이삼십 명의 병사들이 우르르 뛰어 내렸다.

그 경기관총으로 적기를 쏘아 맞춘다고?

천만에!

그건 폭격의 혼란을 틈타 자칫 폭동이라도 일어나면 가차 없이 쏘겠다는 신호였다. 그리고 그 총구가 오직 조선 사람 들을 향할 것임은 말할 나위도 없었다. 채만식은 그 병졸과 그들을 지휘하는 장교의 살벌한 눈빛을 똑똑히 목격했다. 소름이 끼쳤다. 숨이 콱 막혔다. 눈앞이 캄캄했다.

앞에는 B29의 폭격, 뒤에는 일병들의 기관총!

채만식은 그제야 단단히 마음을 먹을 수 있었다.

아마 1939년 개성에 살 때 우연찮게 동네 문학청년들과 함께 엮어 들어간 이른바 개성독서회 사건 때부터였으리라. 그때 조선문인보국회에 가입하겠다는 지장을 찍고서야 풀 려났다. 그때부터 차라리 글이고 뭐고 시골로 가 농사나 지 으며 살자는 마음이 없지는 않았을 텐데, 이제 더는 미루고 말고 할 일이 아니었다. 소개疏開22를 핑계로 낙향하면 어쨌든 더럽고 구역질나는 일에 동원될 기회도 그만큼 차단하는 효과도 있을 터였다.

며칠 후, 채만식은 가족을 이끌고 고향인 전북 임피로 내려갔다. 물론 그는 그것이 정강이까지 빠진 구렁텅이에서 곧바로 벗어나는 길이라고 생각하지는 않았다. 한번 살에 묻은 치욕의 불결한 진흙은 제 두 다리에 신겨진 불멸의 고무장화였다. 그것은 아무리 박박 씻어 대고 깎아 대도 지워지지 않을 영원한 죄의 표지였다. 서울을 벗어났다고 해서 그 표지가 사라질 까닭은 없었다.

'흥, 이놈아. 이 민족 반역자야! 그러면서 나를 타박해?'

『태평천하』(1938)에 주인공으로 내세웠던 '윤두꺼비' 윤직원이 고함을 쳤다. 소설에서는 윤직원의 아비 '말대가리' 윤용규가 활빈도에게 맥없이 죽임을 당한다. 그러자 윤직원이 "이놈의 세상이 어느 날에 망하려느냐! 오냐, 우리만 빼놓고 어서 망해라!" 하고 저주를 퍼부었다. 소설을 그렇게 만들었더니, 이제 윤직원이 새삼 작자인 제게 복수를 하고 나선 것만 같았다.

'흥, 오죽이나 좋은 세상이여? 오죽이나? 거리거리 순사

---

22 공습이나 화재 등의 피해를 덜기 위해 주민이나 시설을 분산시키는 일.

요, 골골마다 공명헌 정사政事, 그런데 뭐가 찔려서 달아나는 거냐, 이놈아! 말만 잘 들으면 편안히 살 수 있는데, 어째서 이 태평천하를 믿으려 하지 않는 거냐?'

제가 쓴 글, 그 속의 무수한 글자들이 이제 오라가 되어 그를 옴짝달싹하지도 못하게 옭아매려 드는 것이었다.

그래도 임피가 아니라면 그 '민족의 죄인'을 받아들여 줄 데는 조선 천지 어디에도 없었다. 여든 노모와 예순 장형이 그런 채만식의 가족을 맞아 주었다.

. . .

일제 강점기에서도 마지막 몇 년은 누구에게나 더욱 힘들고 고통스러웠다. 특히 글을 써서 먹고사는 작가들의 경우, 생계와 이름 사이에서 갈등이 여간 크지 않았으리라. 많은 작가들이 서울을 떠나 초야에 몸을 숨긴 것도 그 때문이었다. 하지만 정작 해방이 되었을 때, 자신의 훼절을 솔직히 드러내고 용서를 구한 작가는 생각만큼 많지 않았다. 심지어 이광수처럼 드러내 놓고 친일에 앞장선 이조차 오히려 자신의 행위를 구구히 변명했다. 그런 점에서 채만식의 고백은 차라리 드물며 오히려 귀한 경우라 여길 수도 있겠다.

그래도 다음 같은 글은 도무지 낯이 뜨거워 읽을 수 없다.

8월 1일로 뜻깊고 감격 큰 조선의 징병제도는 마침내 실시가 되었다. 이로써 조선 땅 2천 4백만 백성도 누구나가 다 총을 잡고 전선에 나아가 나라를 지키는 방패가 될 자격이 생겨진 것이다. 조선 동포에 내리옵신 일시동인一視同仁의 성은聖恩 홍대무변鴻大無邊하옵심을 오직 황공하여 마지아니할 따름이다. 2천 4백만 누구 감읍치 아니할 자 있으리오. (중략) 나는 신병으로 골골하는 부실한 건강도 부실한 건강이려니와 일왈一曰 나이가 이미 병정 갈 나이를 훨씬 지나친 몸이다. 일종의 노후물老朽物인 것이다. 따라서 오늘의 커다란 감격과 영광을 직접 몸으로써는 느낄 길이 바이없다. 천추의 유감이 아닐 수 없다. 그러나 나에게는 자라는 2세가 있다. 그놈이 앞날에 나의 이 유감을 풀어 줄 것이다. 그것으로 미흡하나마 위안을 삼는다.(채만식, 「홍대하옵신 성은」, 1943)

친일이 반성문 한두 장으로 쉽게 닦아 낼 흠집은 아니라는 사실을 새삼 깨닫는다.

가야마 미쓰로의 1945

이광수

김윤식, 『이광수와 그의 시대』(전2권, 솔, 1999). 민경조 편, 『춘원 이광수와 남양주 사릉』(남양주문화원, 2005). 이광수, 『나/나의 고백』(우신사, 1985). 이광수, 『이광수전집 8: 무명, 육장기, 인생의 향기, 돌베개 외』(우신사, 1979). 이광수, 『인생의 향기』(우신사, 1980). 이정화, 『그리운 아버님 춘원』(우신사, 1993). 당연한 말이지만, 『나의 고백』을 비롯해 그가 쓴 많은 자서전 류의 기록물들은 정밀한 독해가 필요하다. 덧붙여 창씨 부분은 「폭풍 가튼 감격 속에 '씨' 창설의 선구들—지도적 제씨諸氏의 선씨選氏 고심담」(《매일신보》, 1940. 1. 5). 이광수, 「창씨와 나」(《매일신보》, 1940. 2. 20). 임종국, 『친일문학론』(증보판, 민족문제연구소, 2005). 이광수, 「조선의 학도여」(《매일신보》, 1943. 11. 4).

일본이 항복한 날, 그리고 그다음 날

1945년 8월 15일.

경기도 양주군 진건면(현 남양주시 진건읍) 사능리 일대에는 아무 일 없었다. 아침에도, 점심에도, 저녁에도 여전히 식민지였다. 꿈속에서도 하등 달라질 이유는 없었다.

이튿날, 1945년 8월 16일.

여전할 식민지의 아침, 춘원 이광수는 여느 날과 다름없이 일찍 일어나 창을 열었다. 코앞에 문재산이 숯먹으로 그린 듯 선명했다. 저만큼 너머에는 삼각산과 불암산이 여명 속에 아직 희미했다. 해는 이제 갓 이마를 비출 뿐인데 땅은 벌써 후끈 달아올랐다.

그는 곧 집 밖으로 나가 산책을 시작했다. 개울가로 발길을 잡았다. 풀김이 훅훅 끼쳐 왔다. 서울 근방에 미군의 B29를 막는 방비 공사를 한다고 여름내 앞개울에서 자갈을 추렸다. 농투성이, 소학생들, 남녀노소가 따로 없었다. 매일같이 밥까지 싸 가지고 와 울력을 했다. 덕분에 그의 집 작은 우물은 아무나 와서 목을 축이는 장소가 되었다. 어떤 때는 수백 명도 쉽게 찾아왔다.

하지만 이날은 어딘가 풍경이 달랐다.

우선 근로보국대 사람들 수가 부쩍 줄어 있었다. 게다가 일은커녕 방죽 그늘을 찾아 담배를 피우거나 주저앉아 딴짓들을 하고 있었다. 대개는 내남없이 알맹이 없는 흰소리를 주고받는 것 같았다. 감독을 서는 일본 병정이나 마을의 총대(대표)는 코빼기도 보이지 않았다. 자갈을 실어 나를 열차도 뙤약볕 아래 아무렇게나 나자빠져 있었다.

마침 그의 삼종 이학수 운허 스님이 헐레벌떡 나타났다. 두루마기 고름을 풀어 헤친 모습이 무척 바쁜 모양이었다.

"형님, 일본이 항복하였소."

처음, 무슨 말이지 싶었다.

"어저께 오정, 천황이 그렇게 방송을 했소. 그래서 나, 지금, 서울 가는 길이야."

다른 설명을 보태라고 할 틈이 없었다. 운허는 제비처럼 훌쩍 사라졌다. 눈치 빠른 보국대원들이 슬금슬금 자리를 이렇게 외치며 저들은 죽어 버리는 것이었다.

그렇다. 사람이라고 다르랴. 사람들이 괜스레 일부러 불행을 만드는 일만 아니하면, 이 땅은 살아갈 만한 곳이다. 썩 좋은 세상은 못 되더라도 견딜 만한 세상은 넉넉히 되는 것이다.[23]

이광수는 공연히 감상적이 되어 이렇게 생각했다.

저녁때 학교 선생님들이 찾아왔고, 마을 청년들도 몰려와 시국에 대한 견해를 물었다. 그들은 이제 곧 이광수가 감당해야 할 시련 따위는 짐작조차 못 했다. 그들에게는 그가 그저 자신들하고는 차원이 다른, 큰물에서 놀던 큰 인물일 따름이었다.

그날은 그렇게 무사했다. 이광수도 거나하게 취해 제집 문턱을 넘어온 청년들과 제법 어울릴 수 있었다.

"독립이 되었어요!"

청년들이 좋아하자 그도 좋았다.

술이 불콰해진 그는 조선어학회 사건으로 들어간 이들 중 이극로, 최현배, 이희승, 정인승의 네 사람이 그날 밤에도 벌써 몇 년째 징역의 마지막 밤을 지낸다는 사실 같은 건 전혀 따져 보지 않았다. 하물며 그 길고도 긴 항일의 노정에서

---

23   이광수, 「살아갈 만한 세상」, 『돌베개』, 1948

이름도 없이 스러져 간 저 헤아릴 수도 없이 많은 무명의 전사들에 대해서랴.

'민족을 위한 친일'이었건만

이광수는 1944년 3월 사릉에 터를 잡으며 서울 생활을 청산했다. 바로 앞에 왕숙천의 지류가 흐르고, 가까이에 단종의 왕비 정순왕후의 사릉이 있었다. 그로서도 진작 『단종애사』(1928)를 썼으니 인연이 없지 않다 할 곳이었다. 집에는 '이우李寓'라고 문패를 해 달았다. '우거'의 '우' 자를 쓴 것이었다. 겉으로는 소개를 핑계한 것이었지만, 속마음은 또 달랐다. 전황이 점점 '불리'해지고 있다는 것은 누구라도 짐작할 수 있는 일이었다. 그에 따라 이광수의 가슴속에도 어떤 불안감이 싹텄을지 모른다. 서울을 떠나면서 그는 무엇을 기대했을까.

수양 동우회 사건 이후, 그토록 믿고 따르던 도산 안창호마저 죽고 났을 때, 그는 다짐했다.

만일 이 몸을 던져서 한 사람이라도 동포의 희생을 덜고, 터럭 끝만치라도 닥쳐오는 민족의 고난을 늦출 수가 있다고 하면, 내 무엇을 아끼랴. 게다가 나는 언제 죽을는지 모르는 병약한 몸이었다. 이렇게 생각할 때에 내 눈앞에는 삼만 몇 명이라는 우리 민족의 크림이라 할 지식 계급과 현재 이상의 무서운 압제와 핍박을 당할 우리 민족의 모양이 보였다.

'내 몸이 죽어서 정말 저들의 머리 위에 달린 당장의 고난을 면할 수만 있다면.'(이광수, 「나의 고백」, 1948)

춘원은 한때 민족을 이끌었던 최린, 최남선, 윤치호의 전례를 떠올렸다. 그들에 비기면 나는 다르지. 난, 제 몸 팔아서 아비의 고난을 면케 하려는 심청의 심경밖에 없다. 그래, 내가 하려는 친일은 달라. 돈이나 명예나 권세가 생기기는커녕 내 앞에는 오직 욕밖에 없을 것이로되, 그것이 민족을 구하고 백성의 더 큰 희생을 막는 길이 된다면……. 그 말을 듣고 허영숙은 목 놓아 울었다.

그리하여 그는 '가야마 미쓰로香山光郞'가 되었다. 성을 만들고(창씨) 이름을 바꾸어서(개명).

그는 이제 오직 천황의 신민일진대, 제 자손도 천황의 신민으로 살리라. 이광수라는 씨명氏名으로도 천황의 신민이 못 될 것이 아니지만, 한 발짝이라도 더 천황의 신민답고 싶은 충심을 드러내고 싶었다. 그렇다면 어째서 가야마 미쓰로인가.

혹 가야마는 묘향산에서 그 향산香山을 따온 것인가?

천만에, 그럴 리 없다.

지금으로부터 2600년 진무 천황께옵서 어즉위를 하신 곳이 가시하라橿原인데 이곳에 있는 산이 가구야마香久山입니다. 뜻깊은 이 산 이름을 씨로 삼아 '향산'이라고 한 것인데 그 밑에다 '광수'의 '광'자를 붙이고 '수'자는 내지식의 '랑'으로 고치어 '향산 광랑'이라고 한 것입니다.(이광수, 「폭풍 가튼 감격 속에 '씨'창설의 선구들」, 1940)

그때부터 그는 거칠 것이 없었다.

부르는 곳이 있으면 가리지 않았다. 가서는 조선 청년들에게 외쳤다.

"그대는 벌써 지원하였는가, 내일 지원하려는가, 공부야 언제나 못 하리, 다른 일이야 이따가도 하지마는, 전쟁은 당장이로세" 하고.

그리고 또 외쳤다.

조국의 흥망이 달린 이 결전 민족의 운명이 결정되는 마루판

단판일세, 다시 해볼 수 없는 끝판

그대가 나가서 막을 마루판싸움

(중략)

그대, 무엇으로 주저하는가

부모 때문인가

충 없는 효 어디 있으리

그대 처자를 돌아보는가

이 싸움 안 이기고 어디 있으리

부모길래, 처자길래, 가라, 그대여,

병역의 의무 없이도

가는 그대의 의기義氣

그러므로 나라에서

특별지원병이라 부르시도다.

의무의 유무를 논하리,

이 사정 저 형편 궁리하리,

제만사除萬事 제잡담除雜談하고

나서라 조선의 학도여!

(이광수, 「조선의 학도여」, 1943)

해방 이듬해인 1946년, 그는 운허 스님이 주지로 있는 봉
선사로 거처를 옮긴다. 그 직전 아내와 이혼 절차를 밟았다.
한 신문이 이 소식을 전하며 "장차 이광수가 전범으로 걸려
들 때를 걱정하여, 자식과 재산의 보호를 위해서 취하는 잇
속 빠른 길이 아닌가 보고 있다"(《서울신문》, 1946. 6. 13)라며

비판했다.

어디 있어도, 세상은 그에게 전혀 해방 세상은 아니었다.

• • •

봉선사는 독립운동과도 인연이 깊다. 일찍이 김산의 『아
리랑』에도 나오는 운암 김성숙(1898~1969)이 승려로 지내
면서 독립운동의 웅지를 펼쳤고, 운허는 운허대로 젊은 시
절 만주에서 조선독립당 당원으로 활약했다. 그런 운허가
해방 직후 일가붙이 작가를 위해 피난처를 내준 것이다.

봉선사 일주문을 들어서면 오른쪽에 부도밭이 나온다. 거
기 고승들의 부도들과 더불어 '춘원 이광수 선생 기념비'가
나란히 서 있다. 우리나라에서 유일하게 춘원을 기리는 비
석이라 한다. 1975년 미국에 사는 가족들이 세웠다. 갓이
없는데, 이유는 그때는 아직 납북된 춘원의 생사를 정확히
몰랐기 때문이라고.

이렇게 새겼다.

젊어서는 인간 본위의 자유사상을 남 먼저 도입했고 이어서 나
라와 겨레 섬김의 정신을 또는 도산 안창호의 인격혁신운동을
고취했으며 만년에는 종교적인 신앙과 구원의 길을 모색했으
니 그런 연유로 1944년 양주군 사릉 땅에 마을 집을 장만하여

4년 남짓 돌벼개 생활을 하는 동안 한 해 겨울을 가까이 있는 봉선사로 입산수도한 일이 있으니 곧 그의 팔촌 아우 운허 스님이 주관하는 절이다.

소설가 주요한이 글을 짓고 서예가 김기승이 글을 새겼다. 거기, '친일' 같은 건 단 한 글자도 없다. 주요한 역시 민족문제연구소와 친일인명사전 편찬위원회가 제작한 『친일인명사전』(2009)은 물론 2002년 2월 28일 〈민족정기를 세우는 국회의원모임〉이 선정한 친일반민족행위자 명단에 포함되어 있다.

참고로 『친일인명사전』에 수록된 문학계 인사는 40명이다.[24]

곽종원 김기진 김동인 김동환 김문집 김사영 김성민
김안서 김영일 김용제 김종한 노천명 모윤숙 박영희
방인근 백 철 서정주 오용순 유진오 윤두헌 윤해영
이광수 이무영 이석훈 이원수 이윤기 이 찬 임학수
장덕조 장혁주 정비석 정인섭 정인택 조연현 조용만
조우식 주요한 채만식 최재서 최정희

---

24 이 명단은 2002년 8월 14일 〈민족정기를 세우는 국회의원모임〉이 민족문학작가회의, 민족문제연구소, 계간 『실천문학』 등과 공동 발표한 문학 분야 친일 인사 명단과 약간 차이가 난다.

염치와 수치
한국 근대 문학의 풍경

김남일 지음
2019년 11월 29일 처음 찍음

펴낸곳 도서출판 낮은산
펴낸이 정광호 | **편집** 강설애 | **디자인** 박소희 | **제작** 정호영
출판등록 2000년 7월 19일 제10-2015호
주소 04048 서울 마포구 어울마당로 5길 16 반석빌딩 3층
전화 (02)335-7365(편집), (02)335-7362(영업) | **팩스** (02)335-7380
이메일 littlemt2001ch@gmail.com
제판·인쇄·제본 상지사 P&B

ⓒ 김남일 2019

ISBN 979-11-5525-124-9 03800

이 도서의 국립중앙도서관 출판예정도서목록(CIP)은 서지정보유통지원시스템 홈페이지(http://seoji.nl.go.kr)와 국가자료공동목록시스템(http://www.nl.go.kr/kolisnet)에서 이용하실 수 있습니다.(CIP제어번호: CIP2019044601)